El primer libro de Javier Sierra

«Apasionante libro de Javier Sierra.»
Leer

«La caída de un ovni en las afueras de Roswell,
Nuevo México, a primeros de julio de 1947,
no tiene nada que ver con la filmación de las autopsias
practicadas a unos presuntos extraterrestres, que los medios
de comunicación de todo el mundo han emitido durante
estos últimos meses. Ésa es, al menos, la primera conclusión
que se desprende del trabajo de investigación que sobre
el "caso Roswell" ha venido realizando Javier Sierra
desde que surgiera la polémica.»
Enigmas

«Es uno de esos libros que no te dejan indiferente.»
Diario de Córdoba

«Ha realizado una de las investigaciones más detalladas,
entrevistando a los pocos testigos que aún estaban con vida
y a los hijos de ellos que guardaban algún secreto.»
El Matutino de Guerrero, México

«El escándalo surgido en todo el mundo con las imágenes de las autopsias a unos "cuerpos extraterrestres" es el objetivo de la investigación de este periodista español. Sierra analiza e investiga a fondo el famoso "caso Roswell" y pone en duda la veracidad del tema.»

Cambio 16

«El gran puzle ha atrapado al autor, como atrapará también a los lectores de su libro. Javier Sierra cree encontrarse ante la mayor campaña de desprestigio del fenómeno ovni de la era moderna. Negocio, intereses, intoxicación informativa... ¿Qué se oculta tras Roswell?»

Nueva dimensión/Karma 7

«Apasionante y riguroso trabajo de investigación de uno de nuestros mejores expertos en el tema ovni.»

Año Cero

«Una obra imprescindible para conocer el incidente, de la mano de uno de los autores más destacados del panorama internacional.»

Más Allá

Roswell. Secreto de Estado

Biblioteca Javier Sierra

Javier Sierra

Roswell. Secreto de Estado

Planeta

Avda. Diagonal, 662-664, 08034 Barcelona (España)
www.planetadelibros.com

Diseño de la cubierta: Booket / Área Editorial Grupo Planeta
Imagen de la cubierta: Shutterstock
Fotografía del autor: © Asís G. Ayerbe
Primera edición en esta presentación en Colección Booket: febrero de 2024
Segunda impresión: mayo de 2024
Tercera impresión: octubre de 2025

Depósito legal: B. 20.530-2023
ISBN: 978-84-08-28364-5
Impreso en España

Biografía

Javier Sierra (Teruel, 1971) visitó por primera vez Egipto hace dos décadas. Quedó tan impactado por los misterios de la cultura faraónica que desde entonces no ha dejado de viajar a ese país en busca de lo que él llama «las grandes respuestas». En 1997 pasó una noche a solas en el interior de la Gran Pirámide y allí creyó comprender la razón que llevó a Napoleón Bonaparte a someterse a la «prueba» de la que habla este libro. En 2002 publicó *El secreto egipcio de Napoléon*, del que nace la novela que el lector tiene ahora en sus manos. *La pirámide inmortal* no solo es la versión revisada de aquella obra, sino un replanteamiento radical de sus principales enigmas. Javier Sierra nos tiene acostumbrados a novelas que proponen soluciones a misterios históricos formidables como *La cena secreta*, *El ángel perdido* o *El maestro del Prado*. Pero también a grandes preguntas como el origen del arte y la inspiración que le valieron ganar el Premio Planeta de novela en 2017 con *El fuego invisible,* y que ahora le han llevado a escribir *El plan maestro*. Sus libros se publican en más de cuarenta países y han cautivado ya a millones de lectores.

@Javier__Sierra

JavierSierra.Fan

@javiersierracom

www.javiersierra.com
www.lapiramideinmortal.com

A todos aquellos que, en su búsqueda
íntima de la verdad, se han sentido
alguna vez empujados por una «Fuerza Mayor».

Y en especial, a mis padres. Por educarme
en libertad.

Por qué se reedita esta obra

Hace casi treinta años publiqué mi primer libro. Éste. Lo escribí del tirón, en veintiún días, sentado frente a una vieja puerta de madera convertida en mesa de trabajo, con vistas al Mediterráneo, en la casa que mis padres tuvieron en la costa del Azahar. Su argumento surgió con el ímpetu de las cosas vividas en primera persona. Tras meses encadenando viajes por Estados Unidos, Italia y Francia, tenía tanto que contar que la aventura emergió a borbotones, imparable. Ahora, al releer estas líneas de juventud, me conmueve reencontrarme con su pureza de intenciones y su sentido de la justicia. *Roswell. Secreto de Estado* fue el fruto de la apasionada búsqueda de respuestas a algo que en aquellos años formaba parte de mis certezas vitales, pero que sólo provocaba indiferencia o sonrisas burlonas entre quienes me rodeaban. Yo creía que este planeta llevaba milenios siendo visitado, controlado incluso, por inteligencias superiores, y sin calcular las consecuencias que podría acarrear una seguridad como aquella me lancé a intentar demostrárselo al mundo.

Las cosas han cambiado mucho desde entonces. Hoy el asunto de los ovnis se discute, pero no se tilda de fantasía.

Nadie podría haber imaginado cuando empecé a estudiar el incidente que da título a esta obra que, en julio de 2023, un exoficial de inteligencia de Estados Unidos denunciaría ante el Capitolio, bajo juramento, que el Pentágono custodia ovnis estrellados y los cadáveres de sus pilotos. Ni que veríamos sus declaraciones abriendo los informativos de televisión. Pero ocurrió. Ante representantes de varios estados, David Grusch, veterano condecorado en Afganistán, aseguró conocer los lugares de alto secreto en los que se guardan esas evidencias e incluso denunció la existencia de un programa militar de «retroingeniería» que se remonta a los años cuarenta, creado para extraer provecho de su desarrollo tecnológico.

Al tiempo que eso sucedía, en el Senado de Estados Unidos se redactaba un apéndice de la nueva Ley de Defensa en el que se exigía una mayor atención a la potencial amenaza de vuelos no controlados de UAP[1] en el espacio aéreo del país. Su texto mencionaba explícitamente «tecnologías de origen desconocido», «vehículos transmedia» (capaces de moverse en tierra, mar, aire y espacio) e «inteligencias no humanas» a las que invitaba a vigilar de cerca. Hasta la NASA se vio forzada en 2023, tras setenta y seis años evitando el tema, a pronunciarse sobre los ovnis y admitir que hay que destinar recursos humanos y científicos a su estudio.

Por supuesto, ninguna de esas afirmaciones fue novedosa para mí. Este libro demuestra que llevo más de media vida tratando de responder *exactamente a las mismas preguntas* que ahora resuenan en esos pasillos. «Pero ¿dónde están tus pruebas?», llevan también décadas requiriéndome

1. *Unidentified Aerial Phenomena*, siglas propuestas en 2017, en el entorno militar estadounidense, para referirse a los ovnis.

los más incrédulos. «¡Las encontraré!», les dije siendo apenas un adolescente.

Fue en 1991 cuando empecé a buscarlas. Ésa es la historia de este trabajo. Tras unos años precoces consagrados a entrevistar a personas que habían visto ovnis en mi entorno (entre ellos, curtidos marineros de Vinaròs; algún que otro médico y hasta un par de veteranos periodistas del Maestrazgo), la llamada telefónica de un verdadero experto fue la culpable de ponerme tras las huellas del «gran caso». Al otro lado del auricular estaba Antonio Ribera, el decano de la investigación de los No Identificados en España. Llevaba carteándome con él desde que tenía sólo 15 años, y en ese tiempo se había convertido en el abuelo que nunca tuve. Fue él quien me recomendó que aprendiera inglés si quería acceder a la mejor bibliografía sobre misterios del mundo. Fue él quien me abrió el apetito por asuntos tan dispares como los moáis de la isla de Pascua o la exploración submarina, y también quien me enseñó el valor de contar las cosas usando las palabras adecuadas.

Aquella tarde, emocionado, Ribera me comunicó que le habían invitado a participar en un congreso internacional sobre misterios aéreos en Tucson, Arizona, y me pidió que lo acompañara como su asistente personal. Antonio tenía por entonces 71 años, acababa de sufrir un importante contratiempo cardíaco y no se encontraba con las fuerzas necesarias para emprender solo un viaje de semejante envergadura. Y yo, claro, acepté convertirme en su secretario. Nunca había estado en América, y la posibilidad de hacerlo junto a investigadores de todo el mundo que sólo conocía por sus libros me convenció. Sin embargo, no fue ése el argumento definitivo. De repente mi mirada se ancló en un objetivo aún mayor que el bueno de Antonio me sirvió en bandeja: no lejos de Tucson se encontraba la «célula madre» del misterio que nos obsesionaba a ambos. Allí, en una olvidada ciudad de Nuevo México, en Roswell, vecina de los grandes campos de pruebas nucleares de la guerra fría, se produjo en julio de 1947 uno de los más extraños accidentes aéreos que se recuerdan. En aquel lejano verano de la posguerra un vehículo de procedencia desconocida se estrelló en el desierto, fue recuperado por personal militar y su rescate *anunciado oficialmente* como el de un «disco volante», tal vez de naturaleza extraterrestre. Enseguida, por razones que todavía se desconocen, aquella noticia se acalló.

Durante décadas no pocos interesados en la cuestión ovni sospecharon que allí había ocurrido algo muy serio. Y yo empecé a creer que ese incidente bien podría esconder «la prueba» que buscaba. Llevado por un entusiasmo sin límite, viajé a Tucson, después a Roswell, y gracias a un adelanto a cuenta de una serie de reportajes para la revista *Más Allá de la Ciencia*, conseguí entrevistar a los últimos testigos vivos (la mayoría militares retirados) que vieron o estuvieron cerca del misterioso «disco».

Ninguno de aquellos hombres —lo sé— me mintió. Hubiera sido absurdo hacerlo a un inofensivo extranjero de veinte años cargado de cámaras y grabadoras. Entonces los civiles aún no teníamos Internet y si querías hablar con alguien en la otra punta del globo, no quedaba otro remedio que ir en su busca. Ahora me alegro. Los ancianos que entrevisté estuvieron cara a cara con lo «imposible». El brillo de sus ojos los delataba. Vieron y hasta tocaron algo que no les pareció de este mundo. Y, como era de esperar, su testimonio se incrustó en mi memoria como una verdad valiosa y defendible.

Cuatro años después de aquel viaje iniciático en el que, por cierto, también tomé contacto con los escenarios americanos de la que sería mi primera novela, *La dama azul,*[2] se produjo el acontecimiento que me *obligaría* a redactar estas páginas.

En la primavera de 1995, como si fuera un «fuego griego» imposible de sofocar, el rumor de que se acababa de filtrar una filmación militar de alto secreto del accidente de Roswell en el que no sólo se veían los restos de una extraña aeronave, sino también los maltrechos cadáveres de sus ocupantes, me reconectó con la «gran búsqueda». El documento, según se dijo entonces, mostraba el examen anatómico forense de al menos dos cuerpos de otro mundo.

¿Cómo no iba a perseguir una historia así?

Durante los meses previos a la redacción de *Roswell. Secreto de Estado* llamé a cuantas puertas pude para establecer la autenticidad o no de aquel filme y su vínculo con lo sucedido en Nuevo México en 1947. Fruto de esa fiebre escribí estas páginas. Hoy, con la perspectiva que da el tiempo, las habría elaborado de otro modo. Sin embargo, he decidido darlas a imprenta de nuevo, sin cambiar nada de lo esencial, para que el lector tenga la oportunidad de comprender mejor por qué escribo lo que escribo. Tan sólo me he permitido añadir un apéndice que actualiza y resuelve su trama. En el fondo, querido lector, debes saber que toda mi obra, también la literaria, nace de la curiosidad que se activó en aquellos años tras los ovnis. En definitiva, de una mirada curiosa que nunca se ha dejado arrastrar por las opiniones de quienes descartan *a priori* todo lo que no encaja con nuestro «mapa del mundo», con nuestra «realidad».

Tres décadas después de que *Roswell. Secreto de Estado* viera la luz, conservo como el más preciado de mis tesoros esa mirada. Quizá me ha llevado a equívocos. No importa.

2. Publicada por esta misma editorial.

Este libro, sin ir más lejos, los contiene. Pero su calado es relativo. Doy por cierto que de no haberme enfrentado en solitario a desafíos como éste y de no haber compartido una parte importante de mi vida con aquellos que han estado delante de «lo imposible», yo no sería el escritor comprometido con el proyecto de hacer visible lo invisible en el que me he convertido.

Ojalá el futuro valore más la «fuerza mayor» que me empujó a esta locura, a la que aludo en la dedicatoria de este volumen, y que aún me sirve de guía.

Mapa de Nuevo México que recoge los diferentes escenarios en los que se supone que se recuperaron restos de ovnis en julio de 1947.

Jamás en la Historia de la investigación ovni, un episodio ha despertado tanta controversia como el llamado «caso Roswell». En nuestros días esa polémica es doble. Por un lado, seguimos sin saber con exactitud qué clase de aeronave se estrelló en Nuevo México en julio de 1947 y qué razones llevaron a la Fuerza Aérea de Estados Unidos a clasificar como secreta su recuperación. Por otro, la divulgación en 1995 de unas imágenes que recogían la autopsia practicada a los pretendidos extraterrestres caídos en Roswell resituó el caso en las portadas de un buen número de medios de comunicación de todo el mundo.

A mediados de los años noventa del siglo pasado no disponíamos de elementos suficientes para considerar aquella filmación auténtica... pero tampoco para desecharla como un fraude. Ambas posturas fueron durante mucho tiempo meras opiniones. Fue justo entonces cuando escribí el libro que el lector tiene en sus manos.

Hoy, aunque hasta los expertos más crédulos consideran aquel documento fílmico el producto de un fraude singular y quienes lo divulgaron han confesado ya que fue la «recons-

trucción» de un documento real, todavía persiste la incógnita de por qué se hizo circular una película como aquélla en vísperas del cincuenta aniversario del misterioso accidente de Roswell, justo cuando todos esperábamos que el gobierno de Estados Unidos desclasificara sus archivos sobre el caso.

En este trabajo se contienen algunas pistas que ayudarán al lector a comprender una trama tan intensa y a bucear en los preliminares de lo que, a buen seguro, el futuro definirá como la «noticia» o el «fraude» del siglo.

Y me refiero, naturalmente, al caso Roswell. No a la malhadada filmación de las autopsias.

PRÓLOGO

El gran puzle

Desde que comencé a trabajar en el manuscrito de este libro, no he dejado de preguntarme qué postura debía adoptar frente a su contenido. Y la respuesta ha tardado en llegar: objetividad.

Me vi involucrado en la investigación del caso Roswell —que se remonta a julio de 1947— en una fecha tan tardía como 1991. Mis esfuerzos por reunir documentación de la época, por entrevistarme con algunos de los testigos de aquellos hechos y por visitar los escenarios del caso, se han visto recompensados con un abundante dosier de información que parece no dejar lugar a dudas: hace medio siglo una aeronave no terrestre se precipitó contra el suelo en Nuevo México, y fue recuperada en secreto por personal cualificado de la Fuerza Aérea de Estados Unidos.

Hasta ahí el cúmulo de evidencias se me antoja intachable.

Sin embargo, esa certeza no habría bastado para publicar un trabajo como éste. Sólo en Estados Unidos, entre 1980 y 1995, vieron la luz cinco libros de gran tirada íntegramente dedicados al accidente de Roswell, amén de centenares de artículos y monografías escritos para investigadores e interesados en el tema. Los detalles más nimios fueron, durante ese tiempo, objeto de los más acalorados debates... y con todo, pocos de ellos han trascendido al gran público.

A mediados de 1995 la situación cambió. Una serie de rumores procedentes de Gran Bretaña aseguraban que un productor de televisión inglés había adquirido unos rollos de película militar secretos que contenían la autopsia practicada a unos extraterrestres. Por la fecha en la que se decía que fueron filmados y por el lugar, se presumió precipitadamente que las películas correspondían al caso Roswell.

Temblé.

Nunca antes se había hablado de la existencia de un documento así vinculado a este episodio, y menos aún que imágenes de esas características hubieran podido filtrarse a la opinión pública.

Mis primeras averiguaciones —allá por abril de 1995— chocaron contra un muro que no esperaba. Las imágenes existían, pero estaban en poder de un productor británico llamado Ray Santilli que deseaba a toda costa especular con ellas y cerrar el negocio del siglo vendiendo sus derechos de reproducción a televisiones y medios impresos. Ésa, y no otra, era la razón por la que las películas en sí no habían circulado todavía, y por la que una suerte de «embargo internacional» las estaba manteniendo fuera de circulación.

Al iniciarse aquel verano, algunos fotogramas de esta filmación fueron filtrados a la prensa de todo el mundo. Se generó así una expectación que estallaría definitivamente el 28 de agosto de aquel año, cuando varias televisiones europeas, australianas, asiáticas y americanas emitieron fragmentos de la codiciada filmación. A partir de ese momento surgieron toda clase de opiniones: desde los que creían que todo era un absurdo montaje creado gracias a unos magníficos efectos especiales, hasta los que veían en las tomas la confirmación definitiva de que los extraterrestres existían, y que Estados Unidos había ocultado las pruebas durante casi cinco décadas.

Por desgracia, ni unos ni otros aportaron evidencias de peso para sustentar sus tesis.

Fue en medio de aquella situación, cuando una serie de circunstancias profesionales me empujaron a investigar a fondo este entramado. Tomé varios aviones para entrevistarme en Europa con los principales implicados, desempolvé mis cuadernos de bitácora de la investigación en Roswell y comencé a reconstruir la película —nunca mejor dicho— de estos hechos.

El resultado de aquella encuesta profesional es este libro; una suerte de bloc de notas que desvela lo que, sin duda, es un expediente abierto del que todavía no se ha escrito la última palabra. En él he agrupado los apuntes de mis viajes y los resultados de mis modestas averiguaciones. Y aunque, en 1995 su resultado no me permitió avalar o desestimar la validez del filme, sí me dio pie para enunciar tres conclusiones que todavía se me antojan importantes:

1. La llamada «película de los extraterrestres de Roswell», que contiene imágenes de las autopsias a dos criaturas de aspecto vagamente humano no forma parte, ni lo formó nunca, del caso Roswell en sí.
2. Estoy razonablemente seguro de que en Roswell cayó algo de procedencia no humana, cuya recuperación ha tratado de ser ocultada al mundo durante medio siglo.
3. La aparición de la «película de Roswell» coincidió, además, con el momento en que más presión pública se estaba ejerciendo contra el gobierno de Estados Unidos para que liberara los datos relativos a este accidente. Fruto de una cal-

culada maniobra, esta presión cedió frente a la espectacularidad de la presunta «evidencia» fílmica, desinflando a la larga el legítimo interés mundial por el extraño accidente de una aeronave no identificada en Nuevo México, en 1947.

Pero, no se engañe el lector. Estas tres conclusiones representan tan sólo un atisbo de una trama que, en las páginas que siguen, pretendo desarrollar en toda su amplitud.

INTRODUCCIÓN

La última pieza del rompecabezas

República de San Marino, 20 de mayo de 1995.
15 horas

La niebla casi podía cortarse con cuchillo en la pequeña plaza fortificada de Sant'Agata. Hacía días que los habitantes de la capital de este curioso estado independiente ubicado al norte de Italia no veían ni un rayo de sol, y una especie de pereza crónica parecía envolver toda su actividad vital. Por si fuera poco, la suave lluvia caída durante aquella mañana había terminado por convertir los adoquines de la ciudad en una peligrosa pista deslizante, arruinando definitivamente mi costumbre de acudir a paso ligero a las citas pendientes. Y bien que lo lamenté.

Con las gafas humedecidas por la niebla, dudé durante unos instantes si debía abandonar o no mi refugio bajo uno de los umbrales del Teatro Titano. No tuve elección. Miré el reloj por enésima vez, subí el cuello de mi gabardina cerrando todos sus botones y crucé a toda prisa aquella plaza desierta. En apenas media hora debía asistir a una importante reunión, concertada en secreto al otro extremo de la ciudad, y cuyas implicaciones —me habían asegurado con contundencia— iban a cambiar definitivamente el rumbo de mi interés periodístico por el misterio de los ovnis.

Aunque me pareció exagerado, intuí que no debía perderme aquella cita por nada del mundo.

Había, como digo, una buena razón para ello. Apenas un par de horas antes, en el interior del Titano, donde estaba teniendo lugar por tercer año consecutivo un simposio internacional sobre los No Identificados auspiciado por el gobierno de San Marino, mi buen amigo y mejor investigador Roberto Pinotti —uno de los escritores mejor documentados sobre esta cuestión en Italia— disparó con un solo comentario todas mis alertas.

—Esta tarde en el Gran Hotel, a las 15.30 en punto, se proyectarán unas imágenes pertenecientes a la filmación militar que recoge las autopsias de los extraterrestres de Roswell. No faltes —insistió.

Pinotti, *alma mater* de aquel encuentro ufológico y responsable último de que hubiera tomado un avión hacia San Marino la tarde anterior, me lo dejó bien claro:

—Nada de cámaras fotográficas, Javier. Puedes tomar notas y preguntar cuanto quieras, pero no tienes permiso para reproducir lo que se va a proyectar.

No necesité más. Hacía años que esperaba una oportunidad como aquélla. Por fin, después de tanto tiempo persiguiendo —en su sentido más literal— evidencias que demostraran que nuestro planeta estaba siendo visitado por seres de otros mundos, iba a poder contemplar el rostro de uno de aquellos escurridizos «fugitivos».

O, al menos, eso me dio a entender.

Había oído hablar por primera vez de esas imágenes a finales de marzo, cuando un comunicado de las agencias

ANSA y AFP, fechado en Londres el día 27 de ese mes,[1] anunciaba en primicia que un productor de televisión británico llamado Ray Santilli había conseguido fragmentos de una filmación militar secreta estadounidense que recogía la autopsia a un extraterrestre capturado en Roswell (Nuevo México) hacía casi medio siglo. De hecho, la historia de cómo aquellas imágenes «top secret» habían caído en manos de este productor, especializado por cierto en vídeos musicales, me resultó rocambolesca desde el principio.

1. La nota de prensa rezaba textualmente:

«Londres, 27 de marzo. Una película ultrasecreta tomada hace casi cincuenta años por militares americanos y que muestra un "extraterrestre muerto" será proyectada este verano en Gran Bretaña durante una reunión internacional de apasionados por los ovnis. Así lo ha manifestado el organizador de la reunión, Philip Mantle.

Mantle, de la British UFO Research Association (BUFORA), dijo ayer que el filme fue tomado en 1947 en el estado de Nuevo México por miembros de las Fuerzas Aéreas de Estados Unidos, después de que un disco volante cayera a tierra.

Un excámara militar americano, ahora de ochenta y dos años, habría hecho una copia de la película y la habría después vendido a Ray Santilli, un productor de documentales inglés.

Según Mantle, en el filme de noventa minutos se ven a algunos científicos mientras practican la autopsia a una "criatura" que parece un extraterrestre. En otro momento, en la película en blanco y negro tomada en dieciséis milímetros, se ven restos del disco volante que estaría hecho de material indestructible.

El filme ya ha sido examinado por la Kodak, que ha confirmado que tiene cincuenta años de antigüedad, "y ahora queremos hacerlo examinar por expertos universitarios", ha dicho Mantle, según el cual la película no ha sido nunca mostrada al público. La proyección se ha fijado para agosto en la Universidad de Sheffield, con ocasión de una conferencia de dos días en la que participarán cerca de quinientos expertos ufólogos.» (ANSA-AFP.)

Según él, en junio de 1993 viajó a Estados Unidos con la intención de comprar algunas de las primeras tomas inéditas de Elvis Presley sobre un escenario. Éstas fueron filmadas por un octogenario cámara llamado Jack Barnett —seudónimo que encubría su verdadera identidad—, y que con anterioridad había servido como oficial para la Fuerza Aérea de Estados Unidos (USAF). Pues bien, en algún momento de aquellas negociaciones, Barnett habló a Santilli de otro material bien distinto al del «rey del rock». En concreto de veinte rollos de película de dieciséis milímetros, de tres minutos de duración cada uno, además de otras dos cajas con segmentos de celuloide que totalizaban otros veinticinco minutos de película más. En ellos estaban recogidas unas imágenes rodadas por él durante las autopsias a los tripulantes de un ovni recuperado por la USAF en el verano de 1947, y filmadas tanto en el lugar del accidente como en un quirófano de la base militar de Fort Worth, en Dallas (Texas).

Según lo que había podido averiguar poco antes de partir hacia San Marino, Barnett duplicó en secreto aquel material, burló todos los controles de seguridad de la propia base de Fort Worth y custodió en su domicilio las películas durante más de nueve lustros.

—Estuvimos en el lugar adecuado en el momento preciso —ha declarado desde entonces el propio Santilli en varias ocasiones—. Barnett necesitaba dinero para casar a una de sus nietas, y nosotros le propusimos comprarle todo aquel archivo filmográfico, dándole el dinero que requería.

De esta extraña forma, a primeros de 1995 se cerraba el trato y Santilli conseguía traerse consigo noventa y un minutos de una filmación de alto secreto, de la cual al menos media hora corresponde a imágenes nítidas e inequívocas.

Unas tomas filmadas por Barnett, siempre según lo que cuenta Santilli de él, a raíz de la caída de un ovni en junio de 1947[2] en un desierto próximo a la base aérea de Roswell. A grandes rasgos, y según los diferentes asistentes a las proyecciones restringidas del filme previas al congreso de San Marino, las imágenes en buen estado recogían tres escenas bien diferenciadas entre sí. A saber:

1) *Examen* in situ: Se trata de una secuencia de unos seis minutos de duración, tomada en el interior de una tienda de campaña, apenas iluminada con lo que parece una lámpara de petróleo y en la que se aprecia a dos «médicos» examinando una entidad tumbada sobre una camilla. Durante el tiempo que dura esta secuencia, ambos «doctores» extraen tejidos de detrás del cuerpo, y los depositan en un recipiente que no está a la vista del espectador.

2) *Primera autopsia*: Es otra grabación de unos dieciocho minutos de duración total, que recoge una escena bien distinta a la anterior: en un quirófano bien iluminado, dos cirujanos enfundados en trajes herméticos examinan una criatura desnuda tumbada sobre una camilla de aspecto metálico. La criatura tiene el vientre abultado, seis dedos en cada una de sus dos manos y en sus dos pies, una cabeza voluminosa, sendos pabellones auditivos y unos ojos negros enormes. Durante la autopsia se abrirá en canal a la criatura, se extraerán muestras de tejido de una de sus piernas —que muestra una profunda herida—, se le sec-

2. La fecha en la que tuvo lugar el incidente de Roswell aún no está clara ni para quienes hemos investigado el caso. Mientras que la mayoría coincidimos en señalar que el accidente del ovni tuvo lugar a primeros del mes de julio de 1947, Jack Barnett asegura que el impacto se produjo cuatro semanas antes. Fue, como puede suponer el lector, la primera pieza fuera de lugar en el rompecabezas que plantea la filmación rescatada por Ray Santilli.

cionarán algunos órganos e incluso se procederá a la extracción de su cerebro. También se aprecia cómo uno de los facultativos toma buena nota en un bloc de los resultados del análisis, y cómo a través de un cristal un tercer personaje vestido de cirujano parece dirigir la necropsia, recogiendo los comentarios de los doctores a través de un micrófono de jirafa que cae del techo de la sala.

3) *Segunda autopsia*: Se trata de una secuencia de unos doce minutos de duración, y que recoge una operación muy similar a la precedente. En estas imágenes se recoge el análisis a una nueva criatura, que presenta pocas diferencias con la anterior: su vientre no aparece tan abultado, no se aprecian heridas de consideración y sus rasgos faciales son, ciertamente, muy parecidos a la criatura de la *primera autopsia.* La secuencia de la operación es virtualmente idéntica a la anterior, aunque ninguno de los rollos conservados recoge la extracción del cerebro.

Por fortuna, cuando los primeros retazos de esta historia llegaron a mis oídos, conocía bien el caso Roswell. Había estudiado a fondo hasta la última de sus derivaciones pero nunca antes, nunca, me había sentido tan cerca de lo que parecía ser la prueba concluyente de que una nave no humana se había estrellado en el desierto de Nuevo México hacía medio siglo. Así que, con la extraña sensación en el cuerpo que me dejó la invitación de Pinotti para que asistiera a la proyección de algunas de las imágenes descritas, dejé que los acontecimientos se desarrollaran por su propio pie en San Marino y me abandoné —como de costumbre— en brazos de la Providencia. A fin de cuentas, no podía opinar sobre la autenticidad de las imágenes hasta no verlas; y el enfrentarse a ellas era sólo cuestión de paciencia.

Hice bien. A las 15.30 en punto, con una precisión casi británica, montaba guardia en el vestíbulo del Gran Hotel en espera de que se mostraran las imágenes prometidas. Para mi sorpresa, algunos periodistas italianos aguardaban también impacientes la reunión, al tiempo que dos fornidos policías aparecieron en escena indicándonos el lugar de la proyección, procediendo a cachear minuciosamente a cuantos decidíamos entrar en la pequeña sala donde debíamos asistir a la exhibición de las «imágenes del siglo».

—*E questo pacchetto?* —me detuvo en seco uno de ellos, mientras señalaba un, ciertamente, extraño bulto en la pernera de mi pantalón.

—... Es, bueno... —vacilé.

Con cara de pocos amigos, aquel policía vestido de azul marino y cuero me obligó a remangarme el pantalón, revolver en mi calcetín izquierdo y dejar fuera de la sala mi fiel Olympus. Una pequeña cámara analógica del modelo Stylus que anteriormente ya había «colado» en otras situaciones prohibidas, y que había preparado a conciencia, desoyendo la advertencia de Pinotti, para reproducir furtivamente las imágenes del extraterrestre. Enrojecí de vergüenza.

Una vez sentado en primera fila, y tras tomar en mi cuaderno de bitácora algunas notas del ambiente de expectación creado entre la veintena de periodistas allí citados, llegaron a la sala los responsables de la reunión. El primero en entrar fue Chris Cary, un caballero espigado, de tez morena y cabello largo, hombre de confianza de Ray Santilli, a la vez que depositario de la codiciada filmación. Le acompañaba Philip Mantle, director de investigaciones de la British UFO Research Association (BUFORA) y principal responsable de la difusión del comunicado de prensa de marzo que, como decimos los periodistas, «levantó la liebre» de estas imágenes. Y junto a ambos, Roberto Pinotti, bien conocido en Italia por sus libros sobre ovnis, y el productor de televisión Maurizio Baiata.

—En primer lugar —rompió el silencio Cary en su perfecto inglés—, he de advertirles que esta proyección se interrumpirá si se descubre a alguien en la sala con una cámara de fotos o de vídeo. La compañía que represento, la Merlin Group, tiene todos los derechos sobre la película y no desea una difusión no controlada de la misma. De igual modo, lamento no poderles proyectar la filmación en sí, aunque en su lugar verán siete diapositivas extraídas de la misma.

Fue mi primera decepción: había viajado a San Marino con la esperanza de ver el primer documento fílmico de la autopsia a un extraterrestre, y ahora debía contentarme con unas pocas imágenes fijas. De nuevo, no me quedó otra alternativa que dejar hacer a la Providencia.

Las luces se apagaron. Tras situar a los periodistas en el contexto del «caso Roswell», Cary comenzó a pasar con deleite las imágenes, mientras un espeso silencio se extendía entre los reunidos. Una extraña mezcla de tensión, sorpresa y decepción sacudió mi cabeza cuando, por fin, apareció el primer «extraterrestre» en pantalla. Tragué saliva. Aquella primera imagen mostraba una extraña criatura bípeda, de aspecto más bien humano, de gran cabeza y vientre abultado, tendida sobre una camilla en el centro de lo que parecía una sala de operaciones. Las siguientes imágenes abundaban en nuevos detalles de aquella misma entidad: su cabeza disponía de una nariz achatada, pabellones auditivos similares a los de un niño y una boca en la que se dibujaba una desagradable mueca de dolor; sus manos y pies tenían seis dedos en cada extremidad y parecía carecer de las mamas o el ombligo propios de un mamífero. Finalmente, las últimas diapositivas de la serie desvelaban los cortes realizados por los cirujanos en torno al cuello y a lo largo del tórax, dejando al descubierto su pecho y sus órganos vitales, así como un cerebro parecido a un riñón humano. Desde luego, no eran plato de buen gusto.

¿Qué podía decir? Vi la secuencia de aquellos siete fotogramas dos veces consecutivas y deduje, por la herida que mostraba la entidad en una de sus piernas, que se correspondían con la *primera autopsia*. Creo que no parpadeé en ninguno de los dos pases, y a pesar de que traté de encontrar cualquier indicio de fraude o de manipulación en las tomas, me sentí incapaz de hacerlo.

Sólo hubo algo que me desalentó: realmente no esperaba encontrar un cuerpo de aspecto tan similar al humano. Y no lo esperaba por una razón muy concreta, que recordé de inmediato. Según explicó hace algunos años el profesor Jared Diamond de la Universidad de Los Ángeles, en su obra *The Third Chimpanzee*, sólo la familia de los chimpancés tiene un 98,4 % de genes idénticos a los humanos, y su aspecto, como es evidente, difiere bastante del nuestro. En cambio el «visitante extraterrestre» de las imágenes podría pasar como un primo hermano de cualquiera de nosotros; y una de dos, o aquella criatura era de origen humano o se trataba de un pariente muy cercano al hombre, mucho más que cualquier mono, con una cantidad de genes idénticos a los nuestros cercana al 100 %...

—Fotos inquietantes, ¿cierto? —me golpeó la espalda con cierto retintín Michael Hesseman, un rubicundo periodista alemán especializado en ovnis.

—... Pero no concluyentes —respondí.

—Deberías ver las imágenes en movimiento, como yo las vi hace un par de viernes en Londres.

Hesseman y yo habíamos tenido ya la ocasión de hablar la tarde anterior de su visión de un fragmento de la película en Londres. En concreto, también de la *primera autopsia.* Por azar, compartimos coche oficial del gobierno de San Marino tras mi llegada al aeropuerto Guglielmo Marconi de Bolonia el 20 de mayo por la noche, y mientras viajábamos hacia la capital de este pequeñísimo estado para asistir a su reunión ufológica anual, me narró cómo el pasado día 5, en una pequeña sala del Museo de Londres, la gente de Santilli proyectó dieciocho minutos del polémico filme, en los que se apreciaban claramente los detalles de un típico examen post mórtem. Tampoco en aquella ocasión permitieron el acceso de cámaras de vídeo o fotográficas, me explicó Hesseman, y los algo más de cien invitados —ufólogos y reporteros en su mayoría— tuvieron que contentarse con la estupefacción que les produjo ver a un ser no terrestre abierto en canal sobre una camilla.

Casi no quiero ni recordarlo. En las horas que siguieron a aquella proyección de diapositivas y a mi conversación con este investigador alemán, mi indignación fue creciendo por momentos. Tenía buenas razones para ello.

A eso de las siete y media de la tarde tuvo lugar una nueva exhibición de los siete fotogramas de la *primera autopsia.* Esta vez en los sótanos del Teatro Titano, donde se estaba desarrollando la reunión de investigadores ovni, y sólo para aquellos a los que se les hubiera entregado —discretamente, claro— una cartulina azul donde se leía con claridad *Pass per proiezione riservata* (pase para proyección reservada). Con este segundo pase, tanto Chris Cary como los organizadores del encuentro habían logrado hacer crecer hasta el límite la expectación entre el público... sin darles ninguna evidencia sólida para creer en las imágenes más que unos pocos fotogramas extraídos aleatoriamente de una filmación de la que seguíamos sin saber nada.

No era justo.

República de San Marino, 21 de mayo de 1995.
11.25 horas

Lo reconozco. A veces me obsesiono por los asuntos que llevo entre manos, pero la situación, como sin duda comprenderá el lector, no era para menos. Podía estar ante la primera prueba real de que la Fuerza Aérea de Estados Unidos había capturado extraterrestres en 1947, y aquella «evidencia» potencial se estaba manejando de forma frívola e irresponsable, con el único propósito aparente de elevar la expectación e incrementar el precio de ese documento en el mercado audiovisual.

Preocupado por el cariz que tomaban los acontecimientos, decidí abordar sin más demora a Philip Mantle para que me aclarara algunos puntos oscuros. A fin de cuentas, él era un investigador de ovnis de reconocido prestigio, ajeno a los manejos comerciales de Santilli, Cary y su compañía Merlin Group, y con criterio suficiente para saber orientarme en medio de tan curiosa situación.

—Rehúyo hacer comentarios sobre la autenticidad del filme —me espetó Mantle a bocajarro—. He dicho setecientas veces esta semana que BUFORA, la organización a la que represento, ha hecho una oferta al señor Santilli para analizar la película. Creemos que lo primero que debemos hacer es proyectar la grabación a un historiador, que examine los uniformes que aparecen en imagen, los vehículos, los instrumentos, el reloj de la pared, los teléfonos y compruebe si corresponden a 1947. También algún patólogo debería comprobar si el estilo de la autopsia de la filmación corresponde a los años cuarenta y que nos indique si las técnicas empleadas son las correctas...

—¿Y qué hay de la comprobación que la casa Kodak hizo de la antigüedad de la filmación, y de la que se habló en marzo en el comunicado de ANSA-AFP?

—En estas semanas —me aclara Mantle— he hablado con el director de Kodak en el Reino Unido, y ha desmentido lo que ha sido publicado en la prensa: Kodak no ha analizado ninguna filmación, aunque estarían encantados de hacerlo. Me dijeron la semana pasada que si les facilitaba uno de los rollos de la película, en un solo día podrían analizarla sin causarle daño alguno, y podrían devolvernos el rollo en la misma jornada. También una pequeña compañía cinematográfica británica, la Hasan Shah Films, se ha ofrecido a analizar con ordenadores la película, y se han mostrado especialmente interesados en aquellos segmentos donde aparezcan rostros de personas, a las que podrían tratar de identificar...

—¿Se sabe, al menos, si la antigüedad del celuloide en el que están las imágenes corresponde a 1947? —le increpo.

—Eso parece. Existe un código al principio del filme formado por la palabra Koda, seguido de un cuadrado y un triángulo sólidos, que fue utilizado por Kodak para clasificar los rollos de película fabricados en 1947. Lo que ocurre es que se trata de un código que se recicla cada veinte años, y, por tanto, puede corresponder también a 1967 o 1987.

Mi conversación con Mantle no pudo prolongarse mucho más. Lo justo, no obstante, para averiguar que él ya estaba al corriente de que Santilli iba detrás de la filmación de las autopsias allá por 1993, cuando lo conoció durante la presentación en Londres del largometraje *Fuego en el cielo.*[3] Curiosamente, ese mismo año el propio Santilli se puso por primera vez en contacto con Mantle para elaborar

3. Se trata de un largometraje estrenado en Europa a mediados de 1993, y que reconstruye la abducción de Travis Walton, un famoso caso de «secuestro» en el que un joven leñador desaparece durante cinco días

un documental televisivo sobre ovnis, pero, como sucede con cierta frecuencia en esos casos, el proyecto nunca pasó de la mesa de trabajo. Fue poco tiempo después de aquella extraña oferta (y digo extraña porque nunca antes Santilli había tomado contacto con ufólogos para realizar documentales de esa clase) cuando él mismo difundió poco a poco el rumor de que estaba en posesión de una filmación secreta sobre el «caso Roswell». Más tarde, gracias a unos comentarios del propio Mantle que pude leer en Internet, supe que nunca dio crédito a aquellas nuevas afirmaciones de este oscuro productor británico, ya que siempre que le pidió ver el preciado material, Santilli rehuía la cuestión.

Con casi toda seguridad, a la vista de lo que pude averiguar en San Marino primero y a través de la Red después, este productor vendió la piel del oso antes de cazarlo, pues sólo pudo demostrar estar en posesión de la filmación de unas autopsias a extraterrestres en enero de 1995. «Santilli concertó en varias ocasiones citas conmigo para ver la película en Londres —escribió Mantle en Internet casi un mes después de nuestro encuentro en San Marino—,[4] pero ninguna de ellas se llegó a materializar. Me dio razones para ello, algunas de ellas parecían incluso bastante plausibles, pero no tenía otra elección que asumir que la historia de Santilli no era más que eso, una historia.

»A lo largo de todo el año siguiente, más o menos —continúa explicando Mantle en su jugoso escrito—, tuve contactos esporádicos con Santilli tanto a través del teléfono como del fax, ninguno de los cuales desembocó en la

---

tras el descenso de un ovni en un bosque cercano a Snowflake (Arizona), el 5 de noviembre de 1975.

4. Philip Mantle, *The Roswell Film Footage*, 22 de junio de 1995.

esperada cita para ver la película. Al inicio de 1995[5] estaba a punto de ponerme a trabajar sobre una crítica de la película *Roswell*[6] con los actores Kyle MacLachlan y Martin Sheen. Mientras estuve haciendo esto telefoneé a Santilli por sorpresa. Le pregunté una vez más si él todavía aseguraba tener esa película de Roswell a lo que contestó: "Sí, pero tú no me crees, Philip". Una vez más, repetí mi petición para ver el filme y de nuevo hablamos sobre la posibilidad de verlo en la oficina de Santilli en Londres. Después de una serie de nuevas llamadas telefónicas y de mensajes por fax, mi mujer Sue y yo acudimos al despacho de Ray Santilli el viernes 17 de marzo de 1995.»

Y añade en su escrito: «Durante esta reunión con él, nos contó de nuevo la historia de cómo obtuvo la filmación, pero no nos enseñó ni una imagen en su oficina. En su lugar, me dio una copia de un segmento de la grabación a la que Santilli llamaba la película del *examen* in situ, para que me la llevara y la viera con tranquilidad. Vi ese fragmento de la película una y otra vez y aunque es de bastante pobre calidad, se podían reconocer unos cuantos elementos. La secuencia está filmada desde una posición fija en la "esquina" de una tienda de campaña...».

5. Para los puristas del dato, Mantle escribió en Internet, por error, «al inicio de 1994». Este punto quedó suficientemente aclarado durante las conversaciones informales que mantuve con él en San Marino la jornada del 21 de mayo de 1995.

6. Se refiere al largometraje elaborado en 1994 por la productora norteamericana Showtime sobre el caso Roswell, basado en el primer libro de Kevin Randle y Don Schmitt titulado *UFO Crash at Roswell* (Avon Books, Nueva York, 1991). La película costó algo más de cuatro millones de dólares.

18.45 horas

Cuando leí, ya de regreso a España, este relato en la pantalla de mi ordenador, comprendí muchas cosas. Especialmente por qué pude ver en San Marino, al finalizar la jornada del 21 de mayo, la película del *examen* in situ. A fin de cuentas, hacía algo más de dos meses que Mantle tenía esa cinta en su poder y sólo de él dependía que otros la viésemos o no.

Los hechos, según recoge mi cuaderno de bitácora, se desarrollaron así: Casi al filo de las siete en punto de la tarde de aquel día, Roberto Pinotti, acelerado como de costumbre, me localiza sentado en una de las cómodas butacas del Teatro Titano mientras atiendo la conferencia de uno de los oradores internacionales del congreso. Antes de que pueda reaccionar siquiera, tira de mí fuera del auditorio y me conduce directamente a una improvisada «sala de prensa» bajo el escenario del teatro, donde me pone al corriente de las últimas novedades.

—Chris Cary abandonó esta tarde San Marino justo después de comer, llevándose consigo las siete diapositivas de Roswell... —me dice Pinotti en voz baja.

—No entiendo... —murmuro.

—¡Claro! Cary vino al congreso representando los intereses de Santilli, y desde el principio sólo tuvo la intención de mostrarnos los fotogramas que hemos visto, pero nunca la de que viéramos ninguna imagen en movimiento. Pues bien, Philip Mantle tiene en su poder un fragmento de esa filmación y está decidido a mostrárnoslo a un reducido grupo de investigadores esta noche, a las 21 horas, en el Gran Hotel. Yo acudiré con el ministro de Telecomunicaciones de San Marino, Augusto Cassali...

—Allí estaré —repuse.

Dicho y hecho. A las nueve en punto de la noche terminaba de ascender la pesada vía Lungomonte que conduce hasta el Gran Hotel de San Marino. Esta vez no había policías, ni se esperaban registros o prohibiciones de ningún tipo, pero se palpaba cierta tensión en el ambiente. Hasta en el rostro del ministro Cassali, que llegó pocos minutos después de mí, se dibujaba un rictus de ansiedad.

—No debes decir que has visto esta película —me advierten tanto Pinotti como el productor de televisión Maurizio Baiata en cuanto me ven en el hotel—. Tú no la has visto, ¿entendido? Nadie de la compañía de Santilli debe saber que se ha proyectado, ya que podría causarle problemas a Mantle.

Asentí.

Desde mi llegada a San Marino todo habían sido advertencias: «Nada de cámaras fotográficas», «no puedes reproducir estas fotos», «tú no has visto esta película»... Sin quererlo, estaba asumiendo unos compromisos con los que mi conciencia no podía cargar. A fin de cuentas, si las imágenes que iba a ver eran auténticas, el mundo tenía el derecho a conocerlas de inmediato, al margen de cualquier interés bastardo por manipularlas o capitalizarlas. Y no iba a ser yo quien obstaculizara a la Verdad —así, con mayúsculas— en su esfuerzo por abrirse paso entre los mercaderes de lo misterioso.

Cuando la pantalla se iluminó, todas aquellas cavilaciones pasaron a un segundo plano automáticamente. En la pantalla gigante de vídeo que el Gran Hotel cedió a Mantle, pronto reverberó una imagen en blanco y negro, carente por completo de sonido, que me hechizó. La escena era bien simple: rodeadas de paredes de lona, dos personas enfundadas en sendas batas blancas, con sus rostros y manos descubiertos, operan detrás de una camilla de campaña. Sobre ella, yace el cuerpo de una entidad que es difícilmente discernible. Se intuye el gran tamaño de su cráneo, pero —a diferencia de la entidad que había visto el día anterior en las diapositivas de Cary— este ser está vestido, cubierto por una sábana blanca y no tiene el vientre abultado. Durante los seis minutos que dura esta secuencia, el cámara tiene situado su objetivo en un mismo punto, probablemente con la cámara montada sobre un trípode. Además, parece estar ubicado justo en la puerta de la tienda donde se desarrolla toda la acción, pues ocasionalmente una especie de sombra se interpone entre él y los médicos.

—Creemos que esa sombra corresponde a una persona, quizá un civil, que coloca su espalda frente a la cámara —comenta Maurizio Baiata.

—¿Y no podría ser la misma puerta de la tienda de campaña que el aire mueve ocasionalmente frente al objetivo? —sugiero.

—Bien. Ésa podría ser una explicación muy plausible —concluye Mantle.

Era de prever. Si la proyección de las diapositivas de Cary me tuvo en jaque durante las veinticuatro horas siguientes a verlas, aquella filmación me rompió todos los esquemas. En primer lugar, confirmaba la existencia de un material filmado (hasta entonces la única evidencia que había visto eran fotos fijas) que recogía el examen a un supuesto extraterrestre; y además, ese material —por su cadencia de dieciocho fotogramas por segundo y por el grano de la película en cuestión— parecía realmente extraído de los años cuarenta. Sin embargo, hubo un aspecto de ésta que me pareció tremendamente incongruente: que durante todo aquel tiempo (los seis minutos que dura el *examen* in situ) los dos médicos estuvieran extrayendo tejidos del cadáver, a la altura de su hombro izquierdo, con las manos desnudas. La luz del candil de petróleo que ilumina la estancia no permite determinar qué clase de material es el que se está manejando, pero la ausencia de unas medidas higiénicas mínimas no contribuye, precisamente, a dar credibilidad al filme.

Sin embargo, si se tratara de una toma fraudulenta, ¿no es ese un «fallo» demasiado obvio?

—Insisto en que esta película no corresponde a ninguna autopsia —aclara Mantle ante las caras de duda de algunos de los investigadores citados—, sino a una especie de examen preliminar de uno de los cuerpos, antes de ser trasladado a Fort Worth para practicársele las correspondientes pruebas.

—¿Y por qué no llevan protección en sus manos? —pregunta alguien en la sala.

—Quizá porque lo que están manejando no son tejidos corporales, sino parte del traje de la entidad... —sugiere de inmediato el ufólogo ruso Boris Chourinov, invitado igualmente a aquel encuentro furtivo.

Podría ser.

Aeropuerto de Milán, 22 de mayo de 1995. 9.25 horas

Respiro aliviado. El vuelo 1354 de Alitalia se levanta por fin hacia Madrid, lo que, ingenuamente, me hace suponer que éste es el punto final, al menos durante algunos meses, de un asunto que me ha impedido dormir dos días consecutivos. Y es que, durante las horas que siguieron a la proyección de la película del *examen* in situ no pude dejar de anotar impresiones y detalles sobre el filme en mi cuaderno de campo: la pobre iluminación de la tienda, la cámara situada en todo momento en una perspectiva alejada del lugar del examen y la ausencia absoluta de planos de detalle, no confieren calidad profesional a aquel fragmento de película supuestamente tomada por Barnett. Tampoco los rostros de los dos facultativos aparecen definidos en ninguno de los momentos de la grabación y, pese a que existen unos pocos fotogramas que podrían tratarse con las modernas técnicas de realzado de imágenes, dudo que pudieran aclararse lo suficiente para que se procediera a una identificación.

Y además, ¿podría alguien identificarlos? ¿Alguien, quizá, que todavía hoy viviera y que hubiera trabajado en 1947 en la base aérea de Roswell? Y lo más importante, ¿pensarían en llevar a cabo una «identificación» de este tipo los miembros de la compañía Merlin en Londres?

Cuando el 727 de Alitalia me dejó en Madrid, abandoné la terminal internacional del aeropuerto de Barajas como un zombi. No tenía ni idea de cómo empezar a armar aquel rompecabezas esbozado en San Marino y, ni siquiera, si merecía la pena ponerse a ello. Abrumado por la falta de datos concretos y de pistas de primera mano a seguir, acaricié la idea de abandonar una situación absurda que consideraba podría dañar más que alimentar el campo de la investigación ovni.

Por supuesto, me equivoqué. La portada del último número de la revista *Más Allá*,[7] servida horas antes de mi llegada a los quioscos del mismo aeropuerto de Barajas, impidió que tirara la toalla: «¡Aparece una cinta con imágenes del ovni estrellado en Roswell!», leí estupefacto con mis maletas a cuestas.

7. Josep Guijarro, «¡Aparece una cinta con imágenes del ovni estrellado en Roswell!», Revista *Más Allá*, n.° 76, Madrid, junio de 1995.

—Demasiado tarde para abandonar —pensé.

La polémica, lo entendí de inmediato, ya estaba servida. El artículo que Josep Guijarro publicaba en el interior de *Más Allá*, revelando a los lectores españoles la existencia del documento recuperado por Santilli, iba a inaugurar toda una escalada ascendente de controversias cuyos efectos aún no han remitido. Y lo más importante de todo: empezaba a crear un estado de opinión entre los propios investigadores de ovnis...

Vistas así las cosas, sólo cabía tomar el asunto de frente, y retomar mi investigación personal del caso Roswell, iniciada en el propio estado de Nuevo México a primeros de mayo de 1991 cuando el azar quiso que me viera involucrado en el análisis del incidente ovni más fascinante de nuestro siglo.

PRIMERA PARTE

El caso Roswell

El 8 de julio de 1947, la oficina de relaciones públicas de la base de la Fuerza Aérea en Roswell, Nuevo México, anunció el estrellamiento y recuperación de un disco volante. Se confió al personal de las Fuerzas Aéreas del 509 Escuadrón de Bombarderos su rescate. Al día siguiente, la prensa informó que el general en jefe de la Octava Fuerza Aérea en Fort Worth, Texas, anunció que el personal de la base de Roswell había recuperado un balón meteorológico con un reflector de radar, y no un «disco volante».

Medio siglo más tarde, se continúa especulando sobre lo que cayó en el suroeste de Estados Unidos. Algunos observadores creen que el objeto era de origen extraterrestre. En su Informe de la Investigación de la Fuerza Aérea relativo al Incidente de Roswell, *de julio de 1994, la USAF no cuestiona que algo ocurrió cerca de la base militar del mismo nombre, pero informa que la fuente más probable de los restos fue un globo lanzado dentro de un proyecto gubernamental secreto diseñado para determinar el estado de desarrollo de las armas nucleares soviéticas. El debate sobre lo que cayó allí aún continúa.*

(Texto extraído de un informe oficial de la General Accounting Office, fechado el 28 de julio de 1995, y dirigido al congresista norteamericano Steven H. Schiff.)

CAPÍTULO 1

Roswell: Una historia compleja

El 2 de mayo de 1991 otro 727, esta vez de la compañía American Airlines, me acercaba por primera vez al caso Roswell. En realidad, entre mis planes para aquel viaje a Estados Unidos, para asistir a un congreso internacional de ufología en Arizona, no figuraba ninguna escala en esa remota ciudad de Nuevo México, aunque la Providencia —como es ya costumbre entre ella y yo— se encargó de urdir rápidamente una travesía por carretera hasta Roswell apenas puse el pie en el aeropuerto de Dallas, en el estado de Texas. Un aeropuerto, por cierto, situado *casualmente* justo al lado de la base aérea de Fort Worth.

Entonces ni siquiera podía intuir que tan cerca de allí, siempre según el testimonio de Jack Barnett, fueron realizadas las primeras autopsias a los tripulantes del objeto siniestrado en Roswell; y menos aún que este cámara militar filmara tan cerca del aeropuerto aquellas secuencias y las fuera a filtrar, casi medio siglo más tarde, a la opinión pública. De hecho, lo único que en 1991 sabía de Fort Worth era que, desde sus instalaciones como sede de la Octava Fuerza Aérea, se ordenó silenciar todo lo relativo a la recuperación de un «disco volante»[1] en los terrenos de un rancho situado a unos ciento veinte kilómetros al noroeste de Roswell. Y esto sigue siendo hoy un hecho histórico, independiente de la veracidad o no del testimonio de Barnett.

Y me explico. El que hoy conozcamos que una aeronave no identificada se estrelló en Nuevo México y fue recuperada por miembros de los servicios de inteligencia de la base de Roswell, fue fruto de una larga cadena de «errores administrativos» que no pudieron atajarse a tiempo desde Fort Worth. Unos errores que surgieron, además, como consecuencia de un momento histórico en el que la Fuerza Aérea norteamericana aún no ha tenido ocasión de regular ninguna clase de secreto oficial sobre observaciones de ovnis. Apenas hacía diez días que la prensa hablaba de «platillos volantes», y era más la curiosidad que el celo por el secreto lo que imperaba entre los responsables de la seguridad aérea de ese país. Por eso a nadie debe sorprender que, en medio de semejante clima, el máximo responsable de la base de Roswell, el coronel William Blanchard, ordenara la redacción de este insólito comunicado de prensa la mañana del 8 de julio de 1947:

> Los numerosos rumores referentes a un disco volador se convirtieron en realidad ayer, cuando el oficial de inteligencia del 509 Grupo de Bombarderos de la Octava Fuerza Aé-

1. Vaya una aclaración por delante: pese a que a lo largo de todo el libro hablaré de «disco» y de «platillo volante» indistintamente, la verdadera forma del objeto caído en Roswell era casi triangular, parecido a un ala delta. Este detalle es, además, consistente con los objetos observados por el piloto civil Kenneth Arnold el 24 de junio de 1947 y que sirvieron para acuñar el término «platillo». Originariamente, esa designación se refería al modo de desplazarse («como un plato rebotando sobre la superficie del agua», diría Arnold) y no a la forma de los objetos.

rea en el aeródromo del Roswell tuvo la suerte de poder disponer de un disco mediante la cooperación de uno de los rancheros locales y de la oficina del sheriff del condado de Chaves.

El objeto volador aterrizó en un rancho cerca de Roswell, en algún momento de la semana pasada. Al no tener servicio telefónico, el ranchero guardó el disco hasta que pudo ponerse en contacto con la oficina del sheriff que, a su vez, lo notificó al mayor Jesse A. Marcel, de la oficina de inteligencia del 509 Grupo de Bombarderos.

La acción se emprendió de inmediato, y se recogió el disco de la casa del ranchero. Fue examinado en el aeródromo de la Fuerza Aérea en Roswell y, a continuación el mayor Marcel lo envió al Cuartel General superior.

No se trataba, eso es obvio, de una nota de prensa común. En ella se reconocía abiertamente que los oficiales de inteligencia del 509 Grupo de Bombarderos de Roswell recuperaron los restos de un disco volante, y se afirmaba también que éstos fueron a su vez reexpedidos a la base de Fort Worth —que es el «cuartel general superior» al que se refiere el comunicado—. Hay que tener muy en cuenta, por los acontecimientos que se sucederán tras la difusión de esta nota, que el 509 Grupo de Bombarderos era el único escuadrón militar norteamericano que en 1947 almacenaba en sus silos bombas atómicas, disponiendo asimismo de los únicos bombarderos especialmente preparados para su transporte,[2] y por lo tanto, contaba en su seno con los

2. En 1945 este mismo 509 Grupo de Bombarderos preparó los B-29 que destruyeron las ciudades japonesas de Hiroshima y Nagasaki. Sólo este detalle ya garantizaba publicidad inmediata a cualquier acción que emprendiera este auténtico escuadrón de élite, fuera del signo que fuese.

mejores hombres de toda la Fuerza Aérea. Su preparación estaba fuera de toda duda, y si aseguraban haber visto un «disco volante» era porque no conocían ningún calificativo mejor para describir los restos encontrados. Y punto.

Por otra parte, existe un detalle que no debe pasarse por alto, y es que en ninguno de los apartados de este comunicado se habla de la recuperación de cadáveres junto al objeto. Ello es así porque, en realidad, este texto recoge tan sólo la mitad de la historia de Roswell. Es decir, se hace eco del hallazgo de los restos de un «disco volante» por parte de William «Mac» Brazel, un ranchero al que me referiré más adelante cuando reconstruya la secuencia de los hechos, aunque no menciona en absoluto la recuperación de un vehículo de gran tamaño. Y no lo hace probablemente porque la captura de estos «restos mayores» fue previa a la inesperada aparición de «Mac» Brazel en escena —que, sin quererlo, se convirtió en el «elemento desencadenante» del comunicado de los militares—, considerándose que su recuperación formaba parte de otra operación diferente.

Lo peor de este asunto es que todavía hoy seguimos sin saber con exactitud qué sucedió en Roswell, y ni siquiera cuántos objetos —si hubo más de uno— cayeron en sus alrededores. La historia más plausible apunta a que el comunicado de prensa ordenado por el coronel Blanchard se refiere exclusivamente a la recuperación de unos restos que se desprendieron de un ovni durante su trayectoria de colisión, y no a la recuperación del ovni en sí (pese a que de la lectura del comunicado se desprenda lo contrario). Por otra parte Blanchard, por iniciativa propia, quiso justificar, ante los cada vez más numerosos testigos civiles implicados que, efectivamente, algo extraño había caído en aquella región, pero sin llegar a aportar todos los datos del caso. Y evitó así, astutamente, cualquier mención al espinoso asunto de la recuperación de una tripulación no terrestre en otro lugar no excesivamente apartado del rancho de «Mac» Brazel.

De ser cierta esta suposición, semejante versión de los hechos encajaría parcialmente con el relato de Jack Barnett, quien asegura que toda esta aventura se inició a primeros de junio —que no de julio, como sostenemos muchos— de 1947, cuando los militares rescataron en secreto los restos de un ovni y los miembros de su tripulación cerca de la reserva apache de Mescalero, junto al espectacular desierto de White Sands. Tal operación se llevó con tanto sigilo, que ni siquiera los militares responsables del acuartelamiento de Roswell conocieron los detalles del asunto hasta la aparición fortuita de «Mac» Brazel en escena, lo que —ciertamente— es lógico si pensamos que junto a White Sands se encontraba la entonces denominada base aérea de Alamogordo,[3] que pudo haber centralizado todas las operaciones de rescate.

Sea como fuere, son muchas las razones (tanto documentales como testimoniales) que nos obligan a situar el desarrollo de este caso durante los primeros días de julio de 1947, y a creer que, en unas pocas horas, todo el material recogido en Roswell fue trasladado vía aérea a la base de Fort Worth, donde se llevaron a cabo los primeros análisis de los restos.

Sobre esto no caben dudas: el 8 de julio de 1947, al mediodía, el general Roger Ramey mostraba a la prensa en su despacho algunos de los fragmentos del objeto siniestrado, argumentando que pertenecían en realidad a un globo sonda. Tal y como explicaré con detalle en el siguiente capítulo, esos restos llegaron a Fort Worth a bordo de un

3. Hoy rebautizada como Holloman AFB.

B-29 que despegó pocas horas antes del aeródromo de Roswell, al tiempo que otro aparato —un C-54 pilotado por el capitán Pappy Henderson— partía con otras partes del mismo «globo» hacia la base aérea de Wright Field, en Ohio. Y digo yo, ¿no son esas demasiadas molestias para el traslado de un sencillo globo sonda?

En 1978 el piloto del vuelo a Wright Field confesó que, efectivamente, él fue responsable de ese traslado y que incluso vio los cadáveres de sus ocupantes, y conservó una de las piezas del platillo, capaz de resistir a toda clase de golpes, quemaduras o agresiones externas. La pieza la mostró a varios amigos y oficiales de las Fuerzas Aéreas, aunque tras su muerte todavía hoy su familia ha sido incapaz de dar con ella.

Curiosamente, pese a la aparición de testimonios como el de Pappy Henderson, seguimos aún sin saber a ciencia cierta cuál fue la secuencia cronológica exacta de los acontecimientos de Roswell y en qué preciso momento la Fuerza Aérea tomó posesión de los *restos* del platillo volante y de sus tripulantes. Hasta ahora, ni el físico Stanton Friedman —primer investigador del caso Roswell y autor de un libro sobre el mismo—,[4] ni el equipo formado por Kevin Randle y Don Schmitt, han logrado unificar criterios al respecto, y ello se debe a que la memoria de los testigos es frágil y a que la USAF todavía no ha desclasificado su dosier secreto sobre Roswell, lo que contribuiría a despejar todas las dudas.

Por esta razón, sólo suponiendo que a Barnett le falle la memoria, cosa probable si atendemos a su edad y al tiempo transcurrido desde los hechos que relata, y que el accidente

4. Stanton Friedman y Don Berliner, *Crash at Corona*, Paragon House, Nueva York, 1992.

hubiera tenido lugar a primeros de julio de 1947, el orden de los acontecimientos tomaría cierta solidez. Adoptando esas fechas de julio como punto de partida, podemos deducir que la Fuerza Aérea recuperó, a unos treinta kilómetros de Roswell —y no precisamente junto a la reserva de Mescalero—, un objeto fusiforme, rescatando los cuerpos de sus cuatro ocupantes.

De hecho, hasta los radares estuvieron en alerta aquellos días. Según explicó Steve Mackenzie —radarista de la base de Roswell en 1947 cuyo nombre real es Frank Kaufman— a Kevin Randle y Don Schmitt, el 2 de julio de aquel año recibió órdenes explícitas del general Martin F. Scanlon, del Comando Aéreo para la Defensa, para que denunciase cualquier cosa extraña que detectara en la zona. No eran órdenes gratuitas. Esa misma noche, sobre las 21.50 horas, el matrimonio Wilmot de Roswell vio «un gran objeto brillante que se desprendió del cielo, desde el sudeste»,[5] y esa misma tarde William Woody y su padre —mientras circulaban en su coche al noroeste de Roswell— aseguraron haber visto el paso de una veloz bola luminosa seguida de una estela rosada. Según Mackenzie, sus instrumentos registraron varias veces «targets» sobre el sur de Nuevo México, cuya presencia fue comunicada inmediatamente a un oficial de Washington llamado Robert Thomas que, al parecer, emprendió viaje hacia Roswell a última hora del 4 de julio, después de que uno de estos objetos fuera perdido de vista en las pantallas.

Gracias a los esfuerzos investigadores del tándem Randle-Schmitt, hoy sabemos con certeza que en aquella jornada se produjeron dos impactos: uno en el rancho de

5. Charles Berlitz y William Moore, *El incidente*, Plaza & Janés, Barcelona, 1981, pág. 51.

«Mac» Brazel con restos poco relevantes, y otro con el grueso dcl objeto. También sabemos que varios testigos civiles llegaron al segundo lugar del accidente a la mañana siguiente, aun antes que los propios militares. Entre estos testigos se encontraba un equipo de arqueólogos liderado por el profesor W. Curry Holden, de la Texas Tech University, que describió el objeto como una especie de «avión estrellado sin alas, con el fuselaje muy grueso».[6] Incluso se sabe que uno de los acompañantes de Holden telefoneó de inmediato al sheriff George Wilcox, del departamento de policía de Roswell, para que mandara a alguien a examinar aquel accidente.

Por su parte, el doctor C. Bertram Schultz, un paleontólogo que viajaba en su coche hacia Roswell la mañana del 5 de julio de 1947, asegura que fue detenido por una patrulla militar que tenía órdenes de mantener acordonada la zona. Unas órdenes, por cierto, cursadas por el coronel Blanchard al mayor Edwin Easley, jefe de la policía militar de la base que, cuando fue localizado en 1989, no sólo recordaba perfectamente su tarea de mantener alejado al «personal no autorizado» del lugar del impacto, sino que vio cadáveres y restos de una aeronave que «no eran de la Tierra».[7] Por si fuera poco, una pareja de jóvenes que estaba de excursión cerca del lugar del accidente, James Ragsdale y Judy Truelove, descubrieron aquel mismo «avión sin alas» y vieron también los cadáveres de sus pequeños ocu-

6. Este tipo de declaraciones han sido recogidas en su mayor parte por Kevin Randle y Don Schmitt en su último libro *The truth about the UFO crash at Roswell* (M. Evans & Company, Nueva York, 1994). Ambos investigadores han recibido diversas ayudas financieras para llevar a cabo sus estudios y han aportado en los últimos años una buena cantidad de nuevos testimonios.

7. Randle & Schmitt, *op. cit.*, pág. 141.

pantes. También Dan Dwyxer, del departamento de bomberos de la ciudad, cuando llegó a la zona gracias a una llamada de emergencia del sheriff Wilcox, pudo ver los cadáveres de dos pequeños seres y un tercero vivo. Pero su descripción, al igual que la de los dos jóvenes excursionistas, no coincide en un cien por cien con los seres que recogen las tomas de Barnett (más adelante volveré sobre esta particular incongruencia).

A todos estos testigos directos, sin excepción, se les amenazó de muerte si narraban a terceros sus experiencias, al tiempo que la Fuerza Aérea concentraba sus esfuerzos primero en la divulgación del comunicado de Blanchard y luego —pocas horas después de su difusión el 8 de julio— en sepultar su contenido asegurando que todo el asunto no se debía sino a la confusión de los restos con un globo de sondeo meteorológico.

Con esta clase de antecedente no es extraño que, tras desembarcar en Dallas y tomar otro avión hacia Tucson, en Arizona, me decidiera rápidamente a alquilar un coche, estudiar a fondo el primer mapa de carreteras a mi alcance, y embarcarme en un viaje hacia Roswell que me llevó algo más de diez horas de volante. Había, ciertamente, muchos puntos oscuros en la historia que despejar. En especial, alrededor de la famosa nota de prensa del 8 de julio.

En ella encontré un detalle que no me encajaba en absoluto: si el coronel Blanchard sabía que estaba recuperando algo importante, había dado órdenes precisas para acordonar la zona y mantener la operación de rescate en secreto, y sus hombres intimidaron a los testigos para que guardaran silencio sobre lo que vieron, ¿por qué ordenó después redactar una nota de prensa en la que se explicaba la caída de un «disco volante»? ¿Acaso para desviar la atención del público hacia el accidente menor del rancho Foster y evitar preguntas sobre el segundo lugar de impacto?

Apunté estas tempranas cábalas en mi cuaderno de bitácora, y me dispuse a trazar un plan de viaje lo más realista posible.

Todo fue más rápido de lo que esperaba. Sin apenas hablarlo, a mi repentina «locura» por visitar Roswell pronto se sumaron otros dos investigadores ovni hasta ese momento perfectamente desconocidos para mí. Eran Antonio Huneeus y Roberto Pinotti, cuyo apoyo, debo reconocerlo, resultó clave para el éxito de aquella «misión». Antonio, un conocido periodista especializado en ovnis afincado en Nueva York, me habló de Roswell creo que desde el primer momento en que nos conocimos en Tucson.

—Este caso —recuerdo que me explicó con detalle— es lo que los ingleses llaman un *case in point.* Sobre él orbita tanto buena parte de la hipótesis extraterrestre para explicar el origen de los ovnis, como la certeza de que la USAF oculta abundante documentación sobre este tema al gran público.

Sintonizamos de inmediato.

Con Roberto pasó lo mismo. También acababa de conocerlo en Tucson, de la mano de Antonio Ribera —mi querido «abuelo ufológico»—, logrando sorprenderme tanto por su prodigiosa memoria como por su locuacidad.

Es difícil de explicar, pero de repente comprendí que la Providencia me había buscado a toda velocidad un destino, dos nuevos amigos y un fascinante caso por reconstruir... Y es curioso: cuando, finalmente, a la hora del té del 5 de mayo de 1991 aparcábamos nuestro flamante Ford Probe azul frente al domicilio de Walter Haut, en la calle West 17th de Roswell, agradecí las aparentes prisas del Destino por conducirnos a aquel rincón de Nuevo México. De alguna manera —y creo no equivocarme en absoluto—, los tres intuimos en aquel preciso momento que nuestro viaje iba a fortalecer muchas de nuestras pequeñas certezas sobre el fenómeno ovni.

Acerté de plano.

Walter Haut fue el oficial de relaciones públicas que cuarenta y cuatro años antes (¡ahí es nada!) redactó el comunicado de prensa anunciando la recuperación del ovni de Roswell. Por fortuna, conservaba aún una buena memoria de los hechos, aunque nuestra larga conversación, con una taza de café caliente en las manos, pareció avivar aún más sus recuerdos.

—En la trama del incidente de Roswell, todo lo que hice fue redactar el comunicado de prensa que expuso lo ocurrido. Fue una cosa bastante insignificante —se sincera de inmediato Haut.

—Bueno, no es poco —comento.

—No lo es, pero, básicamente, yo no pude ver ninguna pieza, partes, o algo así.

—Entonces, ¿cómo obtuvo usted la información en aquel momento? —le pregunta Antonio.

—Según lo que puedo recordar de estos sucesos de hace cuatro décadas, fue el coronel Blanchard, que entonces era el oficial de mayor graduación de la base, el que me llamó y me dijo, básicamente, lo que publiqué en el comunicado. Me dio mucha información sobre el incidente y yo sólo la ensamblé y llevé la noticia a la ciudad a dos periódicos y dos emisoras de radio. Y ésa fue toda mi...

—... ¿contribución?

—... parte en el asunto.

—¿Comprobó usted la información que le facilitó Blanchard? —insisto.

—No. Él era un coronel y yo sólo un teniente. Cuando me dijo «quiero publicar un comunicado y aquí tienes la información», yo cumplí sus órdenes. Escribí el comunicado de prensa y lo llevé a la ciudad para los medios de comunicación.

—Y después de aquello, ¿volvieron a hablar ustedes de este asunto?

—No, y es algo bastante sorprendente. Cuando el comunicado de prensa salió a la luz, obtuvo mucha publicidad. Recibimos llamadas de todo el mundo durante dos o tres días, y después de que en Fort Worth dijeran que el platillo era un globo sonda, no oí a nadie volver a hablar del tema.

—¿Y cuál es su impresión sobre lo que allí se estrelló? ¿Acepta la versión oficial del globo sonda?

—Fue algo del espacio exterior —responde con contundencia.

—¿Del espacio exterior? —repito algo aturdido por esa certeza.

—Sí. Lo digo sin ninguna aversión. Hablé con el mayor Jesse Marcel sobre ello mientras vivió. Y él, que era una persona muy inteligente y bien educada, sin capacidad para inventar historias o exagerar las cosas, decía que nunca había visto nada como aquello. Su hijo dice lo mismo. Entonces tenía sólo once años, pero era un chico muy brillante. Se hizo él mismo su propio radioemisor, es un excelente jugador de ajedrez... y hoy es doctor en Montana, creo. Jesse hijo tiene la misma impresión que yo, de que lo que vio era algo de otro mundo... No había nada como aquello, incluso Jesse hijo llegó a tener fragmentos del ovni en sus manos.

Más adelante, en otro momento de nuestra conversación, Roberto Pinotti le pregunta sobre cómo es posible que durante tantos años los militares implicados hubieran guardado en secreto su participación en una aventura semejante. Su respuesta fue bien simple:

—Después de que nos dijeran que aquel objeto fue un globo sonda, la historia terminó para nosotros. En ese tiempo, la gente de mi edad entre los militares teníamos una gran fe en lo que nos decían nuestros superiores. No protestábamos ni preguntábamos demasiado. Hacíamos lo que se nos ordenaba.

Quizá me equivoque, pero, tras las palabras de Haut, los tres percibimos ese tono de autenticidad que tantas otras veces hemos encontrado en testigos de encuentros con ovnis. Su mirada era también la de una de esas personas que, al haber estado cerca de uno de estos escurridizos objetos, había cambiado su vida por completo. Lo sorprendente del caso —pensé mientras descendía las escaleras del porche de su casa y nos despedíamos de su mujer y de él— es que Haut no fue el único al que aquel accidente le cambió radicalmente su forma de pensar. Él, como tantos otros testigos del caso Roswell, saben a ciencia cierta que no estamos solos. Y, desde luego, no soy yo quien para desestimar una fe... que además comparto.

El lector estará de acuerdo conmigo. La mejor manera de comprender la complejidad de este episodio es reconstruyendo, minuto a minuto, y con la mayor sencillez posible, la línea argumental de los acontecimientos. Basándome tanto en mis propias averiguaciones, como en la excelente investigación de Randle y Schmitt, ésta es la cronología de los hechos más aproximada que he podido armar.

CRONOLOGÍA DEL INCIDENTE

Rancho Foster, Nuevo México, 4 de julio de 1947. Alrededor de las 23 horas

Una violenta tormenta eléctrica sacude todo el condado de Lincoln. Aunque hasta ese momento el día ha sido climatológicamente tranquilo, a ninguno de los rancheros de la zona parece sorprenderle que la atmósfera se enrarezca tras los calores de la jornada. Se trata de un fenómeno común en el desierto al que, desde luego, ya están acostumbrados.

Sin embargo, durante el temporal ocurre algo que muchos no han podido olvidar aún: en medio de los truenos, una especie de fragor metálico retumba con dureza en el cielo. Es como un presagio. Aquel particular «trueno de hierro» termina por espolear, en las horas siguientes, la curiosidad de William «Mac» Brazel, capataz de uno de los ranchos del condado, el Foster, quien apenas levantado el día sale en busca de alguna pista que explique el ensordecedor ruido de la noche anterior. Para su búsqueda se lleva con él a William D. Proctor, un joven vecino suyo de tan sólo siete años de edad, que le ayudará a ubicar con cierta rapidez lo que, en principio, parecen los restos del «trueno».

En efecto. A unos pocos kilómetros al sur del rancho Foster, «Mac» Brazel y Proctor descubren una vasta zona de tierra literalmente cubierta por restos de aspecto metálico. Parecen, sencillamente, haber caído del cielo. Están formados por un buen número de piezas metálicas ligeras muy delgadas, de color parduzco y de todos los tamaños y formas. Entre ellos hay barras de un metal similar al plástico y, curiosamente, también una especie de pequeñas vigas de «madera de balsa», semejante a las usadas en embarcaciones. Según las primeras estimaciones de «Mac» Brazel, los restos cubren un área de aproximadamente un kilómetro de largo y unos setenta o cien metros de ancho.

A pesar de las más de cuatro décadas transcurridas desde aquel incidente, todavía son muchos los rancheros de Lincoln que recuerdan la de cruces que se hizo «Mac» Brazel tratando de averiguar qué demonios era aquello y, sobre todo, de dónde había venido. Aquellas piezas —en eso coinciden todos cuantos las vieron— se doblaban con facilidad, pero retornaban automáticamente a su posición original. Era imposible abollarlas o quemarlas, y, pese a su ligereza, resultaban extraordinariamente resistentes.

Al día siguiente de su descubrimiento, el domingo 6 de julio, William «Mac» Brazel toma su furgoneta y parte de buena mañana hacia Roswell. Tiene la intención de denunciar allí la caída de alguna clase de aparato aéreo sobre sus terrenos, y alberga la esperanza de que pronto retirarán los restos para que su ganado pueda volver a pastar en la zona. Sólo está seguro de una cosa: no se trata de un globo sonda, pues ya en anteriores ocasiones había recuperado esta clase de restos en sus tierras y había reclamado la «recompensa» que la Fuerza Aérea daba en esos casos (entre cinco y diez dólares). Pero entonces, ¿a qué clase de aparato pertenecen esos restos? La falta de un teléfono cercano y el gran esfuerzo que requiere retirar tantos escombros de su ubicación lo obligan a emprender viaje.

Pese a que Roswell pertenece a otro condado, el de Chaves, el sheriff George Wilcox se interesa inmediatamente por la historia de «Mac» Brazel y decide hacerse cargo de la investigación. Sobre todo, cuando examina en la mesa de su despacho uno de los fragmentos de los extraños restos recuperados por el ranchero.

Casualmente —¿cómo interpretarlo, si no?—, mientras «Mac» Brazel y el sheriff Wilcox discuten sobre la conveniencia de avisar a la base aérea de la ciudad, Frank Joyce, periodista de la estación de radio KGFL, realiza una rutinaria llamada al despacho de Wilcox para ver si «hay alguna novedad». Casi automáticamente, el sheriff le cede el auricular a «Mac» Brazel y éste le relata, con pelos y señales, lo que ha sucedido en el rancho Foster: Joyce, sin quererlo, se ve envuelto así en una historia de la que no saldrá fácilmente...

Los militares entran en escena minutos más tarde. Después del aviso que el sheriff deja en la centralita de la base Roswell, un mayor de los servicios de inteligencia de la Fuerza Aérea llamado Jesse Marcel se persona en las oficinas de Wilcox y examina con detenimiento los restos traídos por «Mac» Brazel. De alguna manera, Marcel se percata de la importancia de los hechos, pues no duda ni un minuto en telefonear a otro oficial, esta vez de la contrainteligencia de su cuartel, llamado Sheridan Cavitt, al que pone al corriente de todo. Quiere que les acompañe tanto a él como a «Mac» Brazel a los terrenos del rancho Foster, para examinar de primera mano los restos.

Un *buick* oficial del ejército, un *jeep* habilitado para carga y la furgoneta de «Mac» Brazel llegan al rancho Foster con los últimos rayos de sol de aquel domingo. Acomodados en el domicilio de la familia Hineses, los militares pernoctan en espera de que amanezca y puedan evaluar la situación. Las mayores sorpresas aún están por venir.

Rancho Foster, Nuevo México, 7 de julio de 1947. Primera hora de la mañana

El viaje mereció la pena. Al menos eso debieron pensar Marcel y Cavitt cuando, acompañados de «Mac» Brazel, ven por primera vez el campo sembrado de escombros metálicos. «Cuando llegamos al lugar del accidente —recordó Marcel en 1979 durante su primera conversación con Stanton Friedman—, fue alucinante ver la gran superficie que estaba cubierta por los restos. No se trató de nada que golpeara el suelo o que explotara sobre él. Fue algo que estalló en el aire, viajando tal vez a alta velocidad... no sabíamos.» Y añade: «Lo que más me impresionó de los restos a los que me refiero fue el hecho de que parecían pergaminos. Muchos de ellos tenían piezas en forma de "I" con símbolos que tuve que definir como jeroglíficos porque no pude interpretarlos, no podían ser leídos; eran sencillamente símbolos...».

¿Y Cavitt? A pesar de que, como a Marcel, se le localizó a finales de los años setenta, siempre se negó a facilitar su testimonio, argumentando que en 1947 firmó un documento por el que se comprometía, por razones de seguridad nacional, a mantener el más absoluto secreto sobre lo que vio en los terrenos de «Mac» Brazel. Más recientemente, cuando fue entrevistado el 24 de mayo de 1994 por oficiales de la USAF sobre su participación en este incidente, negó estar sometido a juramento alguno y facilitó varios detalles del caso —como la cantidad de los restos recuperados y su textura— que claramente contradicen el testimonio de su compañero Marcel.

Curioso.

Pero sigamos con los hechos: tanto Marcel como Cavitt están familiarizados con toda clase de aparatos aéreos y globos de sondeo meteorológico, y en ningún momento creen que aquello pueda formar parte de esta clase de objetos convencionales. Por eso, limpian con destreza el terreno de «Mac» Brazel lo mejor que saben, y cargan hasta los topes el *jeep*, el vehículo oficial de Marcel, con unos pocos restos del aparato.

Mientras esta operación está teniendo lugar, Walt Whitmore, propietario de la emisora KGFL que el día anterior había entrevistado a «Mac» Brazel a través del teléfono del sheriff Wilcox, emprende camino hacia el rancho Foster con la intención de interrogar en profundidad al granjero y averiguar más detalles sobre los restos que decía haber encontrado. Y así lo hace. Llega al rancho poco después de la marcha de los militares de la base Roswell, e invita a «Mac» Brazel a regresar a la ciudad con él para ser entrevistado en su emisora.

La entrevista, al parecer, se graba según lo previsto pero nunca llega a emitirse. Y me explico. Una dura orden de la Comisión Federal de Comunicaciones (FCC) y de la delegación del Congreso en Nuevo México le amenaza con retirar la licencia a la emisora KGFL si se radia la entrevista «no autorizada» con «Mac» Brazel. Es, que se sepa, la primera acción de ocultamiento del caso Roswell. Sólo la primera.

Esa misma tarde del 7 de julio, sobre las 16 horas, Johnny MacBoyle, periodista de la emisora de la competencia en Roswell, la KSWS, telefonea a Lydia Sleppy, de otra emisora de mayor cobertura de Albuquerque —la KOAT—, para pedirle que transmita por su teletipo una noticia sensacional.

—¡Atenta! Se ha estrellado un platillo volante... —espeta MacBoyle a Sleppy—. No, no bromeo. Se ha estrellado cerca de Roswell. He estado allí y lo he visto. Es como un fregadero aplastado. Algún ranchero lo ha arrastrado con un tractor debajo de un refugio para el ganado. El ejército está allí y van a recogerlo. Toda la zona se encuentra ahora acordonada.

Y escucha: comentan algo acerca de pequeños hombres a bordo...[8]

8. Berlitz & Moore, *op. cit.*, págs. 39-40.

Siguiendo las indicaciones de MacBoyle, Lydia comenzó a transmitir la información cuando, de improviso, el télex se bloqueó y comenzó a imprimirse el siguiente mensaje: «Atención, Albuquerque: no transmita. Repito: no transmita este mensaje. Detenga inmediatamente la comunicación». De una u otra forma, los militares deseaban que la información se transmitiese sólo en las píldoras deseadas... y una de las que no debía ver la luz era, según se desprende de este incidente, la alusión a la recuperación de «pequeños hombres a bordo».

Pero los acontecimientos se suceden.

Durante el camino de regreso a la base de Roswell con los restos, y a eso de las dos de la madrugada, el mayor Jesse Marcel se detiene unos minutos en casa. Despierta a su esposa y a su pequeño hijo Jessie, de apenas once años de edad, y les muestra excitado los restos del «platillo».

—Mi padre entró con una gran caja en la cocina, extendió su contenido por el suelo y empezamos a mirar aquello —recuerda Jesse Marcel hijo, hoy respetado médico en Montana, cuando por fin logro entrevistarme con él—.[9] Me llamó mucho la atención no ver aparatos electrónicos como resistencias, conectores, cables o tubos entre los restos. No había nada que permitiera adivinar a qué clase de aparato pertenecía aquello.

—¿Podría describirme el tipo de material que llevó su padre aquella noche a casa? —le pregunto.

—Recuerdo que había tres clases de restos: unas masas de plástico negro, una especie de hojas de metal muy ligeras y, por último, lo más impresionante eran unas pequeñas vigas con una sección transversal en forma de «I» que te-

9. Entrevista personal, 7 de septiembre de 1995.

nían símbolos de color púrpura y estaban inscritos en uno de sus lados... —concluyó.

Mientras esta insólita escena tiene lugar en casa de los Marcel, en el centro de Roswell —tras la amenaza de la Comisión Federal de comunicaciones a la KGFL y el bloqueo del teletipo de la KOAT— la estancia de «Mac» Brazel en la ciudad parece de más. Sin embargo, los militares de la base se hacen cargo de él y lo retienen en sus instalaciones durante las siguientes veinticuatro horas, sometiéndolo a un minucioso interrogatorio y obligándolo a cambiar su historia. Allí le toman juramento de que no dirá nada sobre los restos, y lo conducen poco después del mediodía del 9 de julio a las oficinas del diario local *Roswell Daily Record*. El *Record* publicó en su edición del día anterior el comunicado oficial de Haut, pero los militares llevan a «Mac» Brazel a su redacción para que desmienta sus primeras declaraciones. En su nueva versión de los hechos, el número de restos encontrado se reduce y se suprimen sus alusiones a signos jeroglíficos con la única intención de ajustar su testimonio a la ya decidida tesis oficial: lo que encontró «Mac» Brazel unos días antes en el rancho Foster era un simple globo de sondeo meteorológico, modelo Rawin.

Inexplicablemente, «Mac» Brazel permanecerá «secuestrado» por los militares hasta el 15 de julio. Es decir, seis días enteros en los que el ranchero no sabe qué están haciendo los militares en su finca, qué sucede con los restos que sembraban uno de sus campos y en los que, según contó más tarde a su hijo Bill Brazel, fue preguntado una y otra vez con las mismas cuestiones, con —al parecer— el único propósito de que se aprendiera bien «su» nueva historia. Incluso le comenta a su hijo que es mejor que no sepa qué ha sucedido, y le obliga a guardar secreto absoluto sobre todo este tema.

Leased Wire
Associated Press

Roswell Daily Record

RECORD PHONES
Business Office 2288
News Department 2287

Movies as Usual

GRAND

Claims Army Is Stacking Courts Martial

Indiana Senator Lays Protest Before Patterson

RAAF Captures Flying Saucer On Ranch in Roswell Region

House Passes Tax Slash by Large Margin

Defeat Amendment By Demos to Remove Many from Rolls

Security Council Paves Way to Talks On Arms Reductions

No Details of Flying Disk Are Revealed

Roswell Hardware Man and Wife Report Disk Seen

Ex-King Carol Weds Mme. Lupescu

Some of Soviet Satellites May Attend Paris Meeting

Leased Wire
Associated Press

Roswell Daily Record

RECORD PHONES
Business Office 2288
News Department 2287

Gen. Ramey Empties Roswell Saucer

Lewis Pushes Advantage in New Contract

Southern Mines Only Hold-outs In New Contract

Sheriff Wilcox Takes Leading Role In Excitement Over Report 'Saucer' Found

Arrest 2,000 In Athens In Commie Plot

Revolution Was Set to Be Pulled Off Thursday

Send First Roswell Wire Photos from Record Office

Ramey Says Excitement Is Not Justified

General Ramey Says Disk Is Weather Balloon

Primeras páginas del Roswell Daily Record *de los días 8 y 9 de julio de 1947 anunciando la recuperación «oficial» de un ovni estrellado, y desmintiéndolo veinticuatro horas más tarde.*

¿Para qué tantas molestias si «Mac» Brazel «sólo» vio un globo sonda tipo Rawin? ¿Por qué se aplicaron esos métodos fascistas para intimidar al que, sin duda, es el principal testigo civil de todo este caso? ¿Vio algo que nunca refirió públicamente? Por desgracia, «Mac» Brazel falleció en 1963, antes de que otra cadena de curiosas sincronicidades —a las que me referiré en el siguiente capítulo— reabriera este oscuro episodio.

Pero «Mac» Brazel no es el único testigo que esos días es amenazado por los militares y obligado a silenciar su relato. Otro de los acallados es el propio sheriff Wilcox que quedó tan afectado por las presiones militares que decidió retirarse de su cargo y no presentarse a la reelección. Años después de su muerte, su mujer Inés aún recordaba perfectamente cómo las Fuerzas Aéreas amenazaron a su marido con destruir su familia si hablaba de los restos del ovni y de la existencia de unos cadáveres de hombres pequeños y gran cabeza.

Y realmente debieron encontrarse tales cadáveres, porque Glenn Dennis, vecino de Roswell y empleado en julio de 1947 de las Funerarias Ballard de la ciudad, aún recuerda con detalle una extraña llamada telefónica que recibió desde la base, hacia el mediodía del sábado 5 de julio, y que bien puede conectarse con el incidente del ovni.

—Un oficial me preguntó acerca del tamaño y el tipo de ataúdes que tenía, y sobre cuál sería el modelo más pequeño de féretros herméticos que podríamos suministrarles —declaró hace algún tiempo.

Una media hora más tarde, una nueva llamada de la base sonó en el teléfono de las Funerarias Ballard.

—Esta vez me preguntó sobre nuestros preparativos... cómo preparar un cuerpo que ha permanecido a la intemperie, cómo tratábamos cuerpos quemados en casos muy traumáticos... Y le expliqué los pasos que seguimos para tratar esos cuerpos.[10]

¿Para qué querrían saber todos estos datos en la base? El hecho de que preguntaran a Dennis por féretros de pequeño tamaño, cuando en las instalaciones de Roswell no vivían niños, contribuye a rodear de mayor intriga el asunto. Por suerte, el propio Dennis —que en un principio creyó que alguna persona importante había muerto a consecuencia de un accidente aéreo— pudo averiguar para qué querían exactamente los militares sus féretros.

Fue también por *casualidad.*

Pocas horas después de contestar estas «impertinentes» preguntas, Dennis acompaña al hospital de la base a un oficial con algunas heridas de escasa consideración. Tras dejarlo en la enfermería contempla extrañado cómo dos ambulancias aparcadas cerca de él tienen en su interior restos metálicos, y observa igualmente que éstos llevan inscripciones parecidas a jeroglíficos.

No lo duda un segundo. Aprovechando su acceso a las instalaciones militares, se adentra en el hospital donde, por cierto, reina cierta atmósfera de caos. Por fortuna, en sus pasillos se encuentra con una enfermera amiga suya que, tras advertirle que no debería estar ahí, le confiesa que los militares habían recuperado los cuerpos magullados de tres seres que no parecían terrestres. Según ella, los pudo ver cuando entró en una sala del hospital en busca de algunos suministros. Allí encontró a varios médicos ajenos al hospital trabajando sobre dos cadáveres y a un tercero de aquellos *sujetos* que estaba todavía con vida. El olor, según le relató esta enfermera

10. Randle & Schmitt *op. cit.*, pág. 11 y siguientes.

a Dennis, pidiéndole la máxima discreción, era casi insoportable, y las náuseas le impidieron fijarse en demasiados detalles.

Acto seguido le relata cómo aquellos seres tienen varias características anatómicas fuera de lo común: por ejemplo, la distancia entre sus muñecas y sus codos es mayor que entre éstos y los hombros. También creyó ver que disponían de cuatro dedos largos, delgados y frágiles, y unas manos estrechas y pequeñas. En cuanto a su cabeza, le resultó evidente que disponían de mayor capacidad cerebral que los humanos, aunque los ojos parecían estar hundidos dentro del cráneo. Carecían de nariz y de oídos, y en su lugar se apreciaban unos pequeños orificios.

Poco más pudo durar la charla, pues al poco tiempo un coronel sorprenderá a Dennis y lo expulsará sin mayores contemplaciones —no sin antes amenazarle seriamente sobre su deber de guardar secreto de todo lo que allí hubiera visto.

¿Conclusión de este testimonio? Una evidente: a pesar de que esta enfermera no pudo ver con detalle y el tiempo necesario a aquellos seres, sus primeras apreciaciones no coinciden en absoluto con las criaturas que aparecen en la recientemente filtrada filmación de Barnett. Y ello, ni que decir tiene, no necesariamente desmerece su testimonio o el de aquellos que aseguraron ver humanoides junto a los restos del «avión sin alas» caído en Roswell.

Roswell, Nuevo México. Últimos meses de 1947

—¿Usted apreció algún movimiento anormal de gente en la base durante los días posteriores a la difusión de su nota de prensa? —le pregunto a Haut en otro momento de nuestra amigable entrevista.

—Por lo que recuerdo, no hubo ninguna actividad fuera de lo común. Aunque en ese tiempo estaba aún destinado temporalmente en la base de Roswell y, como yo, había mucha gente nueva allí. No siempre era fácil distinguir la gente afincada en la base de los oficiales venidos para otras misiones.

Nunca ha dejado de sorprenderme este «detalle» del caso Roswell. Tras el desmentido oficial dictado desde la base de Fort Worth y la difusión de la tesis del globo sonda, todo pareció volver a la normalidad en aquella región, como si nada, nunca, hubiera sucedido.

¿Todo? Quizá no.

Después de pasado aquel verano, en septiembre de 1947, otro oficial de la contrainteligencia de la base, un compañero de Sheridan Cavitt llamado Lewis S. Rickett visitó en misión oficial al doctor Lincoln La Paz de la Universidad de Nuevo México, en Albuquerque. Sus órdenes eran encargar a este doctor que examinara —en su calidad de matemático, astrónomo y experto en meteoritos— la trayectoria seguida por el ovni del 4 de julio, y determinase otros posibles lugares de impacto.

Según Rickett, que en todo momento actuó como ayudante de este doctor, La Paz calculó otro punto de colisión en el que, una vez examinado, hallaron restos de arena cristalizada a causa de una fuerte emisión de calor. También encontraron nuevos restos de láminas metálicas similares a las encontradas por «Mac» Brazel en su rancho, lo que bastó para convencer al doctor La Paz de que una nave de otro planeta no tripulada (probablemente Rickett ocultó el dato de los tripulantes muertos al matemático), era la causa de aquellos restos sobre el terreno.

Hasta tal punto le debió fascinar la historia al doctor que, desde entonces, se sintió absolutamente atraído por todo lo que tuviera que ver con ovnis. Sin ir más lejos, en sus memorias de 1955 Edward Ruppelt, oficial de la Fuerza Aérea responsable de las investigaciones ovni de la USAF, hablaba ya de sus tempranas reuniones con La Paz para conversar sobre «platillos volantes» y de cómo, entre 1948 y 1951, participó en un proyecto ultrasecreto denominado *Twinkle* (titilante, en inglés), y cuyo objetivo fue la investigación de unas extrañas bolas de fuego verdes que en aquellos días estaban siendo vistas sobre muchas de las numerosas instalaciones militares de carácter nuclear de Nuevo México.[11]

Ahora bien, La Paz y Rickett no fueron los únicos en encontrar nuevos restos del ovni. En el verano de 1949 Bill Brazel, hijo del ranchero «Mac» Brazel, encontró nuevos pedazos de la nave. Cometió el error de comentar apresuradamente su descubrimiento en Corona —el pueblo más cercano al rancho de su padre—, y al día siguiente fue visitado por tres oficiales de la base de Roswell al mando de un tal capitán Armstrong que, con la total cooperación del «gran "Mac" Brazel», le confiscaron todas las piezas halladas.

Y es curioso: pese a la ya inesperada aparición de estos

11. Algunos investigadores críticos como Robert Todd han sugerido que, en realidad, los comentarios de Rickett sobre las investigaciones del doctor La Paz no se refieren al caso Roswell, sino a su encuesta sobre las bolas de fuego verdes; y que semejante asociación es fruto de un error de memoria de Rickett, al confundir las fechas. Pero el testimonio de otros oficiales de inteligencia de la base de Roswell, como Earl L. Zimmerman apoyan que, efectivamente, La Paz buscó el lugar de impacto del ovni de Roswell —véase Robert Todd, «La Paz, Roswell & Green Fireballs», en *MUFON UFO Journal*, n.° 315, Texas, julio de 1994.

restos tardíos y al inexplicable interés de los militares de Roswell por ocultar los —según la versión oficial— fragmentos de un simple globo sonda, nadie se molestó en reabrir el caso durante los años siguientes. El muro de silencio construido en torno a este episodio había sido erigido a conciencia.

Capítulo 2

El muro del silencio

—No puedo creer que los militares de esta base confundieran un globo sonda con un platillo volante —musita Roberto Pinotti mientras desayunamos en Denny's, una agradable cafetería del centro de Roswell.

—Y probablemente no lo hicieron —le responde Huneeus—. Si así hubiera sido, el coronel Blanchard hubiera recibido una fuerte amonestación y al mayor Marcel sencillamente se le hubiera caído el pelo. ¿Te imaginas lo que supone fletar aviones para trasladar unos restos y poner en vilo a todo el país por un simple globo sonda?

—Además, si no me equivoco, ambos militares fueron sospechosamente ascendidos poco después de aquello —comento.[1]

—Así es —contesta Huneeus mientras apura su taza de café americano—. Ya sabes, muchas veces releyendo la his-

1. Es cierto. Tras el incidente de Roswell, Blanchard no tardó en ser ascendido a general, a la edad de cuarenta y ocho años, para después ocupar el cargo de vicedirector de personal de la USAF hasta su muerte. En cuanto a Marcel, éste fue ascendido a teniente coronel en diciembre de 1947.

toria se comprenden cosas que antes nos habían pasado inadvertidas.

Sabio consejo.

Columbus, Ohio, 4 de julio de 1947. A media mañana

El comandante en jefe nacional de los veteranos de guerra norteamericanos, Louis E. Starr, se dispone a iniciar su discurso anual con motivo de la celebración del Día de la Independencia. Entre los reunidos corre como la pólvora una extraña preocupación: toda la prensa del país habla desde hace diez días de las incursiones aéreas de unas aeronaves en forma de ala delta que nadie ha sido capaz aún de identificar. Según los primeros datos, tan insólita oleada se inició con propiedad hacia el mediodía del martes 24 de junio, cuando Kenneth Arnold, un perfecto desconocido hasta entonces para la opinión pública, vio desde su avioneta privada una escuadrilla de nueve objetos luminosos flotando entre los montes Rainier y Adams, en el estado de Washington.

La divulgación masiva de su experiencia y la creación del término «platillo volante» para describir la forma de desplazamiento de los extraños aparatos que se había encontrado en medio de su plan de vuelo, estaban destapando en aquellos días una especie de «caja de Pandora» en todo Estados Unidos. Decenas de individuos de todos los rincones del continente afirmaban, como si de una repentina invasión aérea se tratara, estar viendo también «platillos» como los de Arnold.

Es lógico, pues, que este tema caldease la audiencia de los veteranos de guerra concentrados en Ohio para escuchar al comandante Starr y que, de una u otra manera, todos esperasen de él algunas respuestas claras al enigma. No olvidemos que muchos de ellos sufren aún pesadillas al recordar el ataque sorpresa japonés sobre Pearl Harbour en diciembre de 1941, y no pueden tomarse a broma que —de nuevo— aeronaves no identificadas estén sobrevolando impunemente sus ciudades y campos.

Starr no es ajeno a las preocupaciones de aquellos hombres, y les anuncia que sobre las 15 horas espera recibir un telegrama del Pentágono en el que se les explicará qué o quién se esconde tras la aún activa oleada de platillos volantes. Es sólo cuestión de tiempo. Como es de esperar, la expectación crece a medida que las agujas del reloj se acercan a la hora señalada, pero al cumplirse el plazo, la ansiada comunicación oficial no ha llegado aún. Tampoco lo hará en las horas inmediatamente posteriores.

El comandante Starr rehúye hacer comentarios al respecto pese a que, unos días después, comentará a los periodistas del *San Francisco Examiner*, que él esperaba aclarar todo el asunto con el general Spaatz, entonces comandante de las Fuerzas Aéreas, que en esos días estaba ausente por haber tenido que ir a «cazar un platillo».[2]

¿Qué quiso decir Starr con aquella sutil ironía? ¿Dónde estuvo el general Spaatz aquel 4 de julio? ¿Acaso «cazando» al platillo de Roswell que, desde hacía varios días, traía en jaque a los radares militares de las bases de Roswell y Alamogordo, y que se supone que ese día cayó en Nuevo México? Sospechosamente, Spaatz no aparece en escena hasta el lunes 7 de julio, después del largo «puente» vaca-

2. Loren E. Gross, *UFOs: a history*, vol. 1, july 1947-december 1948. Edición del autor, Fremont (California), 1980, págs. 1-9. Con referencias a comunicados de la *Associated Press* y del *San Francisco Examiner* de los días 5 y 7 de julio de 1947, respectivamente.

cional de la Independencia en Estados Unidos, asegurando que había gozado de unos estupendos días de reposo pescando en Medford, Oregón. Y no precisamente platillos volantes.

Caso cerrado.

Que no piense el lector que se trata de una simple anécdota. El episodio de Ohio nos sirve, casi medio siglo después de aquellos hechos, para tomarle el pulso a la inquietud que en todo el país estaba generando la publicación de noticias sobre platillos volantes. En aquellos tempranos días del verano de 1947, estas incursiones aéreas habían pillado desprevenidos a los militares norteamericanos, que no sabían a qué se estaban enfrentando: si al delirio de unos descontrolados ciudadanos que veían cosas irreales en los cielos, o a la «invasión» de una potencia hostil con un desarrollo aeronáutico realmente desproporcionado para la época.

Por eso, no es de extrañar que cuando, cuatro días después, la *Associated Press* consigue hacia las 14 horas del 8 de julio el comunicado de prensa elaborado por el teniente Haut en Roswell, lo divulgue de inmediato a todos los rincones del país. Al fin, la Fuerza Aérea, al estar en posesión de uno de esos huidizos «discos volantes», podría despejar las dudas acerca de la verdadera naturaleza de estos intrusos y calmar, de una vez por todas, las suspicacias de los ciudadanos norteamericanos.

Al menos, eso debieron pensar muchos al leer alguno de los más de treinta importantes rotativos estadounidenses que imprimieron en sus páginas la sorprendente noticia de Haut, casi inmediatamente después de autorizarse su difusión.

Base Aérea de Fort Worth, Texas, 8 de julio de 1947. Poco después del mediodía

La noticia de la caída de un platillo en Roswell le debió sentar como una patada en la espinilla al general Roger Ramey. Durante las horas inmediatamente posteriores a la difusión por cable del comunicado elaborado por Haut, los teléfonos de la base de Roswell y los de la sede de la Octava Fuerza Aérea en Fort Worth —acuartelamiento del que dependía el 509 Grupo de Bombarderos comandado por Blanchard— se pusieron al rojo vivo. Todos los medios de comunicación del país deseaban conocer, con razón, qué se escondía tras la oleada de observaciones de los platillos, e intuían que la captura de uno de ellos en Nuevo México arrojaría luz definitiva sobre el asunto.

Por alguna causa desconocida, el general Ramey no estaba de acuerdo con ese planteamiento. A media mañana de aquel día había ya ordenado que un B-29 trasladara los restos del ovni hasta su cuartel general, y en poco tiempo urdió —por órdenes de Washington, como veremos— un plan para desinflar la evidente excitación de los periodistas y matar de un golpe certero su interés por el caso.

Su primera gestión fue telefonear, poco antes de las 16 horas, a la redacción del *Fort Worth Star Telegram*, un periódico vespertino de gran tirada, con el reclamo de tener ya los restos del platillo de Roswell en su despacho. De inmediato, el editor de «ciudad» del *Star* envió al despacho del general a un joven fotógrafo llamado James Bond Johnson (nada que ver con el famoso James Bond creado por la pluma del exagente de inteligencia británico Ian Fleming), para que inmortalizara la escena. Quería ser el primero en publicar esas fotos al incluirlas en la última edición del día.

Johnson llegó a la base al filo de las 16.30 horas, atravesó los controles de seguridad sin apenas resistencia y fue conducido de inmediato al pabellón de oficiales. Allí cargó su nueva cámara *Speedgraphic* y tomó cuatro fotos consecutivas en el despacho del general. El ovni, contrariamente a la polémica generada, parecía bien poca cosa: sobre un pedazo de papel de estraza extendido por encima de la alfombra de la oficina de Ramey, podía verse un conjunto de grandes láminas parecidas a papel de estaño, una especie de largas varillas de madera y una pila de fragmentos negros del tamaño de un puño que, desde luego, no permitían adivinar de qué clase de material estaban hechos. Además, aquella basura (pues eso era realmente lo que parecía) despedía un fuerte olor a goma o caucho quemado, dando la impresión de poder ser cualquier cosa menos un artefacto tecnológico capaz de volar a velocidades superiores a las del sonido. Todo lo contrario a los platillos de los que se hablaba en esos días en la prensa.

Tan poco impresionaron los restos a Johnson que, para salvar lo que creía iban a ser unas fotos de «compromiso», pidió a los oficiales que se encontraban en el despacho que posaran con los restos. Al menos, debió pensar, la presencia de hombres uniformados en las imágenes daría más seriedad a aquellos pedazos de papel. Los oficiales retratados, además del propio general Ramey, fueron el coronel Thomas DuBose —jefe de personal de la base— y el mayor Jesse Marcel, que llegó con los restos desde Roswell, y al que sus superiores le prohibieron hablar con ningún periodista.

Cuando en 1990 los investigadores William Moore y Jaime Shandera localizaron en el sur de California a Bond Johnson,[3] éste no recordó que ni el general Ramey ni nin-

3. Jaime Shandera y William Moore, «Three hours that shook the press», *MUFON UFO Journal*, n.° 269, septiembre de 1990.

guno de aquellos oficiales le dijeran a qué demonios pertenecían aquellos restos. Tampoco debió preocuparle en exceso pues, a fin de cuentas, su misión era la de tomar algunas imágenes del «platillo» y no la de averiguar nada sobre su naturaleza o sobre la posición de los militares frente al descubrimiento. De ello, noventa minutos más tarde, se encargaría el propio general Ramey al hablar directamente con los periodistas y explicarles el «secreto» de aquellos miserables desechos.

Los nuevos teletipos, con la versión oficial de la Fuerza Aérea, comenzaron a circular a partir de las 18 horas. La edición vespertina del rotativo *Los Angeles Evening Herald Express*, recogía varios de estos comunicados, emitidos a distintas horas de la tarde desde lugares también dispares, y que fueron encajados en sus páginas a medida que se fueron recibiendo en su redacción. Dos de ellos son especialmente significativos para comprender cómo evolucionó la idea del ocultamiento del caso.

El primero había sido elaborado por la *Associated Press*, estaba fechado ese 8 de julio en Washington, y decía textualmente:

> El general de brigada Roger Ramey dijo hoy que un objeto destrozado que había sido descrito previamente como un disco volante encontrado cerca de Roswell, Nuevo México, estaba siendo trasladado vía aérea al centro de investigaciones de la Fuerza Aérea en Wright Field, Ohio.
>
> Ramey, comandante de la Octava Fuerza Aérea con sede en Fort Worth, recibió el objeto desde la base aérea de Roswell.
>
> En conversación telefónica con el cuartel general de la Fuerza Aérea en Washington, Ramey describió el objeto como de construcción débil, casi como una cometa. Estaba en tan mal estado que Ramey era incapaz de decir si el objeto tenía o no forma de disco. No indicó el tamaño del objeto.

Había algunos fragmentos de juncos encontrados cerca del objeto (caído) junto al rancho de Nuevo México donde un ranchero lo vio la semana pasada.

Ramey informó, allí hasta donde la investigación de la Fuerza Aérea ha podido determinar, que nadie vio el objeto en el aire. Preguntado sobre qué material podría ser, los oficiales de la Fuerza Aérea dijeron que Ramey lo describió como si aparentemente fuera alguna clase de papel de estaño.

El objeto, después de ser encontrado por el ranchero, fue llevado al 509 grupo acorazado en el aeródromo de Roswell.

Cuando se les preguntó si otras agencias, incluyendo el FBI, examinarían los restos, los oficiales de la Fuerza Aérea dijeron que entendían que si el avión no había abandonado aún Fort Worth en ese momento, los representantes del FBI en la zona podrían examinarlos.

El segundo texto, por contra, estaba fechado ese mismo día en Fort Worth, y correspondía a un teletipo de la agencia *International News Service* que daba ya una explicación contundente al misterio:

> El general de brigada Roger Ramey, jefe de la Octava Fuerza Aérea, aseguró esta noche que el supuesto «disco volante» encontrado al este de Nuevo México es «evidentemente, nada más que un instrumento meteorológico o de radar de alguna clase».

¿Qué había cambiado en Fort Worth para que se pasara de mantener una postura de prudencia sobre los restos del ovni a asegurar que se trataba de un globo sonda? Según lo que he podido averiguar de aquella jornada, el oficial de meteorología de Fort Worth, Irving Newton, al ver los restos que más de una hora antes había fotografiado Bond Johnson, aseguró que se trataba de un globo de sondeo meteorológico del modelo Rawin, probablemente usado como reflector para pruebas con radares. Así de simple.

Para muchos, el veredicto de Newton selló definitivamente el caso. Ahora bien, cuando Moore pudo entrevistarse con él en julio de 1979, éste recordó claramente cómo el general Ramey, al llamarle a su despacho, sólo deseaba de él que confirmara su hipótesis de que los restos de Roswell correspondían a un globo sonda. Como así fue.

—Estaba muy deteriorado y fragmentado —comentó Newton—. Yo había lanzado miles de ellos y no cabía la menor duda de que lo que me habían dado eran partes de un globo. Se me dijo más tarde que el comandante de Roswell había identificado aquel artefacto con un platillo volante, pero que el general había sospechado de esa identificación desde el principio, y que aquélla era la razón de que me hubiesen llamado.

—¿Cómo no fueron capaces los (militares) de Roswell de identificar un globo que era suyo? —le cuestiona Moore.

—Debieron haberlo hecho. Era una sonda corriente Rawin. Deben haber visto centenares de ellas.[4]

Que la decisión de sepultar el caso Roswell bajo la pantalla del globo sonda estaba tomada tiempo antes del propio examen de Newton, lo demuestra otro comunicado de prensa de aquel día, emitido a las 17.30 horas y publicado por el *Dallas Morning News*. En él, un tal E. M. Kirton, oficial de inteligencia de la base de Fort Worth, apuntaba la hipótesis del balón-radar como la única explicación a los hechos. ¿Cómo se pudo llegar a tal conclusión si el examen de Newton no se producirá hasta media hora después de fecharse este nuevo teletipo? Evidentemente, porque el veredicto estaba ya pactado.

4. Berlitz & Moore, *op. cit.*, pág. 60.

Y no sólo eso. Existe un memorándum del FBI, fechado en Dallas el 8 de julio de 1947 a las 18.17 horas —es decir, un cuarto de hora después de iniciarse oficialmente la campaña de descrédito del caso—, en el que se narra cómo desde el cuartel general de la Fuerza Aérea se telefonea a la oficina del FBI para asegurarles que el platillo volante recuperado en Roswell «parece un globo meteorológico de gran altura con un reflector de radar», al tiempo que se les informa de que sus restos están siendo «transportados a Wright Field con un avión especial para su examen». ¿Por qué la Fuerza Aérea quiso tener tan al corriente al FBI de sus conclusiones? Como explicaré más adelante, los intercambios de información entre los militares y los federales sobre ovnis estrellados comenzaron a ser frecuentes justo a partir de esta fecha...

Hay varios detalles confusos en la historia de los fragmentos llegados a Fort Worth que saltan a primera vista: la descripción que el mayor Marcel hizo de los restos sobre el rancho de «Mac» Brazel no coincide, ni en cantidad ni en características tales como la rigidez del material y su dureza, con lo que analizó el oficial Newton en el despacho de Ramey y fotografió Bond Johnson. Además, un error de identificación tan evidente no era propio de un grupo de élite especialmente adiestrado en cuestiones aeronáuticas. Ahora bien, no todos los investigadores del caso están convencidos de que lo que aparece en las fotos de Bond Johnson —y en otras dos tomas posteriores que obtuvo otro fotógrafo de la *United Press*— sean los restos de un globo Rawin: mientras que para Shandera y Moore los restos en las imágenes pertenecen realmente al ovni de Roswell (!), los más sensatos, como Randle y Schmitt, creen que lo que

Ramey llevó a su despacho desde el principio fueron, efectivamente, los restos de un sencillo globo sonda.

—El general Ramey —escribió el prestigioso historiador de la ufología Loren Gross, basándose en entrevistas grabadas a Jesse Marcel— tenía un viejo globo meteorológico con un reflector de radar que sustituyó por el misterioso metal (del ovni). El reflector tiene un tosco parecido con el material encontrado por «Mac» Brazel y fueron estas hojas de metal brillante las que se permitieron ver y fotografiar a los periodistas. Se aseguró a esta gente que el envío del material a los laboratorios de Wright Field para pruebas había sido cancelado.[5]

Mentiras, pues, por todas partes.

Hasta el propio coronel DuBose —que fue localizado en 1990 por Stanton Friedman en Florida, ya como general retirado, y que fue uno de los oficiales que estuvo en el despacho de Ramey aquella tarde— reconoce que el objetivo último de la convocatoria de periodistas en Fort Worth fue el de acallar a la prensa por órdenes expresas de Washington.

—Nos ordenaron que nos quitáramos a la prensa de encima —declaró poco antes de fallecer—. Las cosas estaban yéndose fuera de control, aunque ahora no recuerdo quién fue el que sugirió la historia del aparato meteorológico.[6]

Una vez emprendida la acción de ocultamiento, DuBose recuerda una nueva llamada de teléfono cursada desde Washington por el general Clements McMullen, que le dejó lívido:

—... McMullen me dijo directamente por teléfono, «olvídese de esto. No quiero oír nada sobre esto de usted», y

5. Loren E. Gross, *op. cit.*, pág. 45.

6. Jaime Shandera, «New revelations about Roswell wreckage: a general speaks up», *MUFON UFO Journal*, n.° 273, enero de 1991.

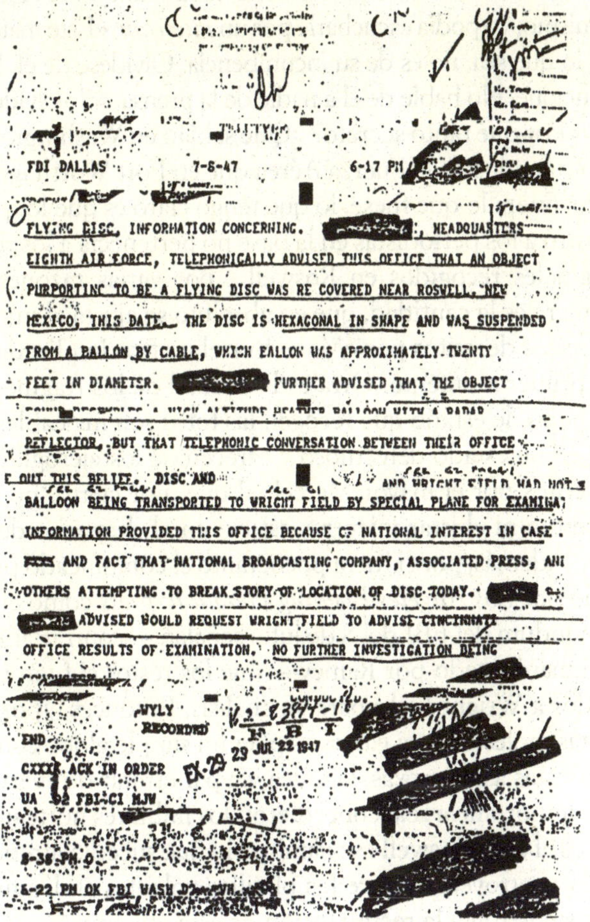
FBI DALLAS 7-8-47 6-17 PM

FLYING DISC, INFORMATION CONCERNING. [redacted], HEADQUARTERS EIGHTH AIR FORCE, TELEPHONICALLY ADVISED THIS OFFICE THAT AN OBJECT PURPORTING TO BE A FLYING DISC WAS RE COVERED NEAR ROSWELL, NEW MEXICO, THIS DATE. THE DISC IS HEXAGONAL IN SHAPE AND WAS SUSPENDED FROM A BALLON BY CABLE, WHICH BALLON WAS APPROXIMATELY TWENTY FEET IN DIAMETER. [redacted] FURTHER ADVISED THAT THE OBJECT FOUND RESEMBLES A HIGH ALTITUDE WEATHER BALLOON WITH A RADAR REFLECTOR, BUT THAT TELEPHONIC CONVERSATION BETWEEN THEIR OFFICE AND WRIGHT FIELD HAD NOT [illegible] OUT THIS BELIEF. DISC AND [redacted] BALLOON BEING TRANSPORTED TO WRIGHT FIELD BY SPECIAL PLANE FOR EXAMINAT[illegible] INFORMATION PROVIDED THIS OFFICE BECAUSE OF NATIONAL INTEREST IN CASE [illegible] AND FACT THAT NATIONAL BROADCASTING COMPANY, ASSOCIATED PRESS, AND OTHERS ATTEMPTING TO BREAK STORY OF LOCATION OF DISC TODAY. [redacted] ADVISED WOULD REQUEST WRIGHT FIELD TO ADVISE CINCINNATI OFFICE RESULTS OF EXAMINATION. NO FURTHER INVESTIGATION BEING CONDUCTED.

WYLY

RECORDED

END

CXXXX ACK IN ORDER

UA [illegible] FBI CI MJW

8-36 PM O

[illegible]-22 PM OK FBI WASH [illegible]

EX-29 29 JUL 22 1947

En este memorándum interno del FBI, fechado el 8 de julio de 1947, ya se aprecia cómo la USAF ha iniciado su campaña de «desinformación» en torno al ovni de Roswell, argumentando que se trataba de un globo sonda.

entonces me ordenó: «Dele el teléfono a Ramey». A él le dijo lo mismo, yo podía escucharle por un *intercom*. «Este material, sea lo que sea, no es de su incumbencia. Olvídese de él. Ni lo mencione. No hable de él a nadie de la prensa, sólo olvídelo.»

¿Por qué tanto secreto? ¿Qué sabían en Washington los altos mandos de la Fuerza Aérea que en Fort Worth ignoraban? Fuera lo que fuese, lo que tengo claro es que lo que se mostró a los periodistas en la base no pertenecía a los restos originales recogidos en Roswell... por varias razones. La primera es la cantidad, que en absoluto se ajusta al número de restos descritos por «Mac» Brazel u otros implicados en un primer momento. Otra es la calidad de los fragmentos: las hojas de estaño que recogen las fotos son maleables, están en un estado defectuoso y carecen de los «jeroglíficos» descritos por el mayor Marcel, al que, por cierto, no se le permitió ni chistar mientras estuvo en el despacho de Ramey. Además, por si fuera poco, tanto el comunicado publicado por *Los Angeles Evening Herald Express* como el memorándum del FBI del 8 de julio señalan —contrariamente a lo manifestado por Ramey— que los restos sí fueron enviados a Wright Field para su análisis. Entonces, ¿por qué tantas molestias —y gastos— para un simple globo sonda?

Vistas así las cosas, la única vía para tratar de averiguar qué importancia real concedieron los militares norteamericanos al caso Roswell es examinar lo que sucedió alrededor de la controversia sobre los platillos volantes en los meses que siguieron a la recuperación de este objeto.

Washington DC, 30 de julio de 1947

A finales del mes de julio ya habían finalizado por completo las tareas de recogida y traslado de los restos del ovni de

Roswell. Se habían borrado a conciencia todas las huellas del accidente, y la opinión pública norteamericana recordaba aquellos sucesos como una mera anécdota veraniega. Sin embargo, era previsible que, en función de los datos obtenidos de los restos, algún organismo militar, fuera pública o privadamente, hiciera algún tipo de comentario sobre la naturaleza de los platillos volantes.

Ese comentario llegó el día 30, desde la sede del Cuerpo de Inteligencia de la Fuerza Aérea, después de que fuera ordenada su elaboración por el general George Schulgen, jefe de los servicios de información de la aeronáutica militar. Se trataba de un informe basado en dieciocho observaciones de ovnis seleccionadas entre los mejores casos que tuvieron lugar en un periodo de tiempo comprendido entre el 19 de mayo y el 10 de julio de aquel año. El texto recogía avistamientos protagonizados por personal cualificado, como pilotos civiles y militares, y cuyos comentarios sirvieron para fijar el prototipo de aeronave no identificada vista con más frecuencia: un objeto en forma discoidal, capaz de volar en perfecta formación (en 1947 no existían los controles automáticos de aviones que facilitaran esa clase de maniobras de precisión), y que presentaban una parte inferior abultada y una pequeña cúpula en su zona superior. La conclusión de este informe era que, efectivamente, «algo está volando alrededor nuestro».[7]

Al tiempo que se elaboraba este informe, se estaban produciendo en aquellas fechas varios contactos entre la Fuerza Aérea y el FBI, con la sola intención de establecer un acuerdo de cooperación ante la eventualidad de que alguno de estos discos se accidentara sobre territorio ameri-

7. Bruce Macabee, «UFO related information from the FBI file (part II)», *APRO Bulletin*, noviembre de 1977.

cano y fuera recuperado por los militares. ¿Qué sabían los federales? El hecho de que estuvieran al corriente de las operaciones de la Fuerza Aérea sobre el caso Roswell, y de que a partir de esa fecha los teletipos de esta agencia que hablaran de platillos volantes fueran clasificados como «Materia de Seguridad» o «Seguridad Interna», indicaba que concedían a este asunto un interés prioritario. Pero probablemente al FBI le interesaba el tema en tanto un accidente de este tipo pudiera aportar algún indicio sobre la presencia de espías soviéticos en EE.UU. No olvidemos que la guerra fría estaba en marcha y que, por encima de una eventual llegada de extraterrestres, a los hombres del todopoderoso director del FBI, J. Edgard Hoover, les interesaban los asuntos de espionaje.

Otro documento posterior, presentado igualmente a Schulgen por el general Nathan F. Twining, jefe del célebre Air Materiel Command con sede en Wright Field, y fechado el 23 de septiembre de 1947, retoma las conclusiones del texto de julio y añade cuatro datos substanciales más:

a) El fenómeno es algo real y no algo visionario o ficticio.

b) Existen objetos probablemente con la forma aproximada de un disco, de tamaño lo suficientemente apreciable como para parecer tan grandes como una aeronave hecha por el hombre.

c) Existe la posibilidad de que algunos incidentes puedan ser causados por fenómenos naturales, como meteoros.

d) Las características de las que se ha informado, tales como velocidades extremas de ascenso, maniobrabilidad (particularmente en los giros) y acciones que deben considerarse evasivas cuando son vistos o contactados por aviones amistosos o radares, hacen pensar en la posibilidad de que algunos objetos son controlados tanto de forma manual, automática o por control remoto.

La implicación de Twining en la trama ovni en general, y en Roswell en particular, resulta evidente cuando sus papeles personales demuestran que el general viajó a Nuevo México el 8 de julio de 1947 acompañado por otros altos mandos de su equipo directivo, aparentemente para estar presente en actos protocolarios. Lo que allí debió ver, con seguridad le resultó del máximo interés, pues desde entonces no dejó de documentarse sobre el fenómeno ovni, llegando a firmar, el 12 de agosto de 1954, un documento de la Fuerza Aérea en donde se regulaban los procedimientos de la USAF para investigar observaciones de vehículos aéreos no identificados.[8]

Pero centrémonos. Aquel «año de Roswell», con los datos recogidos por Twining y ayudado de algunas fuentes informativas más que con seguridad se me escapan, el general Schulgen redactó el 28 de octubre de 1947 un nuevo documento destinado a los agentes de los servicios de información de la Fuerza Aérea en todo el mundo. En él se descubren ya algunos datos necesariamente obtenidos de varios casos de ovnis estrellados y, específicamente, del accidente de Roswell. «Mientras que aún se mantiene la posibilidad de un origen ruso, basada en la perspectiva y ejecución de los alemanes —asegura Schulgen al hablar de la naturaleza de los ovnis—, es la opinión considerada de algunos elementos que los objetos pueden, de hecho, representar naves interplanetarias de algún tipo.» Y añade, al referirse a los elementos de construcción de estas naves, que éstos pueden ser de varias clases: «a) tipo de material, tanto metal, ferroso, no ferroso o no metálico; b) compues-

8. Se trata de la *Air Force Regulation 200-2*, titulada genéricamente *Unidentified Flying Objects Reporting (UFOB)*, y que sustituyó a todas las regulaciones anteriores en este campo.

to o construcción tipo sándwich utilizando varias *combinaciones de metales, hojas metálicas, plásticos y quizá madera de balsa* o material similar; c) métodos inusuales de fabricación para conseguir un peso extremadamente ligero y una estabilidad estructural» (la cursiva es mía).

¿A qué nos recuerda la alusión a «combinaciones de metales, hojas metálicas, plásticos y quizá madera de balsa»?

Evidentemente a la descripción que el mayor Jesse Marcel hizo de los restos encontrados en Roswell y de los que, forzosamente, debió estar al corriente el general Twining al ser uno de los oficiales de mayor graduación de la base de Wright Field, donde —no perdamos de vista este detalle— fueron a parar finalmente algunos fragmentos del aparato siniestrado en los terrenos de «Mac» Brazel. Hay un dato, por encima de cualquier otro, que apoya esta suposición: curiosamente, el 8 de julio de 1947, día en que se dio a conocer la nota de prensa de Haut, Twining canceló un viaje a la costa oeste del país «debido a un asunto muy urgente e importante»,[9] dirigiéndose de inmediato a Washington, de donde, a su vez, partió hacia Nuevo México el día 10 de julio.

Demasiadas coincidencias para no sospechar una conexión con el accidente de Roswell. Máxime cuando se sabe que, gracias a los esfuerzos del general Twining, el 30 de diciembre de ese mismo año, el secretario de Estado James Forrestal firmará una orden para la creación de una comisión de estudio oficial sobre el problema de los ovnis, dependiente del Comité de Inteligencia Técnica de la Fuerza Aérea (ATIC). Una empresa que recibirá el nombre clave de «Proyecto Signo» y obtendrá una clasificación de prioridad

9. Timothy Good, *Above top secret*, Quill/William Morrow, Nueva York, 1988, pág. 260.

«2A», es decir, la segunda graduación más alta posible en el seno de la inteligencia militar norteamericana de la época.

La puesta en escena del «Proyecto Signo», cuyas distintas versiones permanecerán en funcionamiento hasta 1969,[10] conseguirá distraer definitivamente la atención pública de lo sucedido en Roswell. A fin de cuentas, dedujeron los ciudadanos en aquel entonces, si la USAF se empeña en recolectar casos de observaciones de objetos en la alta atmósfera es porque, evidentemente, carecen de elementos más próximos e importantes que examinar.

Y no les faltaba razón a quienes así pensaban.

De hecho, la operación de silenciamiento del caso Roswell fue tan efectiva que casi consiguieron erradicar de la memoria histórica la existencia del accidente en el rancho Foster. Sólo un programado cúmulo de coincidencias —por llamarlas de algún modo, ya que éstas, como bien sabe el lector, no existen— hizo que a finales de los años setenta se reabriera el caso.

Todo volvió a empezar el 20 de enero de 1978, cuando Stanton Friedman, un físico nuclear entregado en cuerpo y alma a sus conferencias sobre ovnis, recibe una insólita «pista» tras una de sus charlas en la Universidad estatal de Louisiana, en Baton Rouge.

10. El «Proyecto Signo» terminará transformándose, con el correr de los años, en un más popular «Proyecto Libro Azul», que recogerá —hasta su clausura el 17 de diciembre de 1969— casi trece mil observaciones de ovnis, totalizando unas ochenta y cuatro mil páginas de información sobre el tema. No obstante, la propia legislación del «Libro Azul» dejaba bien claro que podría haber casos que, por su interés, escaparan al control de este programa de investigación y, en consecuencia, quedarían fuera del dominio público.

—Debería usted hablar con Jesse Marcel. Él tuvo en su poder piezas de una de esas cosas —le espetó un periodista local que habló con Friedman tras su conferencia.

Por aquel entonces, este físico nuclear convertido en defensor de la causa ovni, apenas había oído hablar del accidente de Roswell, ya que las alusiones en la literatura ufológica eran escasas.[11] Sin embargo, intrigado por aquel extravagante comentario, viajó hasta Houma, a pocos kilómetros de la Universidad, y se entrevistó por primera vez con el mayor que en 1947 recogió los restos del accidente. A él le siguieron entrevistas con la locutora Lydia Sleppy, de la emisora KOAT de Albuquerque, y los en-

11. Otra nota para los puristas del dato. Antes de 1980 muy pocos eran los libros o revistas que recogían el caso de Roswell en sus páginas, y los que lo hacían estaban mal documentados. De entre todas las referencias de la época, cabe destacar el libro de Harold T. Wilkins *Flying Saucers on the Attack* (publicado en 1954 y nunca traducido al castellano), o el clásico de Frank Edwards *Platillos Voladores* (Editorial Diana, México, 1967), quien en sus páginas 59-60 resumía así este episodio:

«Existen casos tan difíciles como el del ranchero de cerca de Roswell, Nuevo México, que llamó por teléfono al sheriff diciéndole que un objeto resplandeciente, en forma de disco, había pasado sobre su casa a baja altura, estrellándose e incendiándose en la falda de un cerro, a corta distancia. El sheriff llamó a los militares; éstos llegaron a toda prisa. No se permitirá la aproximación de los periodistas al área. Sin embargo, el gobierno distribuyó una semana después la fotografía de un soldado sosteniendo una cometa de caja con un disco de aluminio de las dimensiones aproximadas de un molde grande para pastel, colgado de la parte inferior. El informe oficial explicaba que eso era un artefacto elevado por la cometa y utilizado para probar aparatos de radar, haciendo rebotar las señales contra el disco. Y se nos dijo que eso era la clase de objeto que había excitado tanto al ranchero. Sin embargo, no se nos dijo cómo se incendió la cometa ni por qué aislaron el área los militares, mientras inspeccionaban los despojos de una cometa de caja, quemada, con un molde incombustible atado a ella».

cuentros con nuevos testigos. Por primera vez, desde que muriesen los rumores de «discos estrellados» en los años cincuenta, personas con nombres y apellidos aseguraban haber participado en una de estas historias. Y, por si fuera poco, pronto las averiguaciones de Friedman, William Moore y otros destaparon documentos secretos relativos al caso y hasta recortes de prensa que recogían los acontecimientos.

El caso existía. Había sido ocultado durante tres largas décadas, y en 1978 resucitaba generando una escalada de interés y de polémica cuyos últimos peldaños han sido la aparición de las imágenes de las autopsias filmadas por Jack Barnett, y las recientes reacciones de la USAF frente a las demandas públicas de apertura de sus archivos sobre el incidente Roswell.

Capítulo 3

El «informe Weaver»

A nadie medianamente despierto se le escapa que la historia humana tiene una naturaleza esencialmente cíclica. Acostumbrados como estamos a sus caprichos, no damos apenas importancia a comportamientos que se repiten generación tras generación, o a situaciones comprometidas ante las que reaccionamos de la misma forma una y otra vez sin importarnos los años transcurridos. El caso Roswell ofrece, sin duda, uno de los mejores ejemplos que conozco de este curioso resorte del comportamiento humano.

Y me explico.

Cuando en julio de 1947 la prensa increpó a la Fuerza Aérea norteamericana para que se pronunciase sobre el objeto caído cerca del rancho Foster, el general Ramey contestó de inmediato que el «disco volante» del que se había hablado no era más que un amasijo de restos procedentes de un sencillo globo de sondeo meteorológico. En 1994, casi cinco décadas más tarde, la USAF volvió a ser presionada por la opinión pública con una demanda esencialmente idéntica, y ésta decidió contestar con el mismo argumento que hacía cuarenta y siete años para defender el que es —cada vez está más claro— uno de sus secretos mejor guardados.

Como digo, todo un ciclo.

Washington DC, 15 de febrero de 1994.
En algún momento de la mañana

El secretario de Defensa de Estados Unidos, William J. Perry, apenas puede dar crédito a la nota que acaba de recibir en su despacho. Se trata de un comunicado oficial expedido por la Oficina General de Contaduría (GAO) en el que se le informa que este comité especial del Congreso va a iniciar una auditoría en el seno del Departamento de Defensa. En esta ocasión, la GAO no busca pruebas que demuestren la existencia de otro Irangate, ni tan siquiera pretende comprobar la lista de gastos de la costosa operación Tormenta del Desierto en Irak. Nada de eso. Se trata —y esto es lo que realmente sorprende a Perry— del primer paso firme dado por algunos ciudadanos de Nuevo México en una larga investigación que busca aclarar cómo la Fuerza Aérea adquiere, clasifica y retiene información general sobre «accidentes de globos, aviones y similares».

Contrariamente a lo que pueda parecer, al secretario de Defensa no se le escapa que esa etiqueta es un eufemismo que encubre otra búsqueda mucho más concreta: la de documentos administrativos relativos al accidente de un «disco volante» en un rancho de la región de Roswell en las postrimerías de los años cuarenta.

Y es que, de hecho, la nota que acaba de llegar al despacho de Perry es el último eslabón de una larga secuencia de acontecimientos.

Todo comenzó a finales del año anterior en las oficinas

del congresista republicano Steven Schiff, en Albuquerque. Este hombre, que cuenta con el apoyo de más del setenta por ciento del electorado del estado de Nuevo México, llevaba ya demasiadas semanas recibiendo cartas y mensajes de sus votantes pidiéndole que presionara al gobierno de Washington y aclarara, de una vez por todas, qué fue lo que cayó en Roswell en el verano del cuarenta y siete. La tenacidad de sus electores en esa cuestión estaba convirtiéndose en toda una pesadilla para él.

Y con razón.

La publicidad generada por los últimos programas televisivos emitidos en Estados Unidos sobre el caso, y la reciente publicación de sendos libros en torno al accidente de Roswell,[1] habían abierto una herida que llevaba demasiado tiempo cerrada.

Por suerte para Schiff, varios aliados le salieron al paso.

Antes de emprender ninguna acción oficial, el congresista recibió en su despacho un grueso dosier sobre el accidente Roswell, de ciento sesenta y ocho páginas nada menos, elaborado especialmente para la ocasión por la organización ufológica Fund for UFO Research (FUFOR). El documento en cuestión contenía veintinueve declaraciones juradas de testigos, decenas de referencias al personal

1. La popular serie de televisión de la cadena NBC *Unsolved Mysteries* emitió un completo documental sobre el caso el 20 de septiembre de 1989 (que se repuso el 24 de enero del año siguiente con notable éxito de audiencia). Por otra parte, en 1991, Avon Books publicó un libro de bolsillo del tándem Randle-Schmitt, titulado *UFO Crash at Roswell*, que vendió algo más de trescientos mil ejemplares sólo en EE.UU. Al año siguiente, Friedman y Berliner publicaban su ya citada obra *Crash at Corona*, también con cierto éxito, y añadiendo nuevos datos sobre el incidente. Es decir, que en unos pocos meses el caso Roswell volvió a estar en boca de todo Estados Unidos como nunca antes desde 1947.

militar implicado y toda clase de material histórico que demostraba, sin género de dudas, que algo fuera de lo común se había estrellado al oeste de Nuevo México y que había sido recuperado en secreto por los servicios de inteligencia del 509 Escuadrón de Bombarderos, hacía la friolera de cuarenta y siete largos años.

El documento de la FUFOR, redactado por Fred Whiting en colaboración con otros investigadores como Karl Pflock, Stanton Friedman, Don Berliner, Kevin Randle y Don Schmitt, insistía, además, en la necesidad de elevar una petición formal al gobierno para aclarar el asunto y despejar algunas dudas más que razonables sobre la verdadera naturaleza del ingenio siniestrado.

Desde que este informe cayó en sus manos, Schiff trabajó duro. Pidió explicaciones al Departamento de Defensa, al Pentágono y hasta a los Archivos Nacionales, aunque nadie pareció interesado en aclarar las cosas. Irritado por la pasividad de la administración, en octubre de 1993 puso finalmente el asunto en manos de la todopoderosa Oficina General de Contaduría, con la intención de exigir —que no de pedir— la documentación relativa al caso Roswell.

Fue un acierto.

La GAO es el brazo investigador del Congreso de Estados Unidos, así como el organismo encargado de inspeccionar las actividades de la administración pública. Sólo en 1993 había invertido más de cuatrocientos noventa millones de dólares en todo tipo de investigaciones oficiales, para las cuales se le brindó acceso a cuantos archivos —confidenciales o no— necesitó consultar. Por ello, poner en manos de la GAO una investigación así suponía, de entrada, el esfuerzo más serio jamás emprendido para arrancar un secreto ovni a la Fuerza Aérea de ese país.

La imponente maquinaria de esta Oficina empezó a

trabajar dos semanas después del comunicado oficial al secretario de Defensa, William Perry. El último día del mes de febrero de 1994, en el despacho del inspector general del Departamento de Defensa, tuvo lugar una nueva reunión en la que se decidió cómo actuar ante el caso, qué archivos consultar y qué entrevistas a los testigos involucrados en la recuperación original de los restos deberían concertarse. Curiosamente, esa misma jornada un equipo de investigación de la Fuerza Aérea, puesto en marcha nada más saberse que los siempre incómodos investigadores civiles de la GAO meterían sus narices en los archivos militares, encontró una «pista» a la que —en las semanas venideras— la USAF se *agarraría* como a un clavo ardiendo para justificar el caso Roswell. Según ésta, entre junio y julio de 1947 un grupo de científicos de la Universidad de Nueva York se hallaba probando en la base de Alamogordo, no excesivamente lejos del rancho Foster, globos «suspendidos para detectar ondas de choque generadas por explosiones nucleares soviéticas»[2] que pertenecían a un proyecto supersecreto (de categoría «1A») conocido como Mogul.

El propósito del programa Mogul era elevar micrófonos muy sensibles a la alta atmósfera, para captar desde allí el estruendo de las hipotéticas primeras pruebas nucleares rusas. Aparentemente no se obtuvieron resultados positivos durante las semanas que duró tan peregrina experimentación, pero la intentona, pese al fracaso, fue clasificada como muy secreta.

2. Richard L. Weaver, *Report of Air Force research regarding the «Roswell Incident»*, documento de la USAF, Washington DC, julio de 1994, pág. 16.

Informe Weaver: Un mismo perro con distinto collar

Lo reconozco. Ninguna investigación relacionada con Roswell, haya sido militar o civil, se ha desarrollado nunca por cauces convencionales. Y es que la propia naturaleza del caso parece exigirlo así. Quizá por ello, mientras la GAO diseñaba su procedimiento de actuación para averiguar qué sucedió en el rancho Foster en julio de 1947, la USAF se había adelantado ya a su búsqueda y había puesto en marcha a varios oficiales de su Oficina de Investigaciones Especiales (AFOSI) para que elaborasen urgentemente su propio informe y lo entregasen rápidamente a la prensa. Como así fue.

El «informe Weaver» vio por primera vez la luz el 8 de septiembre de 1994, y aunque estaba fechado en julio y muchos esperábamos su inmediata «desclasificación», su salida me pilló fuera de juego.

Fue mi buen amigo y mejor historiador del fenómeno ovni Richard Heiden quien, con la diligencia que le caracteriza, me mandó urgentemente desde Milwaukee, en un sobre hermético de color sepia, las veintitrés páginas de que constaba ese aún caliente documento. No sin cierta emoción, recuerdo todavía con qué deleite me dispuse a examinar lo que se antojaba, de entrada, como un texto excepcional. Y debía serlo por dos razones: la primera, porque se trataba del primer escrito oficial relativo al caso Roswell emitido por la Fuerza Aérea desde el comunicado de prensa redactado el 8 de julio de 1947 por el teniente Haut. Y la segunda, porque me encontraba ante el primer documento público que la USAF redactaba sobre ovnis desde que fuera clausurado el Proyecto Libro Azul en 1969.

No era, pues, para tomárselo a la ligera.

Nada más empezar a leerlo, descubrí que las prisas de

la Fuerza Aérea por emitir su postura oficial tenían una poderosa razón de ser. Según el coronel Richard L. Weaver, oficial de AFOSI y responsable último del informe, debía quedar claro ante la opinión pública que «la búsqueda no ha localizado ningún documento en las oficinas de la Fuerza Aérea que señale una ocultación de la USAF, así como ninguna indicación de tal recuperación (de un platillo)». A fin de cuentas, aventuraba el mismo «informe Weaver» líneas más adelante, «nuestros esfuerzos de investigación no han encontrado ningún documento relativo a la recuperación de cuerpos alienígenas o materiales extraterrestres».[3]

El coronel Weaver insiste, desde la primera página de su trabajo hasta la última, que lo que causó el estupor de William «Mac» Brazel en su rancho cercano a Corona fueron los restos de un tren de globos, de unos ciento ochenta metros de envergadura, pertenecientes al vuelo secreto número 4 del Proyecto Mogul. Para probarlo, el informe de la USAF contiene en uno de sus apéndices la declaración escrita de Charles B. Moore, ingeniero del proyecto, en el que este afirma que «no puedo encontrar ninguna otra explicación para el caso Roswell que la de que se tratase de uno de nuestros globos de servicio de primeros de junio».[4]

Mi estupefacción al leer los comentarios de Moore fue considerable. Unos años antes, en el primer libro publicado sobre el caso Roswell, este mismo profesor del Instituto de Minería y Tecnología de Nuevo México daba una versión radicalmente distinta de los hechos.

—Basándome en la descripción que acaba de facilitarme —declaró en 1979 al investigador William Moore (con

3. Richard L. Weaver, *op. cit.*, pág. 1.

4. Charles B. Moore, *Statement of Witness*, documento de la USAF fechado el 8 de junio de 1994.

REPORT OF AIR FORCE RESEARCH REGARDING THE "ROSWELL INCIDENT"

July 1994

Portada del «informe Weaver», redactado presurosamente por la USAF en cuanto se hizo público que el Congreso iba a ordenar una auditoría para buscar todos los documentos del caso Roswell.

el que no mantiene ningún grado de parentesco)—, puedo definirme de un modo claro. No se trataba de ningún tipo de globo de los usados allá por 1947, o incluso hoy, para estos fines: no hubiera podido dejar restos sobre una gran zona o revolver el suelo de alguna forma. No tengo la menor idea de qué pudo ser aquel objeto, pero no me parece que un globo respondiese a una descripción así...[5]

¿Qué hizo cambiar de opinión al profesor Charles Moore? Según él, sencillamente, el haber podido examinar con detalle las fotos de los restos del «ovni» que Bond Johnson tomó el 8 de julio de 1947 en el despacho del general Ramey en Fort Worth.

¡Bendita historia!

Pero sigamos. La tesis oficial de la Fuerza Aérea sostiene que el vuelo número 4 «fue lanzado el 4 de junio de 1947, aunque no fue nunca recuperado por el grupo de la Universidad de Nueva York. Es muy probable que este tren de globos de alto secreto, construido con componentes no confidenciales, cayera algunas millas al noroeste de Roswell, fuera hecho trizas por el viento y posteriormente encontrado por el ranchero "Mac" Brazel diez días después». Y añade Weaver en su informe: «Esta posibilidad está apoyada por las observaciones del hoy teniente coronel Sheridan Cavitt, único testigo aún con vida que vio el campo de restos y el material encontrado. El teniente coronel Cavitt describió una pequeña área con restos que parecían "barras cuadradas tipo bambú de dos a tres centímetros cuadrados, muy ligeras, así como una clase de material también muy liviano... Recuerdo haber identificado esos restos como partes de un globo meteorológico"».[6]

5. Berlitz & Moore, *op. cit.*, pág. 63.
6. Richard L. Weaver, *op. cit.*, pág. 18.

También hay razones para recelar del testimonio de Cavitt. Tras la muerte del mayor Jesse Marcel en 1986, las escasas declaraciones públicas de este oficial de contrainteligencia tendieron siempre, por alguna razón que desconocemos, a minimizar lo que se pudo encontrar en el rancho Foster. Negó que el área que cubrían los restos fuera tan grande como relataron Marcel y «Mac» Brazel, e incluso que tuvieran que volver a la zona para recoger el resto del material esparcido. De hecho, en su reciente declaración escrita para el «informe Weaver», insinúa que «conocí a Jesse Marcel y a Bill Rickett —el oficial de inteligencia que trabajó con el doctor La Paz— muy bien. Siempre los consideré buena gente, aunque ambos tendían a exagerar ocasionalmente las cosas».[7]

¿Exagerar?

El coronel Weaver olvidó mencionar en su informe, al hablar de los restos del ovni, lo que «Mac» Brazel comentó a algunos de sus vecinos: que deseaba que alguien retirara lo más rápidamente posible ese material de sus tierras porque, debido a su gran tamaño y a lo compacto de los restos, las ovejas no podían pastar entre aquellos metales. Ese comentario, formulado a rancheros locales como Tommy Tyree entre otros, desmonta también la secuencia cronológica que la USAF pretende asignar al incidente de Roswell. Para los militares, «Mac» Brazel localizó el vuelo número 4 el día 14 de junio, tardando tres semanas más en decidirse a viajar a Roswell para denunciarlo al sheriff Wilcox... sin que en ese tiempo se hubiese dado cuenta que se trataba de restos de globos sonda convencionales.

7. Sheridan Cavitt, *Statement of Witness*, documento de la USAF, 24 de mayo de 1994.

No olvidemos que «Mac» Brazel ya se había encontrado con otros globos en sus tierras en diversas ocasiones; que los había denunciado para cobrar las pequeñas recompensas ofrecidas por la USAF, y que el vuelo número 4 del Proyecto Mogul —según confirman los diarios de esta misión— estaba formado por sencillos balones del modelo Rawin... Exactamente, como bien recordará el lector, el mismo tipo de globo que Irving Newton, el oficial de meteorología de la base de Fort Worth, identificó en el despacho de Ramey ante la prensa (!).

«Al respecto del anuncio inicial de "la Fuerza Aérea captura un disco volante" —continúa explicando Weaver en su informe—, la investigación ha fracasado en localizar ninguna evidencia documentada sobre el porqué se hizo esta declaración.» Y continúa: «Parece que hubo una reacción exagerada del coronel Blanchard y el mayor Marcel al informar originariamente que un "disco volante" había sido recuperado cuando, en aquel tiempo, nadie sabía con certeza qué significaba siquiera ese término ya que sólo estaba en uso desde hacía un par de semanas».

Las consecuencias del «informe Weaver»

Decir que el «informe Weaver» fue producto de una investigación sesgada, sería demasiado generoso para la Fuerza Aérea. Desde la selección de los testigos entrevistados —Sheridan Cavitt y diversos integrantes del Proyecto Mogul—, hasta su presentación del material histórico, todo se enfocó desde un principio hacia la explicación del vuelo número 4 del Proyecto Mogul. Una solución al misterio de Roswell a la que, curiosamente, ya había llegado en marzo de 1994 (poco después de iniciarse las gestiones de la USAF para la elaboración de su famoso informe) el investigador de la FUFOR Karl Pflock.[8]

Según Pflock, los restos del ovni de «Mac» Brazel correspondían a los despojos del vuelo Mogul número 9, lanzado el 3 de julio de 1947 desde Alamogordo. Pese a que tras la publicación del informe Weaver, Pflock reajustó su veredicto apoyando también la tesis del vuelo número 4 (al comprobar que la dirección de los vientos de aquel 3 de julio[9] empujaron los globos en dirección opuesta a Roswell), su trabajo fue una de las «pistas» que indudablemente siguió la USAF para construir su nueva pantalla del caso.

Ni que decir tiene que sobre Pflock han llovido desde entonces toda clase de sospechas. No en vano, éste trabajó para el Departamento de Defensa y la CIA hace algunos años, participando en programas de desinformación —en principio no ufológicos— en la década de los setenta. Durante los sesenta fue, asimismo, secretario de la primera gran organización de investigación ovni norteamericana, el NICAP, absolutamente infiltrada por miembros de los servicios de inteligencia: desde el almirante Roscoe Hillenkoetter, primer director de la CIA y miembro del consejo de dirección del NICAP, hasta el coronel Joseph Bryan III, fundador del departamento de guerra psicológica de la propia «Compañía» (como eufemísticamente se conoce a la CIA en los ambientes de *Inteligencia*). Y, por si fuera poco, su mujer, Mary Martinek, forma parte del equipo del representante Schiff, siendo ella la que convenció al con-

8. Karl T. Pflock, *Roswell in Perspective*, Fund for UFO Research, Mount Rainier, 1994.

9. Karl T. Pflock, «More on Mogul & Roswell», *MUFON UFO Journal*, número 326, Texas, junio de 1995.

gresista para que iniciara sus presiones al gobierno... con el conocido resultado negativo del «informe Weaver».

Este tipo de indicios, unidos a la omisión de detalles importantes del caso, hacen pensar que la USAF reaccionó rápidamente ante la investigación civil de la GAO antes de abrirles sus archivos secretos. De hecho, uno de esos detalles importantes deliberadamente ignorados son las alusiones de algunos testigos clave a un «segundo lugar de impacto» alejado del rancho Foster. Una de las entrevistas más antiguas que se conservan en los anales del caso Roswell, realizada en diciembre de 1979 al mayor Marcel por el ufólogo Bob Pratt, apuntaba ya en esa dirección.

—Fue algo que debió explotar sobre el suelo y caer —le comentó Marcel a Pratt—. Y yo supe después que más hacia el oeste, hacia Carrizozo, se encontró también algo como estos restos. Algo de lo que yo no sé nada. Fue durante el mismo periodo de tiempo, a cien o ciento treinta kilómetros al oeste de allí.

Lo que Marcel señalaba en esta conversación es hoy el *talón de Aquiles* del caso Roswell. Ni más ni menos que la existencia de un segundo lugar de impacto, mucho más cercano a la base aérea dirigida por el coronel Blanchard que el propio rancho Foster, y en donde cayó el objeto principal con sus tripulantes. Testigos como el mayor Edwin Easley, de la policía militar de la base y encargado de acordonar la zona del «segundo impacto», o el brigadier general Arthur Exon, del acuartelamiento de Wright Patterson, que estuvo al corriente de la operación de rescate del objeto principal siniestrado, no fueron entrevistados nunca por los hombres del coronel Weaver. Es más, ni siquiera aparecen mencionados en su informe.

¿Por qué?

Sin duda porque su testimonio no encaja con la tesis oficial del vuelo número 4.

Pero hay más. Diversos testigos civiles del área de Roswell vieron caer, al término de la jornada del 4 de julio, una especie de «meteoro envuelto en llamas» de color blanco, y seguido de una estela roja. Esa observación tampoco coincide con las características de los vuelos de globos de neopreno empleados en Nuevo México por el equipo del Proyecto Mogul. El gas que usaban jamás entraba en combustión, pero, además, ningún vuelo de este programa secreto fue lanzado aquel día. Entre otras cosas por ser el Día de la Independencia y fiesta nacional en Estados Unidos.

—El asunto es que los testigos, los hombres que estuvieron allí, que fueron los responsables de mantener la seguridad en el lugar del impacto, los encargados de recuperar la nave y los cuerpos, dicen todos lo mismo. Aquello no era una nave convencional manufacturada en la Tierra —aseguraban el 26 de septiembre de 1994 Kevin Randle y Don Schmitt durante una rueda de prensa «antiinforme Weaver» en Wisconsin.[10]

Washington DC, 28 de julio de 1995

El Destino tiene a menudo cosas caprichosas.

Como bien decía el escritor y poeta romántico Lamartine, «nos da casi siempre lo que nunca se nos hubiera ocurrido pedirle». Y es cierto.

10. Kevin D. Randle y Don R. Schmitt, *The Report on the Conclusions of the Recent Air Force Analysis on the Roswell Incident*, presentado el 27 de septiembre de 1994 en la «Bach Room» del Hotel Astor de Milwaukee, Wisconsin.

Aquella calurosa jornada de julio, mientras que en España concentraba todos mis esfuerzos en la investigación de las imágenes del «extraterrestre de Roswell» filmado por Jack Barnett y me embarcaba en una curiosa campaña de prensa tras de la publicación en primicia de algunos de sus fotogramas en la revista *Año Cero*, en Estados Unidos se estaba desprendiendo un nuevo jirón de la cortina de silencio en torno al caso.

Una carta dirigida al congresista Schiff y redactada en el cuartel general de la Oficina General de Contaduría aquella mañana, le informaba por fin de los resultados de su intensa búsqueda de pruebas documentales sobre el accidente de Roswell. «Hemos identificado cuatro accidentes aéreos cuyos datos fueron proporcionados a las Fuerzas Aéreas de Nuevo México durante julio de 1947. Todos estos accidentes —afirmaba el texto de la GAO— involucraron accidentes aéreos y ocurrieron después del 8 de julio de 1947.»[11]

Con esta alusión, la GAO desechaba definitivamente la posibilidad de que un avión secreto se hubiera estrellado cerca de Roswell a primeros de julio de 1947. Eliminaba también de un plumazo la hipótesis de que la responsable del caso Roswell fuera una prueba misilística del polígono de tiro de White Sands con una de las bombas volantes «V-2» capturadas a Alemania al final de la Segunda Guerra Mundial, al tiempo que se confirmaba que la primera prueba con «V-2» tripulada por monos se lanzó el 11 de junio de 1948... casi un año después del accidente de Roswell.

Ahora bien, ¿encontró esta Oficina algún documento

11. General Accounting Office, *Results of a Search for Records Concerning the 1947 Crash Near Roswell, New Mexico*, documento GAO/NSIAD-95-187, julio de 1995.

que probase la existencia oficial de un «expediente Roswell»? Tras rebuscar en los documentos históricos del escuadrón atómico de esa base, en los Archivos Nacionales, en los depósitos documentales de la CIA en Langley y en otros once departamentos militares más, la GAO sólo se hizo con un documento hasta ahora inédito; un paupérrimo párrafo del «diario oficial» del 509 Escuadrón de Bombarderos, correspondiente al mes de julio de 1947, en el que puede leerse textualmente:

> La Oficina de Relaciones Públicas ha estado bastante ocupada durante todo el mes contestando las preguntas sobre un «disco volante», que fue comunicado que estaba en posesión del 509 Grupo de Bombarderos. El objeto terminó siendo un globo para seguimiento de radar.[12]

Un documento que, por cierto, la USAF ya mencionaba en el «informe Weaver»[13] y que poco o nada revela sobre la naturaleza del caso Roswell. Ahora bien, el texto de la GAO sí aporta un nuevo elemento de reflexión: asegura que todos los archivos administrativos de la base de Roswell, entre marzo de 1945 y diciembre de 1949, así como los mensajes salientes de este acuartelamiento, entre octubre de 1946 y diciembre de 1949, fueron destruidos. Y asegura igualmente que «el formulario de disposición de documentos no indica qué organización o persona destruyó estos archivos y cuándo o bajo qué autoridad éstos fueron destruidos».

En el periodo de «vacío documental» señalado, fueron muchas las cosas que sucedieron. No sólo tuvo lugar el acci-

12. General Accounting Office, *op. cit.*, págs. 12-13.
13. Richard L. Weaver, *op. cit.*, pág. 12.

dente de Roswell que nos ocupa, sino que en septiembre de 1947 se creó la United States Air Force (USAF) tal y como la conocemos hoy, inaugurándose —eso es rigurosamente histórico— un periodo de confusión administrativa que pudo barrer algunos archivos. Pero ¿acabaría con los de un asunto que ocupó abiertamente el interés de todo el país durante casi veinticuatro horas, entre el 8 y el 9 de julio de 1947?

Cuando en septiembre de 1995 comenté tranquilamente este asunto con Don Schmitt, éste no dudó en aportar su punto de vista a la aún caliente revelación de la GAO.

—Fíjate en una cosa —me explica—. Lo que asegura la GAO es que no existen archivos que se refieran a un «caso Roswell» o a un «informe Roswell». Particularmente creo que esa información existe y que está clasificada bajo un nombre que desconocemos; sencillamente no puedo admitir que alguien no autorizado, como dice la GAO, destruya unos archivos así hace sólo cuatro años, cuando cosas menos importantes y más antiguas se conservan todavía en dependencias militares.

—¿Y en qué te fundamentas para sostener esa impresión? —le pregunto.

—Hay un investigador de la GAO en Washington DC, Richard Davis, que ha trabajado mucho para la elaboración de este informe, y que cree que los documentos relativos al caso fueron en algún momento reagrupados bajo algún nombre en clave que desconocemos. Tal vez si en el futuro averiguáramos ese nombre, podríamos ordenar una búsqueda más precisa.

—¿Y mientras tanto?

—Deberemos continuar con otros frentes de investigación abiertos por el caso Roswell, y si me apuras, también con las dudas que plantean unos pocos relatos de ovnis estrellados posteriores a éste de 1947.

United States General Accounting Office

Report to the Honorable Steven H. Schiff, House of Representatives

GOVERNMENT RECORDS

Results of a Search for Records Concerning the 1947 Crash Near Roswell, New Mexico

Primera página del informe de la General Accounting Office (GAO), en el que se reconoce que personal militar no autorizado oficialmente destruyó los documentos relativos al caso Roswell. Una nueva mentira institucional.

Asentí.

Abandoné mi conversación con Schmitt con una extraña sensación en el cuerpo. Y es que, de repente, me había dado cuenta que la aparición pública de las imágenes de Barnett que presuntamente recogen las autopsias a los extraterrestres recuperados en Roswell había coincidido con el punto álgido de esta polémica burocrática. Y no sólo eso: había conseguido desplazar el interés de medio mundo hacia el filme, dejando que los esfuerzos administrativos por llegar al fondo del incidente de Roswell pasaran desapercibidos. ¿Casualidad?

Ya lo he dicho antes. No creo en ella.

Capítulo 4

Los otros «casos Roswell»

—¿Te das cuenta que los militares nunca podrán reconocer la caída de un ovni en Roswell? —recuerdo que me interrumpe Antonio Huneeus mientras conduzco a lo largo del perímetro del campo de pruebas de White Sands, no muy lejos de Roswell, en mayo de 1991.

—¿Y por qué? —le devuelvo su pregunta.

—Está claro. Si lo hicieran, los investigadores y la opinión pública se les echarían encima. Querrían saber dónde guardan sus restos, confirmar que realmente están almacenados en la base de Wright Patterson, en Ohio y...

—¿... Y?

—Y sobre todo —continúa Huneeus enérgicamente—, confirmar que han caído ovnis en otras ocasiones, cuya recuperación fue mantenida también en el más absoluto de los secretos.

Callé. Realmente el bueno de Antonio las tenía todas consigo.

Nunca he dado demasiado crédito a las historias —muy divulgadas, por cierto, en Estados Unidos— de otros platillos volantes siniestrados en Nuevo México, Arizona y Texas entre 1947 y 1952. Y nunca lo he hecho porque me resistía a creer que alguien con una tecnología aeronáutica tan avanzada como la que se presumía a los platillos volantes, fuera a caer a tierra en repetidas ocasiones y, precisamente, en una zona del planeta tan reducida, utilizada fundamentalmente como campo de pruebas de prototipos militares.

Y una de dos: o los tripulantes de los ovnis estaban precipitándose en esa área porque alguno de los experimentos que allí se estaban realizando (pruebas nucleares o con radares, por ejemplo) afectaban a sus sistemas de navegación o, por el contrario, aquellos «ovnis» no eran sino ensayos aeronáuticos secretos de nuevos vehículos militares.

Confieso que en varias ocasiones he estado tentado de cerrar el expediente Roswell aplicando el célebre razonamiento de la *navaja de Occam*; es decir, sosteniendo que es la hipótesis más sencilla aquella que más probabilidades tiene de ser cierta. Pero hacer eso, y defender que fue un globo Mogul o un avión ultrasecreto lo que se estrelló en Nuevo México en 1947, sería despreciar arbitrariamente los relatos de muchos testigos y los resultados de demasiadas investigaciones. Y no sólo, por cierto, los de aquellos que protagonizaron el caso Roswell en sí, sino los de quienes vivieron otros misteriosos incidentes que, al parecer, tuvieron lugar en fechas muy próximas y en lugares no demasiado lejanos a Roswell.

Iré al grano.

Llanos de San Agustín, Nuevo México, a principios del mes de julio de 1947

Un empleado del U.S. Soil Conservation Service llamado Grady «Bamey» Barnett —y que, en principio, nada tiene que ver con el cámara que filmó las autopsias en Fort Worth, Jack Barnett— se tropieza durante una de sus patrullas con los restos de lo que parece ser una aeronave estrellada. Según contará después a algunos de sus mejores amigos, su hallazgo consiste en un gran objeto metálico empotrado contra el suelo y en torno al cual yacen los cadáveres de varios seres extraños, de pequeña estatura y gran cabeza.

Pero Barnett no es el único que se encuentra con aquello. Al poco de llegar al lugar, aparecen en escena un grupo de arqueólogos que comienzan a curiosear entre los restos de la aeronave.[1]

También ellos ven los extraños cadáveres, y se muestran incapaces de dar una respuesta satisfactoria a ninguna de las preguntas que les sugiere el hallazgo. Por otra parte, los comentarios de Barnett dan una idea bastante precisa del lugar del impacto: los restos de este objeto se encuentran en los Llanos de San Agustín, un paraje montañoso no muy alejado de la ciudad de Socorro, pero enclavado a doscientos cuarenta kilómetros al oeste del Rancho Foster...

1. El detalle de los arqueólogos es bastante curioso. Los testigos del lugar de impacto en las inmediaciones de Roswell (véase capítulo 1) describieron también a un grupo de arqueólogos de la Texas Tech University que finalmente pudo ser identificado. El hecho de que Grady Barnett hablara de un equipo similar puede obedecer a una curiosa casualidad —y en ellas, insisto, no creo—, o a que Grady contó como propia una historia que pudo haber oído a alguna otra persona, testigo del accidente de Roswell, cambiando arbitrariamente la ubicación del incidente por un enclave más cercano a él que diera credibilidad a su relato.

Demasiado lejos, en principio, para considerarlo la fuente principal de los fragmentos de «aluminio» encontrados por «Mac» Brazel en sus terrenos. ¿O no?

Hasta finales de octubre de 1978 Stanton Friedman no descubre este «rumor». Cuando lo hace, Grady Barnett lleva ya nueve años muerto y nadie con anterioridad había recogido de él, de primera mano, su testimonio. Por fortuna, algunos de sus amigos recuerdan bien su historia. En especial Vern y Jean Maltais, un matrimonio que ofrece a Friedman y sus colaboradores toda clase de facilidades en la investigación, reconstruyendo para ellos, tan fielmente como pueden, el relato pormenorizado en «primera persona» de Barnett, tal y como éste lo contó hacia el mes de febrero de 1950:

> Una mañana me encontraba realizando un trabajo cerca de Magdalena (Nuevo México) cuando una luz que se reflejaba en una especie de objeto metálico me dio en los ojos. Pensé que un avión debía haberse estrellado durante la noche y me dirigí donde se encontraba, a cosa de un kilómetro y medio o dos, en una zona de terreno llana y desierta. Cuando llegué, me percaté de que no se trataba de un avión, sino de alguna clase de objeto metálico, con forma de disco y con una longitud de unos diez metros. Mientras lo miraba y trataba de decidir de qué se trataba, llegaron más personas procedentes de otra dirección, que también escudriñaron por los alrededores. Me dijeron más tarde que formaban parte de un equipo de investigación arqueológica de una universidad del Este (la de Pensilvania) y que, al principio, habían creído asimismo que se trataba de un avión estrellado. Se desparramaron por aquella zona y observaron los restos.

A renglón seguido, Barnett les explicó a los Maltais:

Me di cuenta de que contemplaban unos cadáveres en el suelo. Creo que había otros en la máquina, que era una especie de instrumento metálico de alguna clase, parecido a un disco. No era muy grande. Parecía hecho de un metal parecido al acero inoxidable, aunque más oscuro. La máquina se había abierto debido a una explosión o por el impacto.

Traté de acercarme para ver cómo eran los cuerpos. Estaban todos muertos por lo que pude ver, y también había otros cadáveres dentro del vehículo. Los que se encontraban fuera habían sido arrojados allí por la colisión. Se parecían a los humanos, pero no lo eran. Tenían cabezas redondas, los ojos pequeños, y carecían de cabello. Los ojos estaban separados de una forma rara. Eran pequeños para nuestras medidas y sus cabezas más grandes, en proporción a sus cuerpos, que las nuestras. Sus ropas parecían estar hechas de una pieza y eran de color gris. No se podían ver ni zapatos, ni cinturones, ni botones. Me parecieron todos del sexo masculino, y había varios de ellos. Estaba tan cerca que hasta podía tocarlos, pero no lo hice, ya que me apartaron de allí y no pude mirarlos más.

Y concluye Grady Barnett:

Mientras seguíamos observándolo todo, un oficial del ejército descendió de un camión con conductor y se hizo cargo de la situación. Nos dijo a todos que el ejército se incautaba de aquello y que debíamos marcharnos de allí. Llegó más personal militar y acordonaron la zona. Nos ordenaron que abandonásemos el área y que no hablásemos a nadie de lo que acabábamos de ver... que era un deber patriótico silenciar lo ocurrido.[2]

Cuando Friedman, y más tarde su colaborador William Moore, se tropezaron con este relato extraído de la

2. Berlitz & Moore, *op. cit.*, págs. 82-83.

memoria del matrimonio Maltais, inmediatamente lo relacionaron con el caso Roswell y con el incidente en los terrenos de «Mac» Brazel. Sin una evidencia sólida que lo sustentara, supusieron que el objeto visto por Barnett era el mismo que, minutos antes, había dejado caer algunas láminas metálicas sobre el rancho Foster durante su trayectoria de colisión, estableciendo precipitadamente una serie de paralelismos cronológicos basados sólo en suposiciones y que se plasmaron en el libro de Berlitz y Moore *El incidente.*

—Lo único que puedo decir —me comentaba en septiembre de 1995 Friedman en San Marino— es que si el accidente de los Llanos de San Agustín no es el mismo que el de Roswell, entonces hubo al menos dos objetos que se estrellaron en fechas muy similares en Nuevo México.

—¿Cómo puede estar tan seguro de ello? —le asalté.

—Entre otras cosas porque, durante estos años, otro nuevo testigo llamado Gerald Anderson ha salido a la luz, y ha confirmado muchos de los detalles que narró Grady Barnett antes de morir.

Efectivamente. El 24 de enero de 1990, tras la reposición en la cadena de televisión norteamericana NBC de un documental sobre el caso Roswell en la serie *Unsolved Mysteries*, un telespectador llamado Anderson se puso en contacto con los investigadores Stanton Friedman y Kevin Randle, ofreciéndoles su curiosa historia. En julio de 1947 él tenía tan sólo cinco años y recuerda que viajaba en compañía de su padre, un tío, su hermano mayor y un sobrino, por Nuevo México en coche cuando, en un determinado momento de su ruta, la familia decidió detenerse a descansar junto a un arroyo. Tras unos minutos de relax, todos ellos decidieron adentrarse en el desierto para estirar las piernas, así que, «de repente —cuenta Anderson—, vimos un objeto plateado, circular, que yacía sobre el suelo como formando un ángulo con el terreno (...) Y allí estaban también tres de los miembros de su tripulación sobre el suelo, debajo de ese objeto, en una zona de sombras. Uno de ellos estaba de pie, y de los que yacían en el suelo, dos no se movían en absoluto, sólo estaban allí tumbados».[3]

Anderson refiere también que vio en la zona a un hombre parecido al presidente Harry Truman. El detalle no tendría mayor importancia si no fuese porque —eso es rigurosamente cierto— el propio Grady Barnett tenía cierta semejanza con este célebre estadista. ¿Es posible que encajaran tan milimétricamente ambos testimonios? Y lo que es más, ¿es creíble que un testigo que en la fecha del incidente tenía sólo cinco años recuerde tantos y tan precisos detalles de aquella improvisada excursión por el desierto?

Ni que decir tiene, que dudas parecidas a ésta han levantado una acalorada polémica entre quienes nos hemos preocupado por este caso. La no existencia de documentos de la época —en el incidente de Roswell disponemos, al menos, de los recortes de prensa del *Roswell Daily Record*—, la ausencia de una fecha precisa para este segundo accidente, y lo dudoso del testimonio de Anderson, hacen necesario poner en cuarentena semejante «nuevo escenario» del accidente del ovni de julio.

No ocultaré mis recelos.

Releyendo los datos disponibles del accidente de los Llanos de San Agustín y comparándolos con los escasos datos de que disponía a mediados de 1995 de la historia de Jack Barnett y su asombrosa filmación, encontré, en primera instancia, varios puntos de conexión que me inquieta-

3. Friedman & Berliner, *op. cit.*, págs. 90-97.

ron... y que aún no han dejado de preocuparme. En primer lugar, tanto Grady Barnett como Jack Barnett[4] sitúan el escenario del accidente al oeste de la ciudad de Socorro (que no de Roswell). En ambos casos se desconoce la fecha precisa y en ambos se rumorea que un hombre parecido a Truman —si no Truman mismo, como asegura Ray Santilli— estuvo entre los restos. Aunque, eso sí, los seres que describen Grady Barnett y Gerald Anderson en poco o en nada tienen que ver con los que filmó el octogenario excámara de la USAF.

Por tanto, mis dudas eran —y en cierta medida aún lo son— razonables: ¿Se produjeron varios incidentes alrededor de las ciudades de Roswell y Socorro entre junio y julio de 1947? ¿Varios incidentes en los que se recuperaron cadáveres de pequeña estatura y extrañas aeronaves en forma de disco o ala delta?

Semejantes cuestiones me inquietaron durante semanas.

Anatomía extraterrestre

Tanto los testigos de Roswell como los de los Llanos de San Agustín describieron desde el principio haber visto seres con cuatro dedos, de complexión extraordinariamente delgada y frágil, y de brazos muy largos. Al parecer, ateniéndo-

4. La coincidencia de apellidos entre los testigos de ambas historias es también más que sospechosa. Si bien el propio Ray Santilli, depositario de las imágenes de la autopsia, ha declarado que «Jack Barnett» es un seudónimo, su apellido evoca indudablemente al principal testigo de los Llanos. Por no hablar de la llamativa proximidad geográfica entre el lugar de impacto señalado por Grady Barnett y el marcado por el cámara, que se aprecia claramente en el mapa que abre este libro.

nos a sus relatos, que son perfectamente coherentes entre sí, aquellas criaturas carecían de pabellones auditivos y en lugar de boca presentaban una fina línea recta por la que apenas podrían ingerir alimentos. En pocas palabras, se trataba de entidades que en poco o en nada se parecían a la gruesa «extraterrestre» filmada durante la así llamada *primera autopsia.*

—Tengo la impresión de que el testimonio de Jack Barnett no forma parte del caso Roswell, y que Ray Santilli se ha precipitado al asociar ambas historias, engañándose él y confundiendo a los investigadores —le comento preocupado al periodista especializado en misterios Josep Guijarro, durante una de nuestras frecuentes conversaciones sobre el caso, a primeros de agosto de 1995.

—¡Hombre! —exclama—. Si realmente los extraterrestres de Roswell son como los de la filmación, deberíamos revisar todo lo que sabemos de este incidente, y evaluar de nuevo la credibilidad de todos los testigos.

—¿De veras lo crees? —lo provoco con un tono forzado de incredulidad.

—Por supuesto. Además de no encajar su aspecto con lo que han referido las personas más cercanas al accidente, su morfología tampoco se adecúa al retrato robot que elaboró Leonard Stringfield de las «entidades recuperadas».

Sin quererlo, Josep me acababa de dar una pista importante. Su comentario aludía directamente a un trabajo publicado por primera vez en 1978 por un afamado ufólogo de Ohio, y que recogía el resultado de sus innumerables entrevistas con miembros de las Fuerzas Aéreas que habían trabajado para las instalaciones militares de Wright Patterson. Tras mi conversación con Josep, busqué afanosamente este texto en mis siempre imprevisibles archivos hasta que, finalmente, di con él. Se trataba de un voluminoso dosier que contenía una larga serie de increíbles relatos de personal militar, la mayoría protegidos tras sus iniciales, que coincidían claramente en un punto fundamental: todos ellos aseguraban haber visto extraños cadáveres conservados en cámaras frigoríficas en la base de Wright Patterson y rescatados de diversos accidentes de «discos volantes». Y lo que es más, según Stringfield, a partir de sus relatos podía dibujarse claramente una especie de retrato robot básico de las entidades capturadas, apoyado en las descripciones de la veintena de testigos que entrevistó. Un esquema sencillo que podía resumirse en veintiún puntos clave, y que transcribo literalmente:

1. La altura aproximada de los humanoides es de uno a uno treinta metros. Una fuente señala hasta un metro y medio.

2. La cabeza, aunque de aspecto humano, es mayor cuando se compara con el tamaño del torso y de los miembros.

3. Los rasgos de la cara muestran un par de ojos descritos como grandes y hundidos; separados uno del otro, o expandidos mucho más que los humanos; marcadamente oblicuos, dando la impresión de ser orientales o mongoloides.

4. No tienen pabellones auditivos o carne extendiéndose alrededor de las aperturas que poseen a ambos lados de la cabeza.

5. La nariz es vaga. Los orificios nasales están indicados con una protuberancia mínima. Se ha hablado de uno o dos orificios.

6. La boca es mencionada como una pequeña «ranura» o fisura. En algunos casos no se describe boca. No parece funcionar como medio de comunicación o como orificio para la ingestión de alimentos.

7. El cuello es descrito como delgado; a veces no es visible debido a la existencia de vestido sobre esa parte del cuerpo.

8. Pelo. Algunos testigos describen a los humanoides sin pelo, aunque otros aseguran que en la coronilla se ve una mancha borrosa. Los cuerpos carecen de vello.

9. Torso. «Pequeño y delgado» es la descripción general. En muchos casos se observa el cuerpo cubierto por un traje. No hay comentarios de autoridades médicas. No se indica la presencia de ombligo en el abdomen.

10. Los brazos son descritos como largos y delgados, que llegan hasta las rodillas.

11. Manos: cuatro dedos, sin pulgar. Dos dedos más largos que el resto. Algunos testigos han observado uñas mientras que otros no. Tres testigos autorizados han señalado la existencia de una membrana entre los dedos.

12. No existen descripciones disponibles de piernas o pies.

13. La descripción de la piel no es verde (¡gracias a Dios!). Es gris, de acuerdo con muchos testigos. Algunos hablan de color beige, tostado, marrón o grises rosados, y un testigo habla de que parecía de color «azulado grisáceo» bajo luces oscuras. En un caso estaban chamuscados y presentaban un color marrón oscuro.

14. Se desconoce si poseen dientes. No hay datos de autoridades en el campo dental.

15. Órganos reproductores. Esta región biológica es «sensible» o, para ser más precisos, «secreta». Un testigo asegura no haber identificado órganos ni masculinos ni femeninos. Sin pene ni útero. Bajo mi juicio no profesional, la ausencia de órganos sexuales sugiere que algunos extraterrestres, quizá todos, no se reproducen como lo hace el *Homo sapiens* o que algunos de los cuerpos estudiados fueron fabricados quizá por métodos de clonación u otros desconocidos.

16. En algunos casos de recuperación, los humanoides parecen estar «hechos con molde», pues comparten idénticas características biológicas.

17. Capacidad cerebral desconocida.

18. Sangre. Existe un líquido, pero no es sangre como la conocemos.

19. Alimentación. No se les conoce ni comida ni bebida. No se ha encontrado comida en las naves en ninguno de los casos recogidos. Carecen de canal alimenticio o zona rectal.

20. Tipos humanoides desconocidos. Las variaciones en su descripción pueden ser no más numerosas que las que conocemos en el *Homo sapiens*. Desconozco otros tipos de extraterrestres, aparentemente diferentes de la tipología humana. Especulativamente si esos tipos existen, quizá tienen sus orígenes en otros sistemas solares o tienen rutas por planetas distintos en nuestro sistema solar.

21. Conozco los nombres de dos grandes centros médicos del este de Estados Unidos donde se está conduciendo una investigación intensiva y especializada sobre cadáveres extraterrestres. Otros hospitales donde se han conducido estas investigaciones están en Indiana, Illinois, Texas y el sureste y oeste de Estados Unidos.[5]

¿Qué podía pensar de esta descripción? Sin entrar a juzgar su veracidad, lo primero que me saltó a la vista es que muchos de los puntos marcados por Stringfield no se corresponden en absoluto con las características anatómicas de la entidad filmada por Jack Barnett. Ésta dispone claramente de ojos no oblicuos, de pabellones auditivos muy formados, de una nariz claramente definida, una gran boca y un torso voluminoso, por citar solo algunas contradicciones claras con la descripción enunciada.

—Si alguien hubiera querido engañar a los investigadores con un fraude elaborado, hubiera construido una enti-

5. Leonard Stringfield, «Retrievals of the Third Kind» (parte III), revista *Flying Saucer Review*, vol. 25, n.° 6, Gran Bretaña, noviembre-diciembre de 1979.

dad siguiendo el modelo de Stringfield... —piensa en voz alta Guijarro.

—¿Y no te hubiera resultado aún más sospechoso si las imágenes se correspondieran al cien por cien con ese modelo, que se conoce desde hace más de quince años? —le contesto.

—Es probable... —duda—. A fin de cuentas, el gran problema que tenemos al evaluar estas imágenes es que no poseemos ningún elemento con qué contrastarlas. Nadie ha rescatado de la base de Wright Patterson alguna otra imagen de extraterrestres que poder comparar con éstas.

Josep estaba en lo cierto. De hecho, anticipándose a los acontecimientos, acababa de tocar uno de los puntos clave de lo que sería mi investigación en los meses venideros. Y es que todos los juicios formulados por los expertos que, en adelante, analizarán las imágenes de Barnett, estarán necesariamente mediatizados por lo que sabemos de la anatomía humana. No hay que olvidar que la Fuerza Aérea no se ha manifestado aún sobre el filme de Barnett y mucho menos ha confirmado los ya añejos rumores de que en su base de máxima seguridad de Wright Patterson, en Dayton (Ohio), conservan otros cuerpos y los restos de accidentes similares al de Roswell. Sabía, pues, que pronto me encontraría ante la paradoja de no poder afirmar si los seres filmados por Barnett eran o no extraterrestres, ¡porque nadie ha visto antes otras imágenes ciertas de extraterrestres!

Irritante.

Por alguna extraña razón —justificable, ciertamente, si la Fuerza Aérea norteamericana hubiera recuperado una nave extraterrestre en Roswell—, a primeros de julio de 1947 se crea en el seno de la base aérea de Wright Field la primera unidad de investigación de este escurridizo fenómeno. Oficialmente esa comisión ovni no comenzó a trabajar hasta enero del año siguiente bajo el nombre clave de «Proyecto Signo» pero, de hecho, numerosos memorándums internos prueban que su puesta en marcha fue muy anterior.[6] Y no es de extrañar. Si, como señalan todos los indicios, los restos del ovni de Roswell fueron a parar a los hangares de esta base militar hacia el 8 de julio de aquel año, es más que lógico que se emprendieran acciones extraordinarias para su estudio y se previniesen nuevas operaciones ante la eventual caída de otros objetos de similar naturaleza.

Hasta tal punto se mantuvieron confidenciales las investigaciones de la USAF en torno al fenómeno ovni que el nombre de «Proyecto Signo» permaneció en secreto para la opinión pública, que lo bautizó frívolamente como «Proyecto Platillo». Hoy sabemos, sin embargo, que los oficiales de Wright Field a su cargo elaboraron en 1948 un revelador documento confidencial denominado *Estimate of the Situation* en el que concluyeron que los ovnis tenían un origen extraplanetario y no suponían una amenaza para la seguridad nacional.

Nadie sabe cómo llegaron a semejante conclusión, pero lo cierto es que el jefe de personal de la Fuerza Aérea, el general Hoyt S. Vandenberg, rechazó en última instancia aquel texto, prohibió su difusión y ordenó que se incinerasen todas sus copias. Sin embargo, a partir de aquella drástica decisión el *Estimate of the Situation* se convirtió casi de inmediato en un documento mítico. Y mítico no tanto por sus conclusiones, extrañas para un periodo en el que toda-

6. Jenny Randles, *UFO Retrievals*, Blandford Books, Londres, 1995, página 34 y siguientes.

vía se creía que los platillos volantes eran aeronaves secretas de países enemigos, como por no haber trascendido nunca en qué evidencias concretas se sostenían éstas. ¿Quizá en la caída de un ovni en Roswell?... Con toda probabilidad.

Durante años, Leonard Stringfield —que falleció en diciembre de 1994 sin haber publicado todas sus investigaciones sobre esta peculiar tipología de incidentes ovni— recogió testimonios de personal militar de la base de Wright Field (más tarde denominada Wright Patterson, al unirse las instalaciones de Wright con las vecinas de Patterson) relatando cómo en algunos de sus edificios se conservaban restos de varios accidentes de ovnis así como los cadáveres congelados de sus tripulaciones. Stringfield sabía que lo único constatable a ese respecto era que, oficialmente, Wright Patterson había sido durante años el cuartel general de todos los proyectos de la Fuerza Aérea relativos a los No Identificados. Y sabía también que allí se encontraba la célebre «habitación azul» donde supuestamente se habían venido almacenando todos los dosieres relativos a platillos volantes y a los que muy pocas personas han tenido acceso en este tiempo.

Stringfield calificó esta clase de incidentes como «recuperaciones del tercer tipo»,[7] parafraseando la célebre clasificación del doctor Joseph Allan Hynek para observaciones de ovnis, y que Spielberg popularizó en su genial largometraje *Encuentros en la tercera fase* (1977).

7. La denominación está tomada del título de su primera conferencia sobre el tema, *Retrievals of the third kind: a case study of alleged UFOs and occupants in military custody*, pronunciada el 29 de julio de 1978 en el transcurso del congreso anual de la organización ufológica norteamericana Mutual UFO Network, MUFON.

En su día fue un paso atrevido, pues la última vez que se habían discutido abiertamente esta clase de incidentes fue en 1952, cuando J. P. Cahn, un periodista de la revista *True*,[8] publicó una investigación en la que desacreditaba por completo una bien conocida historia de accidente ovni: la caída de un platillo a unos veinte kilómetros de Aztec (Nuevo México) y unos trescientos veinte de Roswell, hacia marzo o abril de 1948.

El caso en cuestión había sido recogido por un excéntrico columnista de la revista *Variety*, en un libro sensacionalista publicado en 1950 y titulado *Behind the Flying Saucers.* Frank Scully, el autor de esta obra, aseguraba contundentemente a lo largo de sus 230 páginas que un enorme platillo volante con dieciséis tripulantes a bordo, vestidos «al estilo de 1890», fue recuperado en secreto por la USAF y puesto a disposición de un equipo de ocho científicos entre los que se encontraba un tal «señor G», que fue quien le facilitó todos los detalles del caso a través de un amigo común, un hombre de negocios llamado Silas M. Newton. Pero no sólo eso. Según pudo averiguar Scully, otros tres objetos cayeron cerca de un campo de pruebas en Arizona, en Paradise Valley y en unas instalaciones militares secretas, engrosando el depósito de cadáveres de la Fuerza Aérea con treinta y cuatro nuevos cadáveres de extraterrestres. Ahí es nada.

Tras varios meses de persecución literal a Scully, Cahn demostró que el seudónimo de «señor G» encubría realmente la personalidad de Leo A. GeBauer, propietario de una fábrica de componentes eléctricos de Phoenix (Arizona), al tiempo que puso de relieve que el «amigo co-

8. J. P. Cahn, «Flying Saucers and the mysterious little men», revista *True*, Nueva York, septiembre 1952.

mún» en cuestión era un conocido charlatán de Aztec que sólo pretendía atraer inversores a sus tierras. Un hombre capaz de inventar toda clase de historias inverosímiles sobre yacimientos petrolíferos pendientes de explotación, gracias a sistemas de detección copiados de tecnología alienígena.

El descrédito que generó el descubrimiento del fraude de Aztec fue tal que, durante años, ningún ufólogo serio quiso verse involucrado en relatos de esa clase. Y de hecho, a nadie medianamente avispado se le escapa que la proximidad cronológica y espacial del caso Aztec al caso Roswell, hace pensar obligatoriamente en una hábil maniobra de intoxicación destinada, en primera instancia, a desviar la atención del incidente del rancho Foster. Pero también para, posteriormente, una vez descubierto el fraude, desacreditar la cuestión de los ovnis estrellados en su conjunto.

Algunas situaciones previas a la publicación del ácido reportaje de Cahn, y ajenas en principio al sórdido ambiente en el que se movieron Scully, Newton y GeBauer, confirman que el gobierno de Estados Unidos estaba interesado en diseminar ampliamente la historia de Aztec a todos los niveles. Incluyendo el diplomático.

Embajada del Canadá en Washington DC, 15 de septiembre de 1950

Wilbert B. Smith, un ingeniero radioeléctrico que trabaja para el Departamento de Transporte de Canadá y que desde hace algunos meses ocupa la jefatura de un proyecto secreto llamado *Magnet* que trata de averiguar qué se esconde tras los sistemas de propulsión de los platillos volantes, está a punto de mantener una reunión con un prestigioso científico norteamericano para discutir esta cuestión. El científico al que espera no es otro que el doctor Robert Sarbacher, consejero de la Junta de Desarrollo e Investigación del gobierno de Estados Unidos y uno de los sabios más prestigiosos del país.

La reunión ha sido concertada a través de un desconocido teniente coronel Bremner y tiene carácter de secreto.

—Estoy desarrollando un trabajo sobre la utilización del campo magnético de la Tierra como fuente de energía y creo que nuestro trabajo puede tener relación con los platillos volantes —se explica Smith.[9]

—¿Qué quiere saber? —le responde Sarbacher con aplomo.

—He leído el libro de Scully sobre los platillos y me gustaría saber qué partes de éste son ciertas.

—Los hechos narrados en el libro son sustancialmente correctos —asegura Sarbacher.

—Entonces, ¿los platillos existen?

—Sí, existen.

—¿Operan, como sugiere Scully, sobre principios magnéticos? —prosigue Smith.

—No hemos sido capaces de duplicar su comportamiento —(¡!).

—¿Vienen de otros planetas?

—Todo lo que sabemos es que nosotros no los hemos hecho, y es bastante correcto suponer que no proceden de la Tierra.

9. Esta conversación está transcrita literalmente de las notas manuscritas que Wilbert Smith tomó tras su conversación con Sarbacher, y que más tarde dieron pie a un documento secreto del Departamento de Transporte canadiense fechado el 21 de noviembre de 1950. Las notas originales fueron reproducidas en el libro de Timothy Good, *op. cit.*, págs. 519-521.

—... Entiendo que todo el asunto de los platillos está clasificado —comenta Smith.

—Sí. Está clasificado dos puntos por encima de la bomba-H. De hecho, es el asunto más altamente clasificado en el gobierno de Estados Unidos en este momento.

—¿Puedo preguntar la razón de esa clasificación?

—Puede preguntar, pero no puedo responderle.

—¿Existe alguna vía por la que pueda obtener más información, particularmente aquella que tenga que ver con nuestro trabajo? —pregunta por último Smith.

—Supongo que usted podría ser autorizado por su propio Departamento de Defensa y estoy bastante seguro que se podrían alcanzar acuerdos para intercambiar información. Si usted tiene algo con lo que contribuir, estaremos abiertos a hablar sobre ello, pero no puedo ofrecerle nada más de momento —concluye Sarbacher.

Algo más de dos meses después de esta escueta conversación, iniciada —no perdamos de vista este detalle— en torno a la veracidad de los datos aportados por Frank Scully en su obra *Behind the Flying Saucers*, Wilbert Smith redactó un documento secreto, fechado el 21 de noviembre de 1950, en el que resumía los puntos fundamentales de su reunión con Sarbacher:

> a) El tema es el asunto más altamente clasificado del gobierno de Estados Unidos, por encima de la bomba-H.
>
> b) Los platillos volantes existen.
>
> c) Su *modus operandi* es desconocido, pero un gran esfuerzo está siendo realizado por un pequeño grupo encabezado por el doctor Vannevar Bush.
>
> d) El asunto completo es considerado por las autoridades de Estados Unidos como de tremenda importancia.

Analizando esta insólita reunión y sus consecuencias posteriores, saltan a la luz dos consideraciones del máximo interés. La primera y fundamental es que el gobierno canadiense estaba al corriente en 1950 de los extraños accidentes que se estaban produciendo en su país vecino, encargando a un experto en magnetismo que tratase de averiguar cuánto los militares estadounidenses conocían ya de la tecnología de los platillos. Y en segundo lugar, según se deduce de los comentarios del doctor Sarbacher, Estados Unidos quería preservar a toda costa «su» secreto no sólo evitando hablar de las razones del ocultamiento, sino —y ésa es mi particular conclusión de los hechos— desviando la atención del gobierno canadiense hacia un bluf como el accidente de Aztec, incapaz de aportar ninguna pista coherente al equipo de Smith.

Extrañamente, ni una sola mención al caso Roswell se encuentra en las notas de Smith o en sus escritos oficiales posteriores.

Lo curioso de todo este asunto es que es más que probable que el propio Sarbacher fuera utilizado por su gobierno para diseminar esa desinformación a Smith.

Y me explico de nuevo.

Años después de la reunión en la Embajada del Canadá, concretamente en 1983, un investigador ovni afincado en Arizona llamado William Steinman se propuso «resucitar» el caso Aztec. Revisó toda la documentación relativa a este incidente y, tras localizar el documento de Smith para el Departamento de Transporte de su país, trató también de ubicar al doctor Sarbacher y confirmar sus comentarios de 1950.

En 1983 Sarbacher estaba en el cénit de su carrera científica. Ocupaba el cargo de presidente y jefe de gabinete del Washington Institute of Technology, y su reputación estaba fuera de toda duda. Pese a ello, tras una larga serie de conversaciones telefónicas con Steinman, Sarbacher le envía una carta fechada el 29 de noviembre de ese año que no deja lugar a dudas sobre su papel en este asunto. En ella asegura que él nunca estuvo involucrado personalmente en ninguna de las comisiones creadas para estudiar los platillos siniestrados (es decir, supone la existencia de *varios* accidentes), aclarando además que pese a ser invitado por la Administración Eisenhower a varias reuniones de científicos para debatir la cuestión, nunca pudo asistir a ninguna de ellas. «En cuanto a la verificación de las personas que usted enuncia como involucradas, sólo puedo decir esto —escribe Sarbacher a Steinman—:[10] John von Neumann estuvo definitivamente involucrado. El doctor Vannevar Bush también, y lo mismo creo del doctor Robert Oppenheimer.»

La mención de esos tres hombres clave de la ciencia norteamericana de los años cincuenta es, desde luego, coherente con la idea de que todos ellos —vinculados a programas secretos de los servicios de inteligencia— pudieran haber estado involucrados en una comisión de alto secreto que tratase de dilucidar qué beneficio tecnológico podría extraerse de los platillos siniestrados. Gracias a Von Neumann hoy disponemos de los modernos ordenadores; a Oppenheimer le debemos el desarrollo de la bomba atómica y las posteriores utilizaciones pacíficas de la energía nuclear y Vannevar Bush era, en su calidad de jefe de la Oficina de Investigaciones Científicas y Desarrollo (OSRD) bajo

10. William S. Steinman, *UFO Crash at Aztec*, UFO Photo Archives, Tucson 1986, págs. 324 y 325.

cuya coordinación se desarrollaron el radar o la bomba-H, el hombre ideal para aunar los esfuerzos de los diferentes científicos mencionados.

Pero ¿existe algún elemento objetivo en la ciencia posterior a 1947 que demuestre la incorporación súbita de avances tomados de una tecnología superior?

Durante algún tiempo, esta duda me atrapó en una suerte de callejón sin salida, hasta que, a primeros de septiembre de 1995, mantuve una nueva e interesante entrevista con Stanton Friedman en Italia, que me puso tras otra larga e inquietante serie de «pistas» a seguir.

—Hay un ejemplo que suelo usar a menudo al hablar de tecnología extraterrestre —me explica detalladamente Friedman—: si tú entregas un submarino atómico a Cristóbal Colón en 1493, con seguridad él no podría construir otro igual porque no tendría la clave para diseñarlo. Sin embargo, sí podría duplicar pequeñas piezas o instrumentos sencillos e irlos adaptando a medida que se familiarizara con el ingenio que le has puesto en las manos...

—¿Y crees que tras el accidente de Roswell sucedió algo así? —le pregunto a bocajarro.

—Sin duda. Uno de los mejores ejemplos que conozco es el de la fusión de los elementos samario y cobalto ($SmCo_5$). Cuando los unes, obtienes un buen imán de propiedades permanentes, y de hecho durante muchos años los mejores imanes se han fabricado así. Pues bien, imaginemos por un momento que el doctor Vannevar Bush entregase piezas del ovni de Roswell a algunos científicos para que las investigasen, y que descubriesen samario y cobalto fusionados, que antes a nadie se le había ocurrido unir. Se investigan sus propiedades eléctricas y mecánicas y alguien descubre que es un buen imán.

—¿Y por eso se mantiene tan celosamente el secreto?

—Claro. Otro de los avances post-Roswell significativos fue la invención del transistor. El nacimiento oficial del transistor se produce el 23 de diciembre de 1947, aunque fue anunciado en 1948. Sabemos que los Laboratorios Bell tenían contratos para trabajar en asuntos clasificados del gobierno, y sabemos asimismo que había estrechos contactos entre ellos y los laboratorios militares de Sandia, en Nuevo México; lo extraño es que los transistores fueron desarrollados gracias al trabajo de tres científicos de alto nivel que estaban destacados en el proyecto. Eso es muy raro, ya que lo habitual era que hubiese un científico mayor dirigiendo un equipo de científicos menores... Pero aquí son tres los que trabajan en ese «pequeño proyecto», y la única buena explicación que tengo para eso es que alguien les proporcionase un material para que extrajesen de él ideas.

—¿Y sospecha de alguna otra aplicación? —le pregunto.

—Bueno, debemos admitir que el desarrollo de la tecnología en el periodo de posguerra ha sido cuanto menos exponencial. Más rápido que nunca antes, y no me sorprendería nada en absoluto que buena parte de ella se hubiera desarrollado como consecuencia de la caída de un ovni.

Para qué negarlo. Los comentarios de Friedman me desconcertaron. Sobre todo cuando, tras una serie de rápidas comprobaciones, confirmé que, en efecto, en 1948 John Bardeen, Walter H. Brattain y William B. Shockley desarrollaron el primer transistor, recibiendo por ello el premio Nobel en 1956 y abriendo las puertas a la era de la microelectrónica. Lo más curioso del caso es que los tres hombres tuvieron conexiones políticas y con los servicios de inteligencia al más alto nivel. Bardeen, por ejemplo, fue asesor científico del presidente Eisenhower, mientras que Brattain fue contratado durante la Segunda Guerra Mundial por el servicio de investigaciones de armas secretas. Shockley, el mayor de los tres y responsable último del proyecto, estuvo siempre muy próximo a los servicios de inteligencia de la Marina y su posición lo convertía en un científico idóneo para recibir piezas de Roswell para su eventual manufacturación. Aunque, como me aseguró acertadamente Friedman durante nuestra animada charla, «tener piezas de algo fue el principio del interés del gobierno norteamericano, no el fin. Piezas de un material que podía ser examinado, y de cuyos resultados podían extraerse avances concretos».

Poco o nada se ha sabido de esos «avances concretos» en el tiempo que medió entre 1947 y 1980, cuando se reabrió el interés mundial por el caso Roswell tras la publicación de *El incidente*, el libro de Charles Berlitz y William Moore. Sin embargo, a partir de esa fecha comenzó a crecer desmesuradamente la creencia de que prototipos de aviones secretos como el bombardero B-2 o el caza F-117A de la tecnología *Stealth* eran fruto de una tecnología híbrida norteamericana-extraterrestre, cuyo campo de pruebas supuestamente estaría aún en los terrenos de la base aérea de Nellis, en Nevada. Una extensión de tierras desérticas tan grande como Andalucía y en donde muchos testigos, demasiados, afirman haber visto pruebas de «aviones militares» con forma de platillo realizando maniobras imposibles tales como giros en ángulo recto o bruscas aceleraciones.

La cada vez más extendida creencia en Estados Unidos en la existencia de una suerte de pacto entre los militares y los extraterrestres se ha convertido ya en el germen de un nuevo culto. Una suerte de «religión de los alienígenas» que ha transformado la búsqueda de evidencias sólidas de influencias extrahumanas en nuestra moderna tecnología en una auténtica «misión imposible».

Volveré sobre este aspecto en el capítulo 9. En cualquier caso no hay que perder de vista que el surgimiento de esta clase de nuevas creencias está dando pie, a la larga, a una situación tan irritante como la propia actitud de ocultamiento del gobierno norteamericano de los dosieres relativos a los siniestros de ovnis.

SEGUNDA PARTE

La película de la discordia

Una universidad británica mostrará, el próximo mes de agosto, la filmación presuntamente realizada por técnicos de la USAF de la autopsia a los cuatro cadáveres de supuestos extraterrestres recogidos tras el estrellamiento de un ovni en el desierto de Roswell, en 1947, así como imágenes del objeto estrellado.

La noticia, que procede de la agencia Press Association, *ha sido recogida en las páginas del prestigioso rotativo londinense* The Times *(...). La misteriosa filmación fue entregada hace unos meses por un excámara de la USAF a un productor de la BBC en el transcurso de un viaje profesional que este último realizó a Estados Unidos. Al parecer, el misterioso oficial retirado, de ochenta y dos años, afirmó que era inmoral seguir ocultando algo tan importante a la opinión pública y decidió entregar al productor británico una copia de la película que había filmado hacía casi medio siglo para que el mundo conociese la verdad.*

Según esta fuente, el original permanece archivado bajo el sello de Alto Secreto *en las dependencias del Pentágono, en Washington.*

(Transcripción de una de las primeras informaciones publicadas en España sobre la «película de Roswell», cuando todavía no se habían comprobado las fuentes mismas de la noticia. Extraída de una nota de Manuel Carballal titulada *Estalla la polémica antes de la proyección*, y publicada en la revista *Más Allá*, en junio de 1995.)

CAPÍTULO 5

El mundo contempla las imágenes de Barnett

Plaza Mayor de Madrid, 20 de junio de 1995. 23.30 horas

—¡Deberías ver cómo está París! —me comenta Jorge Anfruns, un respetado periodista e investigador ovni chileno durante su última escala en Madrid.

—¿Y cómo está? —le contesto con cierto desdén, esperando cualquier comentario turístico al uso.

—Literalmente empapelada de carteles que anuncian el último número de la revista *VSD*, donde se publica la primera foto de un extraterrestre...

El comentario me dejó lívido.

—Pero si *VSD* es... —susurré como pude.

—Sí. Es un semanario de información general, que nada tiene que ver con nuestros temas. Y eso es lo que me llama la atención.

Conocía bastante bien la revista *VSD* por haberla seguido en 1990 durante una furiosa oleada de apariciones de ovnis triangulares sobre Bélgica, y sabía que si Anfruns estaba en lo cierto, la imagen a la que se refería sólo podía ser una: la del presunto alienígena filmado por Jack Barnett.

Además —recapacité en cuestión de segundos—, si mis sospechas estaban fundadas, cosa que comprobaría a primera hora del día siguiente, *VSD* se convertía así en el primer medio de comunicación del mundo que publicaba un fotograma de las «autopsias de Roswell», siendo también la primera vez que la opinión pública podía contemplar abiertamente unas fotos hasta entonces «secuestradas» debido a intereses puramente crematísticos.

No me equivoqué.

Sabía que Ray Santilli, propietario de la compañía de producción de documentales británica Merlin Group y depositario de los rollos de película de Barnett, quería a toda costa hacer negocio con esas imágenes: primero a través de la prensa, y más tarde con la televisión. Eso me había quedado ya bastante claro en San Marino un mes antes, cuando al hablar con su representante, Chris Cary, éste me explicó que «tenemos una estrategia comercial muy definida, que consiste en informar en primera instancia a la opinión pública de lo que es el caso Roswell, crear expectación, confirmando que disponemos de imágenes que prueban que allí cayeron extraterrestres, y, una vez hecho eso, negociar al alza con los medios de comunicación para la venta de las imágenes de las autopsias en todo el mundo».

La venta, pues, había comenzado —deduje.

Los días que siguieron a mi encuentro con Anfruns fueron un auténtico infierno. Mientras él volaba hacia Chile, Renaud Marhic, corresponsal de la revista *Año Cero* en Francia, me confirmaba a vuelta de fax que, efectivamente, *VSD* había dedicado su portada al extraterrestre de Roswell, publicando un reportaje de seis páginas sobre el asunto que iba acompañado de un primer plano de la criatura.[1] Y lo que es más, incluía también algunos croquis del humanoide dibujados por Claude Greslé, un piloto civil francés, que no dejaban lugar a dudas que el ser del que hablaban era exactamente el mismo que yo había podido contemplar, bajo estrictas medidas de control policial, en el Teatro Titano de San Marino.

—¿Qué vas a hacer ahora con esta historia? —me increpa con picardía Enrique de Vicente, director de *Año Cero*, cuando le muestro por fin el ejemplar de *VSD*, precisamente el viernes 23 de junio.

—Seguirla hasta el fondo —le respondo—. De momento he podido averiguar que este reportaje ha sido publicado al hilo de la emisión en un programa de la televisión nacional francesa, TF-1, de algunas fotos extraídas de la película de Roswell.

—¿Y qué quieres decir con eso? —me pregunta Enrique.

—Pues que si la Merlin Group ha entregado ya imágenes a los medios de comunicación galos, tal vez quiera vendernos algunas para que las publiquemos en España en *Año Cero.*

A Enrique no le gustó. Desde que le puse al corriente de mis averiguaciones en San Marino, y le hablé de la extraña forma en la que se estaba conduciendo la difusión de la noticia, receló de su autenticidad. Creyó, así de sencillo, que podríamos estar cayendo en una trampa tendida para desprestigiar a quienes investigamos el tema ovni. A fin de cuentas, me explicó, si se demostrara en los meses venideros que todo formaba parte de un bien orquestado fraude, no sólo quedaríamos en evidencia aquellos que hubiéramos

1. Bernard Thouanel, «La créature tombée du ciel», revista *VSD*, n.° 930, París, del 22 al 28 de junio de 1995.

investigado las imágenes, sino que se destruiría el caso Roswell en sí, que la opinión pública identificaría para siempre, y de inmediato, con el «engaño» de las imágenes.

—Me parecen razonables tus advertencias —le reconozco—. Pero sean falsas o no, creo que merece la pena publicar esas fotografías y sacarlas del secretismo, primero militar y luego comercial, en el que han estado envueltas durante tanto tiempo.

Aceptó.

Hotel Monopole de Milán, 24 de junio de 1995. 12.00 horas

Menos de veinticuatro horas después de mi conversación con Enrique de Vicente, mientras la Merlin Group negociaba con diversos medios de comunicación europeos la venta de algunos fotogramas del polémico filme, varias de estas tomas son distribuidas gratuitamente a un nutrido grupo de periodistas italianos, al término de una rueda de prensa, en el Hotel Monopole de Milán.

La reunión ha sido convocada por el Centro Italiano Studi Ufologici (CISU), que ha obtenido subrepticiamente esas imágenes y se cree en la obligación de difundirlas libremente a los medios de comunicación de su país. «El CISU tiene entre sus objetivos la correcta divulgación ufológica, y rechaza la creciente especulación sensacionalista del tema ovni con fines comerciales, a costa de la seriedad de quienes hacen realmente investigaciones»,[2] puede leerse en el comunicado que acompaña a las fotos de Roswell.

2. CISU, *Comunicato stampa: extraterrestre o montatura?*, Milán, 24 de junio de 1995.

Pero ¿cómo habían conseguido los directivos del CISU hacerse con esas tomas casi «secretas» que solo *VSD* había puesto en circulación? Y, sobre todo, ¿por qué se habían decidido a romper el «copyright internacional» con el que la Merlin Group había registrado semanas antes las imágenes divulgadas por *VSD* y TF-1 en Francia?

Una rápida llamada telefónica a Edoardo Russo, uno de los máximos responsables del CISU, con el que ya había tenido ocasión de hablar en San Marino hacía algo más de un mes, despejó todas mis dudas de un golpe.

—¿Qué sabes de la emisión en TF-1 de las fotos del extraterrestre? —me pregunta Russo al otro lado del auricular.

—Más bien poco —le confieso—. Sólo tengo referencias de ella gracias a los comentarios publicados por *VSD* esta semana.

—Ya... —musita—. Pues bien, el pasado 21 de junio el programa *L'Odyssee de l'etrange* de TF-1 emitió cinco imágenes de la película de Barnett. Nosotros conseguimos un vídeo de ese espacio nada más salir por antena, y fotografiamos de la pantalla del televisor todo el material que se presentó.

—¿Con qué propósito? —le pregunto sorprendido.

—Es una cuestión de moral —afirma Russo—. Como sabes, la Merlin Group está especulando con la venta de fotogramas de la película por cantidades millonarias, y nosotros creemos que nadie puede jugar con unas imágenes que, de ser auténticas, todos tenemos derecho a conocer. Por eso, hemos decidido reproducirlas y difundirlas gratuitamente a aquellos medios de comunicación que se mostraran interesados por ellas.

El argumento legalista del CISU me quedó claro al instante. Si se aceptaba como real la historia de Jack Barnett y su filmación, éste habría vendido a Ray Santilli un material que pertenece en realidad a la Fuerza Aérea de Estados Unidos, ya que el cámara rodó las secuencias de las autopsias y los restos del ovni bajo las órdenes de este organismo militar. Desde esa óptica ni Santilli, ni Barnett ni, por supuesto, la Merlin Group tendrían derecho alguno para registrar como propias unas imágenes robadas. Por el contrario, la única vía que tendría esta compañía británica para registrarlas legalmente y emprender acciones jurídicas contra el CISU sería reconociendo antes que se trata de unas tomas de fabricación propia, en cuyo caso toda la historia del extraterrestre se derrumbaría.[3]

—Pretendemos provocar a Santilli —me explica finalmente Russo—, hacer que reconozca que las imágenes son falsas... si es que quiere insistir en que dispone de un «copyright» que las protege. De lo contrario, creemos que la humanidad tiene el derecho a conocerlas, y acceder a ellas de forma libre y gratuita.

El CISU me convenció. De hecho, paralelamente a mis conversaciones con Russo, que se convirtieron en algo habitual durante los días siguientes, había intentado comprar para *Año Cero* las fotos a la Merlin Group por un valor que oscilaba entre 1.200 y 1.500 euros cada una. Aquellas negociaciones llegaron a un punto muerto después de que Perry Petrakis, director de la revista especializada *Phénomèna* y representante circunstancial de los intereses de Santilli en

3. El 30 de junio de 1995 el abogado Giangaleazzo Bettoni, de Roma, envió una carta al CISU informándole, en nombre del productor Maurizio Baiata —representante de la Merlin Group en Italia—, que habían violado «la normativa italiana e internacional en materia de derechos de autor y otros derechos conexos» al difundir las imágenes de Barnett. Sin embargo, tras esa carta informativa de tres folios ninguna acción legal ha podido organizarse contra el CISU.

Francia, no recibiera confirmación alguna de Londres para vendernos las preciadas tomas. Y en cierta medida, fue una suerte.

No esperé más.

El 6 de julio a mediodía tenía los primeros cuatro fotogramas extraídos del filme del extraterrestre de Roswell sobre mi mesa, en la redacción de *Año Cero.* El CISU las había enviado a toda velocidad, al tiempo que me embarcaba en una discusión con Enrique de Vicente y Eduardo Fernández, redactor-jefe de la publicación, sobre la conveniencia de unirnos a su campaña pro libre circulación del material de Barnett y emprender una investigación en condiciones que determinara su autenticidad.

—¿Y no será todo este asunto de la película de Roswell parte de una campaña publicitaria de Spielberg para promocionar su próxima película? —me preguntó con su habitual suspicacia Enrique, mientras examinaba por primera vez las fotografías del extraterrestre.

Su venenosa cuestión estaba más que justificada. No en vano, él sabía como nadie que desde finales de 1993 venían circulando rumores en el seno de la comunidad ufológica sobre el inminente estreno de un nuevo largometraje del «rey Midas» de Hollywood, Steven Spielberg, ambientado, precisamente, en el caso Roswell. El filme, al que algunas voces ya titulaban como *Majestic* o *Proyecto X*, indistintamente —en clara referencia al más que dudoso comité Majestic-12 (o MJ-12), creado en 1947 por Harry Truman para investigar este episodio y al que me referiré con detalle en el capítulo 8—, se estrenaría en 1997, coincidiendo con el cincuenta aniversario del accidente de Nuevo México.

Ahora bien, de ser un rumor, ¿cuál era su origen? Allá hasta donde he podido averiguar, estas voces se originaron en sendos artículos publicados el 22 de diciembre de 1993 y el 1 de febrero de 1994 en los periódicos sensacionalistas británicos *Daily Mirror* y *Daily Star*, respectivamente, basándose en algunas informaciones más que dudosas suministradas por un tal Carl Nagaitis. Lo curioso del caso es que en estos artículos se insinuaba ya claramente que Spielberg iba a utilizar en su nueva superproducción fragmentos de una filmación militar real, hasta hace poco en poder de la Fuerza Aérea de Estados Unidos. ¿La filmación de Barnett? Y en ese caso, ¿cómo supieron de su existencia si Ray Santilli aún no la había dado a conocer?

Visto así el asunto, era lógico que Enrique frunciera el ceño y me insinuara la posibilidad de una astuta «campaña promocional» como objetivo último del escándalo de la filmación de Barnett.

—Hay alguna razón para no creer en la hipótesis que planteas —le contesto.

—¿Cuál?

—Hace un mes y medio, en San Marino, Philip Mantle me aclaró quién es Carl Nagaitis. Se trata de un periodista inglés amigo suyo, con el que incluso ha publicado recientemente un libro a medias.[4] En 1993, al enterarse Nagaitis de que Santilli aseguraba tener en su poder la película de Roswell (cosa que aún no era cierta), decidió presionarle a través de la prensa. Inventó el rumor de que Spielberg planeaba rodar una especie de nueva *Lista de Schindler*, mezclando imágenes reales con imágenes de ficción, pero ambientada en el caso Roswell. De esta forma creyó que Santilli reaccionaría y daría a conocer de inmediato «su» polémico filme militar.

4. Carl Nagaitis y Philip Mantle, *Whithout Consent: a comprehensive survey of missing-time and abduction phenomena in the* UK, Ringpull, Cheshire (Gran Bretaña), 1994.

—¿Y...? —Frunce el ceño Enrique mientras escucha mis explicaciones.

—... Bueno, Santilli, en vez de reaccionar según lo previsto, aprovechó ese rumor para que creciera aún más la expectación sobre la película, aun casi quince meses antes de que comenzara a hablarse de ella abiertamente.

Mis explicaciones le bastaron.

Lo que entonces no le conté a Enrique es que, en San Marino, el propio Mantle me aclaró algo más sobre este asunto:

—Contacté con las oficinas de Amblin Entertainment, la empresa de Spielberg, en Gran Bretaña y en Estados Unidos, y éstos negaron categóricamente estar trabajando sobre ninguna película de ovnis o nada parecido. Tengo las cartas que lo prueban.

Efectivamente, en los documentos que obran en los archivos de Mantle puede leerse inequívocamente que «los rumores según los cuales Spielberg estaría envuelto en un proyecto relacionado con ovnis son falsos». Y añaden los responsables de Amblin: «Nuestro departamento de producción no tiene en proyecto ningún largometraje sobre el caso Roswell».

Punto y final.

Sin embargo, el rumor de Spielberg no fue el único que circuló durante los primeros meses de 1995 alrededor de la filmación de Barnett. Uno de éstos apuntaba que Jacques Vallée, un prestigioso ufólogo francés afincado en California, tuvo la ocasión de ver un fragmento de esta filmación secreta mientras visitaba Brasil en la primavera de 1980, con ocasión de varias investigaciones ovni sobre el terreno. En aquella ocasión, Vallée —según las mismas dudosas fuentes— ni siquiera se interesó por obtener una copia del segmento, ya que creyó que pertenecía a una mala película de ciencia-ficción sudamericana. Lo cierto es que en una carta dirigida al propio Philip Mantle, y fechada el 1 de mayo de 1995, Vallée asestaba un golpe de muerte a semejantes comentarios: «El rumor que has oído sobre mí, Brasil y la supuesta filmación de Roswell es sólo eso, un rumor. Nunca he hecho ninguna declaración así. Me han dicho que el comentario fue difundido por alguien llamado Dan Smith, pero no sé si él lo inventó o estaba sencillamente repitiéndolo».

A la presunta «conexión brasileña» del filme le costaría algunas semanas más morir. También para George Wingfield, un conocido investigador ovni inglés especializado en el fenómeno de los círculos en los sembrados, la polémica película de las autopsias podría pertenecer a las imágenes en bruto —es decir, tal y como fueron tomadas, sin cortes o arreglos— de un largometraje de ciencia-ficción de serie B, rodado en los años cincuenta en Brasil. Tras el desmentido de Vallée de mayo, Wingfield varió de hipótesis, sugiriendo otra bastante más interesante.

—Existe otra posibilidad que debería ser considerada —argumentó en Internet—.[5] Y es que éste pudo ser un filme secreto de entrenamiento, producido por los militares para uso de los militares. No hay duda de que, tras los episodios de los años cuarenta y cincuenta (incluyendo, claro está, el caso Roswell), muchos altos mandos y gente del gobierno creían firmemente, correctamente o no, que los platillos volantes eran de origen extraterrestre. Si éste era el caso, ¿qué podría ser más natural que preparar una película para mostrar a unidades especiales del ejército qué hacer en el caso de recuperar un ovni estrellado?

5. George Wingfield, *The «Roswell» Film Footage*, 16 de mayo de 1995.

Si he de ser sincero, tras obtener las primeras fotografías del filme y burlar la absurda «censura comercial» que les había sido impuesta por la Merlin Group, en lo último en que pensé fue en el origen de los rumores de Spielberg o en la posibilidad de estar frente a una «película de entrenamiento militar». Durante días mandó la actualidad: ¡teníamos las fotos prohibidas! De hecho, al recibirse las imágenes, casi de inmediato se decidió que *Año Cero* debía dedicar la portada de su número de agosto al «*affaire* Santilli-Roswell», convirtiéndose así en la primera publicación española que daba a la luz este polémico material.

El impacto fue total.

Prácticamente todos los medios de comunicación españoles se hicieron eco de nuestra investigación, al tiempo que la revista desaparecía de los quioscos en tan sólo siete días. Teníamos un precedente: en Francia, un mes antes, *VSD* había agotado sus cuatrocientos mil ejemplares en apenas setenta y dos horas con la *photo d'un extraterrestre* en su portada; mientras que en Italia las revistas que se hicieron eco de las fotos difundidas por el CISU aumentaron espectacularmente sus ventas.

No cabía duda. Lo que hasta hacía unos meses era un rumor que sólo logró encrespar los ánimos de los interesados por los ovnis, ocupaba ahora las primeras páginas de los periódicos y las portadas de muchas revistas.

Y eso que, paradójicamente, hasta ese momento la historia de la película seguía cimentada en voces poco sólidas, en comentarios infundados diseminados vía Internet o en declaraciones más que sospechosas de los directivos de la Merlin Group.

La euforia pasó pronto, dando pie a nuevas investigaciones.

Se hacía imperioso, por ejemplo, confirmar o desmentir

AMBLIN
ENTERTAINMENT

June 15, 1994

Philip Mantle
1 Woodhall Dr.
Healey Lane, Batley
West Yorkshire, ENGLAND WF17 7SW

Dear Mr. Mantle,

Thank you for your recent letter to Steven Spielberg inquiring about whether he is making a UFO movie based on the Roswell incident.

Despite the rumor, Mr. Spielberg has no involvement with this project and we do not know who does.

Thank you for your interest and for contacting Amblin Entertainment.

Sincerely,

Kris Kelley
Director of Public Relations

KK/km

Amblin Entertainment Inc.
100 Universal Plaza, Bungalow 477, Universal City, California 91608 • (818) 777-4600
Telex: 662748 W.U. • 4720584 I.T.T.

Steven Spielberg desmintió estar preparando una película sobre el caso Roswell.

rumores tales como la existencia de un rollo de película que recogía imágenes del presidente Harry Truman asistiendo a una de las autopsias, o que había una toma del filme en donde podía leerse claramente «Doctor Detlev Bronk», que es el nombre de un famoso fisiólogo norteamericano de mediados de siglo, miembro en 1947 del Comité de Medicina de la Fuerza Aérea y, sin duda, el candidato ideal para conducir en secreto unas autopsias de tan delicada naturaleza. Se necesitaba, asimismo, acceder a los análisis químicos del celuloide que autentificaran su edad y —por encima de todo— se requería llegar de una vez por todas al hombre que rodó este documento.

—¿Qué te parecería si entrevistáramos a Ray Santilli a través de los micrófonos de *Onda Madrid* y aclarásemos algunos puntos oscuros de la trama de Roswell? —me sugiere Antonio Muro, director del programa radiofónico *Diálogos en la Nueva Era*, a mediados del caluroso mes de julio de 1995.

Sonreí para mis adentros y agradecí a la Providencia aquel nuevo guiño. Su invitación, casi sobra decirlo, llegaba en el momento oportuno. Aparte de algunas pocas entrevistas concedidas en una entonces novísima Internet y a revistas como *Phénomèna*,[6] Santilli no había dado la cara en demasiadas ocasiones para rendir cuentas de «su» película...

Y tenía, ciertamente, muchas cosas que explicar.

Por eso, dejé hacer al Destino anotando la propuesta de Muro en mi agenda.

6. Perry Petrakis, «Document historique ou... manipulation du siècle?», revista *Phénomèna*, n.° 278, Aix-en-Provence (Francia), mayo-junio de 1995.

Estudios de Onda Madrid, 26 de julio de 1995. 17.30 horas

No era difícil palpar la tensión en el interior del estudio de grabación de *Onda Madrid.* Y es que todos habíamos llegado a la emisora dispuestos para cualquier sorpresa. Mientras Antonio Muro y yo nos ajustábamos nuestros auriculares para poder escuchar los comentarios de Santilli al otro lado del hilo telefónico, Josep Guijarro estaba también pendiente de la entrevista, ocupando otra línea telefónica desde Barcelona.

A las 17.30 en punto todo parecía estar listo. Unos golpes en el micrófono, una música suave y unas rápidas palabras de presentación, sirvieron de preámbulo a la grabación.[7]

—Señor Santilli, saludos. Bienvenido a España, bienvenido a nuestro programa —irrumpe Muro.

—Hola —responde escuetamente Santilli.

—¿Es usted propietario de una película en donde se registran las autopsias a unos supuestos entes biológicos extraterrestres, recogidos en el accidente de Roswell en 1947?

—Sí, lo soy.

—¿Nos podría contar cómo llegó a hacerse con ese material filmográfico?

—Hace dos años y medio conocí al cámara que originalmente tomó la película en Norteamérica —explica—. Yo estaba entonces trabajando en un proyecto totalmente

7. Si bien el programa se grabó la tarde del día 26, se emitió durante la madrugada del 29. Fue, además, y por imposición de la directiva de *Onda Madrid*, el último espacio que se emitió de *Diálogos en la Nueva Era*.

distinto, y el cámara, que ahora tiene ochenta y dos años de edad, me aseguró que tenía algunas películas de otros temas. En 1955 trabajó por cuenta propia para la Universal News, y le compramos algunas imágenes de esa época. Inicié una muy buena relación con él, y en ese tiempo nos dijo que hasta 1952 él había trabajado para la Fuerza Aérea; así que, tras concluir nuestro primer negocio, nos preguntó si estaríamos interesados en algo más, algo muy especial. Nos contó la historia de un accidente aéreo en 1947 en los desiertos de Nuevo México, y nos dijo que tenía filmaciones de criaturas extraterrestres y de un platillo volante. Le dijimos que aquello nos parecía muy interesante y le pedimos verlas. Nos llevó a su casa y vimos la película. Nuestra primera impresión fue que se trataba de algo auténtico. Entonces, le hicimos una oferta y nos llevó casi dos años llegar a un acuerdo con él hasta que la conseguimos.[8]

8. El 27 de junio de 1995, en una entrevista concedida a Philip Mantle, Santilli dio más detalles precisos sobre el complejo proceso de compra del filme, asegurando que, en un primer momento, la Merlin Group entró en contacto con la casa Polygram —no olvidemos que Santilli es productor de vídeos musicales— para comprar el material. «La Polygram —aseguró Santilli en esa entrevista— estaba muy interesada, y envió a uno de sus dirigentes, Gary Shoefield, director general de Working Title y productor del largometraje *Cuatro bodas y un funeral*, para encontrarse con el cámara y asegurar el contrato. De todos modos, surgieron varios problemas y el acuerdo con la Polygram no se concretó y decidió no seguir adelante porque, tras confirmar que el cámara existía, creyó que el filme era del Ejército de Estados Unidos.» Tras aquel fracaso, narra Santilli, el cámara se echó atrás, y la Merlin Group tardó casi dieciocho meses en volver a ganar su confianza antes de cerrar el negocio y reunir el dinero para pagarle el material. Una suma, por cierto, que no ha sido revelada pero que oscila entre ciento cincuenta mil y quinientos mil dólares. Véase: Philip Mantle, «Il racconto di Ray Santilli», revista *Notiziario UFO*, n.° 2, Florencia, septiembre-octubre de 1995.

—¿Qué pruebas han hecho ustedes en la película para conseguir probar su veracidad? —le increpa Antonio Muro.

—El filme ha sido autentificado por Kodak en tres diferentes oficinas en el mundo. En Hollywood, aquí en Gran Bretaña y también en Dinamarca. Han confirmado que la película es genuina, ya que el celuloide puede proceder de 1947. Además, hemos llevado este material a los mayores expertos médicos en el mundo, casi en cada país. Estos expertos han visto el documento y todos ellos coinciden en señalar que la criatura que hay sobre la mesa es auténtica, que es de carne y hueso, aunque no pueden decir de qué tipo de criatura se trata ya que las imágenes son bastante singulares. En cualquier caso, no es un ser humano.

—A quienes seguimos el fenómeno ovni nos hubiera gustado ver esta «primera prueba», no sé si ilusamente, presentada en algún lugar como las Naciones Unidas. ¿Por qué todavía no ha tenido una trascendencia mundial esta película, si realmente contiene esas primeras imágenes de extraterrestres?

—En primer lugar, la película no ha sido vista en ningún lugar del mundo, ya que ha permanecido hasta ahora secreta. Durante casi cincuenta años el filme ha sido propiedad privada del gobierno de Estados Unidos y también del cámara. Nunca antes ha sido presentada al público, y hoy la tenemos gracias a que el cámara que trabajó para los militares conservó cierta cantidad de rollos de película durante estos años. Los americanos tienen la mayor parte del filme, pero el cámara retuvo algunos fragmentos. Tuvimos suerte de estar en EE.UU. en el lugar adecuado, en el momento preciso, para poder llegar a un acuerdo con la persona que había custodiado este material. Debe usted entender que el cámara nos entregó la película por dinero, y, al menos en lo que a él le concierne, tiene más de ochenta años, no quiere verse involucrado en la promoción o la venta de ésta. Por eso llegó a un trato muy simple con nosotros.

Y añade Santilli acto seguido:

—Otro punto que quiero mencionar es que tuvimos la posibilidad de ir a su casa, ver cómo vive, pudimos ver sus álbumes familiares, sus papeles militares de incorporación a filas y de su salida del ejército, y sabemos que el cámara es cien por cien auténtico. Hasta pudimos verificar que él estuvo en el ejército en la época de la película.

En otro momento de la entrevista, Antonio Muro vuelve a puntualizar las cosas:

—Es una pregunta un tanto inocente, señor Santilli —se excusa—, pero ¿usted se ha sentido utilizado por algo o alguien en una operación de posible intoxicación del fenómeno ovni?

—No. La película es auténtica. Debe comprender que cuando vimos la filmación por primera vez hace dos años y medio y quisimos adquirirla, empleamos un gran esfuerzo, y, si hubiera alguna conspiración o algún plan para engañar al público, hubiéramos tenido más facilidades para comprarla, no siendo necesario tanto tiempo. También otro punto que quiero aclarar es sobre la gente que cree que es un fraude; si nosotros creyéramos que es un fraude, la hubiéramos vendido ya en enero a un buen número de televisiones de todo el mundo, cuando comenzó a hablarse de ella, y a estas alturas nos hubiéramos olvidado del asunto. No la vendimos en enero a cambio de mucho dinero, y la razón por la que todavía la conservamos es porque creemos que la película es auténtica y que tiene un gran futuro.

Tomé aire. Tras este último comentario de Santilli, Antonio decide introducirme en la conversación. Mientras tomo nota apresuradamente en mi cuaderno de bitácora de los puntos clave de aquella entrevista, la luz roja que indica que estamos en antena vuelve a relampaguear en la pared.

—A mí me gustaría aclarar una serie de rumores que han circulado sobre la filmación —retomo la conversación—. El primero hace referencia a si la filmación recoge en alguno de sus noventa minutos las imágenes de algún extraterrestre vivo...

Santilli vacila un segundo, pero contesta firme.

—Los expertos médicos que han visto la filmación coinciden todos en señalar que la criatura (de la primera autopsia) estaba viva al menos dos horas antes de llevarse a cabo la necroscopia. Debido a la textura de los órganos y los fluidos del cuerpo, están convencidos de que la criatura estuvo viva poco antes de que los cirujanos comenzaran a operar. Una tercera autopsia tuvo lugar tres semanas después del accidente, y la última dos años más tarde. Hay muchos argumentos para suponer que las criaturas permanecieron vivas durante cierto periodo de tiempo, ya que el cámara nos ha confirmado que los cuatro seres fueron recuperados con vida.

—El segundo rumor —prosigo— hace referencia a que en algún momento de la filmación aparece el presidente Harry Truman asistiendo a las autopsias.

—No —responde contundentemente Santilli—. Para contestar esta cuestión disponemos únicamente de las fundas de la película, pues poseemos un rollo de filme que creemos que fue tomado durante uno de los exámenes de la criatura. Se trata del rollo número 57 y sólo la etiqueta que hay sobre el rollo confirma que el presidente Truman y algunos de los miembros de su equipo fueron filmados. Tengo que explicar, además, que recibimos unos noventa minutos de filmación, aunque muchos de ellos están en

Mr Ray Santilli
The Merlin Group
40 Balcombe St
London, England NW1 OND

Dear. Mr Santilli,

Regarding the Roswell footage, I have looked at the safety release print. From the geometric year markings on the print(square,triangle); the original negative stock was definitely manufactured in Rochester, NY in either 1927,1947 or 1967.

It is impossible to tell which of these three years it actually was , but it was definitely one of the above three years.

The release print does not have edge code and therefore the geometric code came from the negative original which was from one of the above years..

It was impossible to pinpoint which of the three years it is , since the geometric code repeated every twenty years.

Sincerely,

Laurence A. Cate
Eastman Kodak Co
Hollywood, CA
213-464-6131

Ray Santilli nunca entregó la película de Barnett a Kodak para su análisis. Tan sólo les facilitó copias de sus códigos de manufacturación, y esta compañía le confirmó que podría tratarse de celuloide fabricado en 1927, 1947 o 1967.

condiciones muy pobres. Y hay muy pocas imágenes. Las únicas que hemos podido recuperar son las dos autopsias que están muy claras, y también algunas tomas de los restos. Pero, desgraciadamente, la filmación en la que se encuentra Truman de momento necesita ser sometida a una mejora técnica y quizá así podamos recuperarla. Ahora mismo no puedo decir que poseamos ese filme porque aunque disponemos del celuloide físicamente, no hemos podido ver ninguna imagen de él de momento.

—El tercer rumor es al respecto de si, en algún momento de las filmaciones de las autopsias, aparece el nombre del doctor Detlev Bronk asociado a las imágenes —continúo.

—Creemos, estamos bastante seguros de ello, que ese nombre aparece en las listas médicas justo cuando los cirujanos están anotando los datos de las autopsias. Aparecen dos nombres, uno de ellos no se puede leer pero el otro sí: Bronk. Sí se puede, pues, confirmar que ese nombre aparece en la película.

—Otra de las cuestiones que han suscitado mucha controversia y contradicciones es respecto al material exacto que el señor Jack Barnett le entregó. ¿Puede aclararnos el número exacto de fundas y películas y la duración total de todo el material?

—Noventa minutos de grabación en total. Veintidós cajas de películas. Veinte de éstas tienen una duración de tres minutos, una de ellas contiene ciento veinte metros de película en negativo y existe otra caja que guarda sobrantes del filme. Mientras que el total de su duración es de noventa minutos, el material visible no supera probablemente los veinticinco o treinta minutos.

Antonio Muro, que no ha perdido detalle de todas y cada una de las respuestas de Santilli, da finalmente paso a Josep Guijarro para que exprese sus dudas.

—Voy a tratar de ser más incisivo para resolver algunas de las dudas que atenazan a la operación de divulgación de esta película en sí —advierte Guijarro—. Mi primera pregunta tiene que ver con el «copyright» del filme, pues, si tal y como afirmaba hace unos instantes el señor Santilli esta película es propiedad del gobierno de Estados Unidos y que el propio Barnett la ha robado, ¿cómo puede registrar un «copyright» a su nombre?

Me revolví en la butaca del estudio.

—Primero, debemos decir que el filme es propiedad del gobierno norteamericano —responde pausadamente Santilli—. Nosotros les hemos invitado a que nos reclamen la película para que les sea devuelta, y les hemos invitado a que iniciaran procesos legales contra nosotros a causa del «copyright». Si eso llegara a producirse, estaríamos ante una historia todavía mayor porque entonces se confirmaría que la filmación es genuina, y que hubo un cámara que la rodó para ellos. Creemos que el gobierno no la reclamará, porque de esta forma estaría admitiendo la existencia de una gran ocultación.

Josep Guijarro vuelve a la carga con una pregunta realmente clave.

—La película, ¿les fue dada ya editada, montada, o depurada por el cámara?

—Los rollos que hemos recibido no están editados. Bien —matiza—, veinte de los rollos no están editados. Existen cincuenta fotogramas en positivo y un rollo en negativo que no hemos podido procesar, así como un largo rollo de filme que tiene fragmentos editados. Pero el material principal no está editado.

—A mí me gustaría formular una pregunta más —interrumpo—, y es sobre Jack Barnett, el cámara. Sabiendo que para autentificar esta película es tan importante el testimonio de Barnett, ¿ha tomado el señor Santilli alguna precaución cuando habló con él, para conseguir sus certificados militares o fotografías que demuestren que estuvo en Nuevo México trabajando para la Fuerza Aérea...? Y si tiene ese material, ¿lo pondrá a disposición de los investigadores?

—Como he dicho al principio, cuando visitamos a Jack Barnett, tuvimos la suerte de examinar todos sus papeles y diarios personales. Vimos sus documentos de enrolamiento y de salida de las Fuerzas Aéreas, aunque también tenemos una declaración por escrito de Jack Barnett...

—Ya, pero, y esto es una ampliación de la pregunta de Javier —irrumpe Antonio Muro justo a tiempo—, ¿se quedó usted con alguna copia de esos documentos?

—No tenemos ningún material suyo aparte de su declaración, pero uno de los equipos de televisión que están preparando un documental sobre el tema probablemente se reunirá con él próximamente y obtendrán algún material complementario.

—Me gustaría confirmar si cuando Barnett rodó la película lo hizo como cámara de las Fuerzas Aéreas o como miembro de alguna empresa contratada por la USAF —le cuestiona por último Josep.

—Él rodó en calidad de oficial al servicio de la Fuerza Aérea —responde Santilli.

—¿Y con qué graduación? —le increpo.

—No puedo responder a esa cuestión.

La conversación resultó, a todas luces, reveladora, pero Antonio Muro guardaba aún una cuestión que —entonces no supe verlo— me tendría en jaque durante las siguientes semanas.

—¿Cuándo podremos ver definitivamente esa película? —le pregunta.

—El filme podrá verse a partir del próximo 28 de agosto en todo el mundo, a excepción de España, porque España es el único país que todavía no ha solicitado una copia de la filmación. Pero quizá durante las próximas dos o tres semanas alguna de las cadenas de su país se pondrá en contacto con nosotros. En América, en Inglaterra, en Australia, en Italia, en Francia... en todas partes del mundo se emitirá la película el próximo 28 de agosto. Y esta gente verá la autopsia completa, los restos de la nave...

¡28 de agosto! Por un momento estuve a punto de maldecir mi estampa. Y es que —cosas del carácter juguetón del Destino— ese día iba a estar apartado forzosamente de mi investigación del caso Roswell, perdido con suerte entre las estribaciones de la sagrada montaña tebana. En pleno Valle de los Reyes egipcio.

Suspiré.

La Navata, Madrid, 3 de septiembre de 1995. 8.10 horas

Con cierto despecho arrojé mis maletas sobre la cama, dejé los billetes de EgyptAir sobre mi mesa de trabajo y me dispuse a escuchar la veintena de mensajes que se acumulaban desde hacía diez días en mi contestador automático. Mi estancia en Egipto había seguido los cauces previstos, pero también me había aislado por completo de mi principal investigación en ese momento. Sólo algunos recortes extraídos de las ediciones del 29 de agosto de los rotativos londinenses *The Times* y *The Daily Telegraph*, así como alguna crítica publicada en *Le Figaro* y que pude comprar in extremis a un repartidor de periódicos nubio en Asuán, eran todo lo que había podido recabar en el país de los faraones sobre la proyección del «filme de Roswell». Patético.

Al menos, así me mantuve al corriente de cómo la prensa británica criticó el reportaje emitido por el Canal 4 titulado

El Mundo, 4 de septiembre de 1995.

La expectación generada por la emisión de la «película de Roswell» en Antena 3 Televisión, llevó el tema a todos los periódicos. El Mundo *parodió el asunto, al mezclarlo con el escándalo político de los GAL en esta viñeta de Idígoras y Pachi.*

Secret History: The Roswell Incident, y supe que ésta no dejó de mostrar su sorpresa por el hecho de que algo más de seis millones de espectadores hubieran seguido la emisión. En Francia las reacciones fueron similares. Casi nueve millones de televidentes siguieron sin pestañear la proyección de unos pocos minutos de la autopsia de Barnett y los comentarios de algunos cirujanos, sacerdotes y expertos en digitalización de imágenes. Pero ¿y en España? ¿Qué había sucedido en ese tiempo en mi país?

Traté de no desesperarme.

La solución —enésimo guiño del Destino, sin duda— la tenía en mi contestador, pues varios de los mensajes retenidos me advertían que esa misma tarde Antena 3 Televisión había programado la emisión del reportaje de Canal 4 sobre el incidente de Roswell.

La suerte seguía estando de mi lado —pensé.

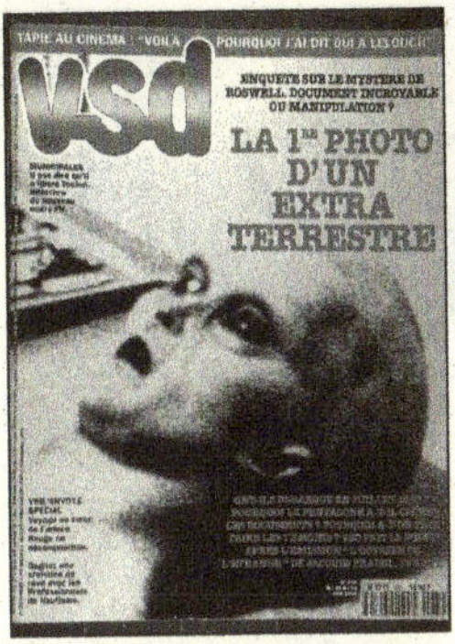

Medios de comunicación de todo el mundo —incluido el Roswell Daily Record *que en 1947 publicara la primera noticia del ovni siniestrado— se hicieron eco de la «autopsia del extraterrestre». En España, la revista* Año Cero *publicó por primera vez las imágenes de Barnett.*

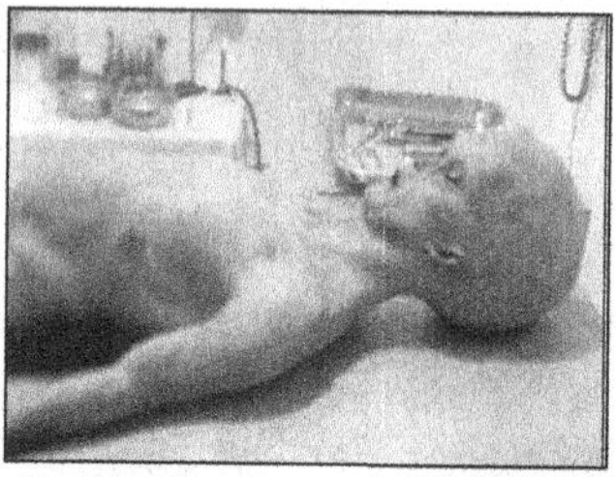

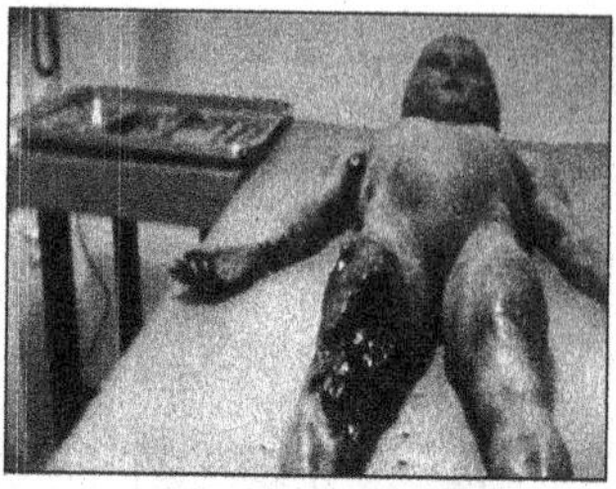

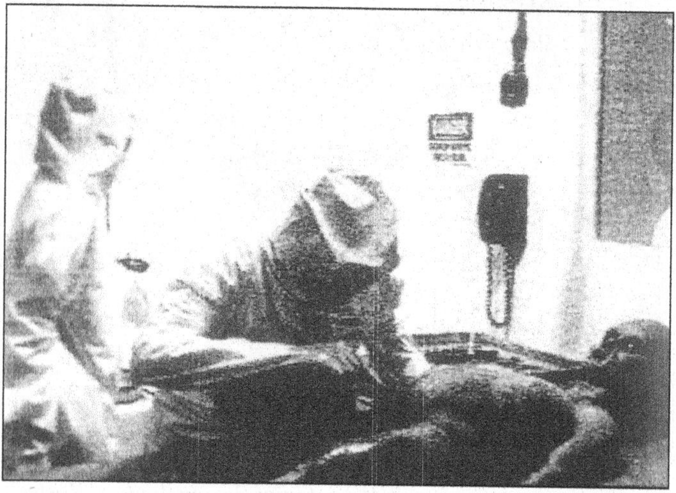

Selección de fotogramas extraídos de la filmación de la llamada primera autopsia, y de los presuntos «paneles de mando» del ovni estrellado (cortesía de Roswell Footage Ltd., 1995).

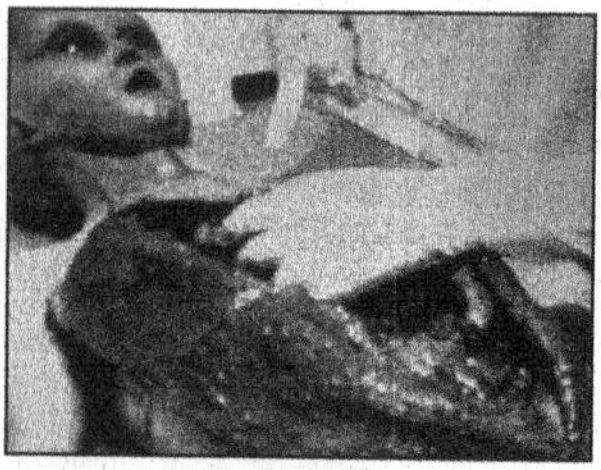

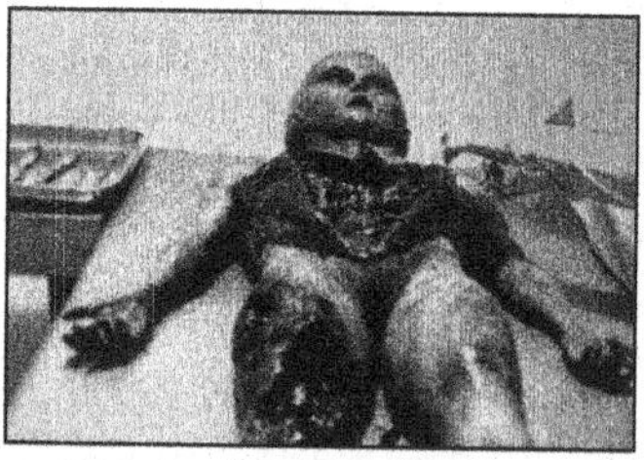

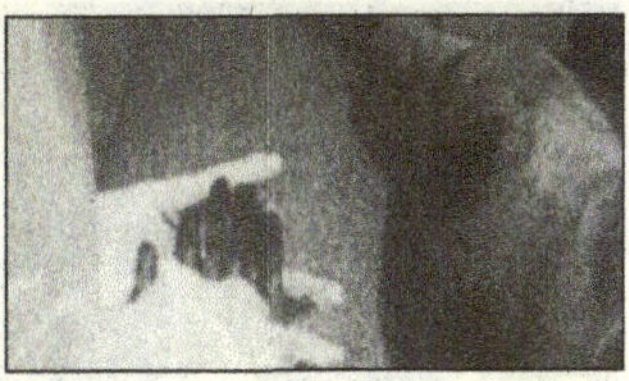
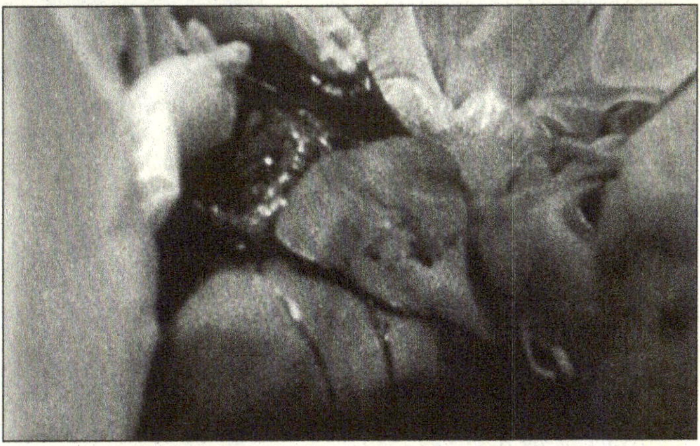
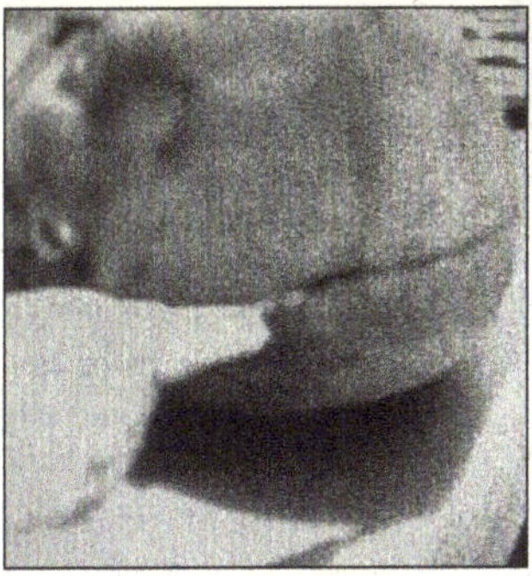

En primer término, Chris Cary, el hombre de confianza de Ray Santilli y responsable en la Merlin Group de velar por la difusión del filme de Barnett. Tras él, Stanton Friedman (foto: Javier Sierra).

William Moore fue uno de los responsables de «resucitar» el caso Roswell en un libro que publicó junto con Charles Berlitz en 1980 (foto: Javier Sierra).

De izquierda a derecha, Javier Sierra, Stanton Friedman, Jesse Marcel Jr., Don Schmitt, Philip Mantle y Michael Hesseman, en septiembre de 1995 en San Marino.

Ray Santilli muestra la funda de uno de los rollos de película filmados por Jack Barnett (foto: Michael Hesseman).

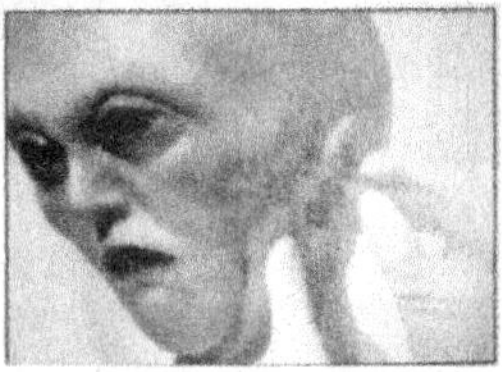

Imagen del presunto modelo creado por Morgana Productions y que trataba de demostrar que esta empresa inexistente había sido creadora de la película de Roswell. En octubre de 1995 se demostró que este modelo nunca sirvió para rodar el filme de Jack Barnett.

Entrada a la base de Roswell (también conocida como Walker Field) en 1947.

Una foto «clásica»: Javier Sierra frente al hangar de la base de Roswell donde permanecieron los restos del ovni (foto: Roberto Pinotti).

Desierto de White Sands, en cuyas inmediaciones, según Jack Barnett, se estrelló un ovni en junio de 1947 (foto: Javier Sierra).

El campo de pruebas de White Sands, en Nuevo México, era en 1947 uno de los principales focos de experimentación aeronáutica del mundo (foto: Javier Sierra).

Javier Sierra junto a Walter Haut, el oficial de relaciones públicas de la base de Roswell que difundió la noticia del accidente de un ovni en 1947 (foto: Roberto Pinotti).

Jesse Marcel Jr., hijo del mayor Marcel, sostiene una maqueta de uno de los restos del ovni que vio junto a su padre (foto: Javier Sierra).

Coronel William Blanchard.

Mayor Jesse Marcel.

General de brigada Roger Ramey.

El 8 de julio de 1947 el general Roger Ramey trató de desacreditar la historia de la caída de un ovni en Roswell presentando los restos de un globo sonda a la prensa (foto: Fort Worth Star Telegram*).*

El general Ramey y el coronel DuBose examinan «el globo de Roswell» (foto: Forth Worth Star Telegram*).*

El oficial de meteorología Irving Newton identificó los restos con un globo sonda del modelo Rawin (foto: UP1*).*

El mayor Jesse Marcel sostiene el mismo globo (foto: Fort Worth Star Telegram*).*

El prestigioso forense José Manuel Reverte Coma examina con Javier Sierra la «autopsia de Roswell» (foto: Matías Costa).

Los doctores Baima Bollone y Signoracci analizaron en Italia la filmación de la primera autopsia (foto: Javier Sierra).

Expertos médicos del Hospital del Aire de Madrid examinan las primeras imágenes de la «autopsia de Roswell» (foto: Javier Sierra).

Jorge Díaz, experto en lenguas antiguas, explica a Javier Sierra que él cree que la «escritura de Roswell» corresponde a una cultura avanzada (foto: Matías Costa).

Capítulo 6

Hablan los forenses

Las cifras de audiencia conseguidas por Antena 3 Televisión aquella tarde de domingo hablan por sí solas: algo más de tres millones de espectadores siguieron a través de la pequeña pantalla el reportaje titulado *Los alienígenas de Roswell*, que contenía las primeras imágenes liberadas por la Merlin Group del material rodado por Barnett. De hecho, pese a que no fueron más de tres los minutos de la autopsia que se incluyeron en el documental originalmente escrito para el Canal 4 británico, quienes vimos la pieza tuvimos suficiente para saber que estábamos frente a un documento excepcional. Se trataba, a todas luces, de segmentos extraídos de la llamada *primera autopsia* y en los que podía verse cómo un hombre y una mujer enfundados en sendos trajes aislantes procedían al vaciado de órganos de una criatura de aspecto bastante humano, mientras un tercer individuo controlaba toda la operación a través de una ventana abierta en la pared.

Al principio me sorprendí por el poco material de Barnett incluido en el documental, aunque no tardé mucho en darme cuenta del porqué. De hecho, poco antes de mi marcha a Egipto, Renaud Marhic me había advertido ya que la compañía TF-1 Video planeaba lanzar al mercado el 26 de agosto una cinta con los dieciocho minutos íntegros de la *primera autopsia*, y distribuirla simultáneamente en Francia, Suiza y Bélgica.[1] Como así fue. Nada menos que doce mil cintas de vídeo se distribuyeron apenas un día antes de la emisión por TF-1 de un programa especial conducido por Jacques Pradel sobre la grabación de la autopsia. Doce mil cintas que suponían sólo la punta del iceberg del titánico negocio del vídeo doméstico iniciado por Santilli también en Gran Bretaña, donde bajo el título de *Incident at Roswell*, se puso a la venta igualmente una copia del documental del Canal 4 más un «extra» con los mismos dieciocho minutos de autopsia comercializados en Francia. «Algunas personas podrían encontrar los contenidos de esta filmación perturbadores», anunciaba morbosamente la portada del vídeo inglés, del que se facturaron nada menos que veintitrés mil copias durante las primeras horas de venta pública.

Lo que no supe calibrar hasta unos días después es que, en cierta manera, esta furiosa campaña de mercadotecnia iba a favorecer enormemente mis investigaciones. Y me explico. Disponer de las imágenes íntegras de, al menos, una de las autopsias, así como de varias secuencias que recogen los supuestos fragmentos de la nave (algunos aparentemente grabados con una serie de signos geométricos que recordaban vagamente una escritura) iba a posibilitar que varios expertos en medicina forense, en anatomía patológica y en genética, pudieran juzgar por ellos mismos los contenidos del filme.

1. Jacques Pradel (presentador), *«L'extraterrestre de Roswell»*, TF-1 Video-Enterprises, París, 1995.

—Deberías concertar una reunión inmediatamente con...

—... el doctor José Manuel Reverte Coma —le interrumpí.

Eduardo Fernández abrió los ojos, y luego se rió.

—¿Cómo sabías que te iba a hablar de él?

—No lo sabía. Pero si hay alguien en este país que debería ver la autopsia de Roswell ése es el doctor Reverte, ¿no crees? —le contesté.

Hacía varios días que Eduardo había embarcado a la redacción de *Año Cero* en una tarea prácticamente quimérica: el examen, fotograma a fotograma, de los dieciocho minutos de la *primera autopsia* en busca de anacronismos, incoherencias internas o errores que permitieran despejar su posible falsedad. Sin embargo, ante la falta de resultados concretos tras aquellas primeras jornadas de «rastreo», pronto se hizo necesario pensar en poner ese material en manos de algún especialista.

—El doctor Reverte es la primera persona que debes visitar —me insiste Eduardo—. Lleva practicando autopsias desde los diecisiete años (ahora tiene setenta y tres), y es un verdadero experto en histología y anatomía patológica.

No lo pospuse ni un minuto. Tras una corta serie de rápidas llamadas telefónicas, localicé al doctor Reverte en su domicilio de Madrid, arreglando con él un encuentro para las seis en punto de aquella misma tarde. Por fortuna, el doctor había visto ya en televisión algunas de las secuencias de la autopsia, y mostró desde el principio una gran curiosidad por todo este enmarañado asunto.

—Ten en cuenta que esta autopsia se practica en 1947 —me explica el doctor Reverte nada más centellear las primeras imágenes del filme de Barnett en el enorme televisor de su salón—, y desde entonces hasta ahora han cambiado muchísimo las técnicas médicas.

—Bien, vayamos paso a paso —le propongo, mientras avanza la película en el magnetoscopio—. Podemos ir examinando cada una de las secuencias de la autopsia, y después ver si podemos llegar a alguna conclusión.

—Adelante...

En ese momento aparece en pantalla una de las imágenes más características de la *primera autopsia*: uno de los presuntos médicos militares toma entre sus manos la pierna dañada de la criatura y la flexiona mínimamente, extremando todas las precauciones.

—Lo primero que veo es que ese movimiento de la pierna, esa elasticidad tan buena de un miembro quemado, no es propia de un cadáver... terrestre por lo menos —matiza Reverte.

—Ya... ¿y qué posibilidad hay de que el sujeto hubiera muerto poco antes de practicársele la autopsia y no sufriera aún *rigor mortis*?

—Eso no podemos saberlo —me contesta—. Si es un ser de otro mundo y está hecho de otro material, no sabemos cómo es. Porque estamos partiendo de la base, que puede ser errónea, de que sus tejidos son como los de la Tierra.

Y añade:

—Yo nunca he visto antes ningún extraterrestre. O sea, que lo que estoy viendo aquí puede ser lo mismo un alienígena que una estupenda falsificación de las que se preparan muy bien hoy con látex y otras sustancias análogas.

Mientras el doctor Reverte me expone algunas de sus precauciones preliminares, la película de Barnett muestra las primeras secuencias en las que los cirujanos separan la piel de la caja torácica del cuerpo.

—Esto es una autopsia un poco rara —murmura mientras se ajusta por enésima vez sus gafas—. Al que está dirigiéndola no se le ocurre abrirle la boca a la criatura, meterle los dedos para ver si tiene o no dientes... En fin, desde mi punto de vista cuando uno hace una autopsia, y autopsia quiere decir observación, no solamente abre sino que también mira fuera. Deberían haber estudiado minuciosamente la superficie del individuo, las posibles lesiones que pudiera haber. Y en un sujeto que es de fuera de la Tierra tendría que ver qué otras cosas encuentra.

—¿Y podría explicarse esa actitud porque ya hubieran llevado a cabo una autopsia a otro ser parecido con anterioridad? —le pregunto.

—¡Qué va! No satisface la curiosidad de un científico el hacer una sola autopsia a un individuo, sino que cuantas más haces más detalles quieres ver. ¡Vamos!, si yo me enfrentara a una necroscopia así, examinaría a la criatura milímetro por milímetro, y el que está haciendo este examen no parece saber con qué está trabajando.

A medida que discurre la película, el doctor Reverte aumenta su escepticismo inicial. La falta de orden en la autopsia, y la existencia de una serie de incoherencias anatómicas en la estructura del sujeto le hacen recelar de la autenticidad del documento.

—¡Fíjate en el detalle de la posición de las manos! —exclama—. Las dos están abiertas hacia arriba y con la misma posición de los dedos, encorvados. Eso es técnicamente imposible en un cadáver terrestre; hasta da la impresión que las manos son cada una la réplica especular de la otra.

—¿Y se observan algunas inconsistencias más de ese tipo?

—Sí —responde de inmediato—. No hay más que ver

la musculatura aparente de los brazos y las piernas para darse cuenta que ésta no es proporcional con el tamaño del cuerpo. Me da la impresión de que han tratado de imitar las extremidades humanas, colocando un muslo tremendo a un individuo que es prácticamente un enano, y al que, anatómicamente, le corresponderían unas piernas preparadas para aguantar mucho menos peso.

—Luego, ¿es demasiada musculatura para ese cuerpo? —insisto.

—Mucha. Para ese cuerpo esa musculatura es anómala y absurda. Y no te digo nada sobre la barriga, que pertenece a un individuo que come de manera abundante y, aparentemente, no tiene ningún canal de evacuación. Se trata de otro absurdo, ¿no?

—Sigamos con la cinta —le interrumpo—. Ahí tenemos un primer plano de la cabeza. ¿También observas inconsistencias anatómicas? —le cuestiono de nuevo.

—Pues sí. Las orejas las tiene rarísimas. No se trata de pabellones auditivos adaptados para la audición, porque esa forma aplastada es la menos apropiada para una audición correcta.

En un determinado momento de nuestro examen frente al televisor, los ánimos del doctor se encrespan.

—Si tienes la oportunidad de examinar a un individuo de otro planeta, lo primero que harás es ver cómo es su anatomía por dentro. Y en esta película se ve cómo se le están extrayendo las vísceras de cualquier manera, sin detenerse a ver qué relación tienen unos órganos con otros, ni de qué órganos se trata, si son diferentes a los nuestros... ¡nada! En realidad, no están actuando como si examinaran un extraterrestre, ¡lo están destrozando!

—Es decir, que en ningún caso sería razonable actuar así con un cuerpo...

—Totalmente irrazonable. Es como si el médico no sintiera curiosidad por lo que hace. Está actuando rutinariamente, como si ya conociera la estructura del cadáver. Y eso no es normal.

Los minutos pasan rápido. Las imágenes de Barnett recogen el que es, quizá, el momento más desagradable de toda la filmación: el instante en el que los cirujanos proceden a separar la piel de la cabeza, serrar el cráneo y extraer de él su, sorprendentemente, pequeño cerebro.

—Una pregunta estrictamente técnica, doctor: dado el volumen del cráneo, ¿es lógico que tenga un cerebro de tamaño tan reducido?

—... Tendría que ser mucho más grande, sí —se fija Reverte—. Con esa cabeza el cerebro no es proporcional. Además, lo que llama poderosamente la atención es que en la masa cerebral no se aprecian lóbulos, ni circunvoluciones, pero sí está cubierto por una especie de membrana que parece evocar las meninges.

Súbitamente, la pantalla se apaga. La última escena de la autopsia, el examen del cerebro, ha abierto aún más dudas que las que ha despejado. Aunque el doctor, lo veo en su rostro, ya tiene su veredicto sobre el filme.

Le cedo la palabra.

—La impresión general que da la película cuando la ves por primera vez —concluye— es que pertenece realmente a una autopsia; pero cuando vas a los detalles técnicos te das cuenta de algunos errores que, claro, pasan desapercibidos para el gran público. Para alguien como yo, dedicado a la antropología forense más crítica, se ve que esta filmación es un fantástico trucaje.

—¿Es ésa su conclusión definitiva?

—Desde luego. Es la autopsia más absurda que he visto en mi vida. Completamente ridícula, vamos.

The University of Sheffield

Department of Forensic Pathology

Professor M A Green
Dr J C Clark
Dr C M Milroy

2nd June 1995

At the request of the Merlin Group, I reviewed a film which was claimed to show a post-mortem examination being carried out on an extraterrestrial being. The film was allegedly taken on a U.S. military base in 1947.

The film was in black and white. A full record of the autopsy was not present, as apparently only some of the reels of film record were available. No sound was present.

The autopsy room was small and the examination was being conducted by people wearing full protective clothing. Besides the autopsy table was a tray of standard autopsy instruments.

The body was human in appearance and appeared to be female but without secondary sexual characteristics - no breast development or pubic hair was visible. The head was disproportionately large. No head hair was present.

The abdomen was distended. There was no evidence of decomposition. The overall external appearance was of a white adolescent female, estimated height 5 feet, tending towards a heavy build not abnormally thin or fat. There were six digits to each hand and foot. The eyes appeared larger than normal and the globes were covered with a black material which was shown being removed.

There was an extensive and deep injury to the right thigh. This was not shown in very close up detail, but appeared to be burnt and charred down to deep tissues. No

Primera página del informe del doctor Milroy sobre el ser que aparece en la película de la primera autopsia.

Fue como si cayera sobre mí un jarro de agua fría. De hecho, salí del estudio del doctor Reverte con la amarga sensación de quien ha invertido tiempo, esfuerzo y dinero en algo que no merecía la pena en absoluto. Y durante algunas horas —lo confieso— estuve a punto de arrojar la toalla, cerrar el caso en mis archivos y enterrar el cuaderno de bitácora con todas mis notas sobre la «autopsia de Roswell».

Pero algo me frenó. A fin de cuentas, si se trataba de un «fantástico trucaje» como aseguraba el doctor Reverte, alguien había empleado muchos recursos en crearlo... Demasiados como para dejar tan visibles tal cúmulo de torpezas anatómicas y estructurales en la autopsia, y que de inmediato saltarían a los ojos de los patólogos que eventualmente examinaran la filmación. Recordé entonces un informe fechado el 2 de junio de 1995 en la Universidad de Sheffield, y en el que el doctor C. M. Milroy del departamento de patología forense de esta institución, afirmaba que «mientras el examen tiene trazas de ser un análisis médico, otros aspectos sugieren que no fue conducido por un patólogo con experiencia en autopsias, sino más bien por un cirujano». Y me pregunto, ¿qué sentido tendría un fraude que dejara al descubierto inconsistencias de este calibre? ¿No sería lo más lógico, para perpetrar un fraude así, contar desde el principio con un buen patólogo?

Dudas como ésta fueron sedimentándose en los días posteriores a mi encuentro con Reverte, animándome a seguir tras el caso.

Hospital del Aire, Madrid, 6 de septiembre de 1995. 10.00 horas

¿Quién mejor para valorar una autopsia llevada a cabo por militares que médicos y patólogos militares? El Destino volvió a tener un papel importante en el siguiente paso de mi investigación.

Hacía ya muchos meses que no sabía nada del comandante José Benigno Fernández, médico del Hospital del Aire en Madrid, al que tuve ocasión de conocer después de participar en una conferencia sobre ovnis celebrada en la capital de España. De hecho, si he de ser totalmente sincero, casi ni me acordaba de él. Por eso, cuando mi teléfono sonó el 14 de agosto, justo cuando remataba la introducción de este libro, supe que estaba ante otro de los juegos de la Providencia.

—Perdona si te molesto —se explica el comandante Fernández—, pero hace ya tiempo que no sé nada de ti, y me gustaría poder charlar contigo.

—Déjame otra vez tus datos, y en cuestión de semanas te volveré a llamar —le replico—. *Casualmente* ando detrás de un documento fílmico excepcional que me gustaría que tanto tú como otros médicos militares del Hospital del Aire analizarais, pero necesito que me des algún margen de actuación.

—Está bien —repuso—. Esperaré tu llamada.

No tardé demasiado en cumplir con mi compromiso.

A las diez en punto de la mañana del miércoles 6 de septiembre de 1995, el pequeño monitor Sony del Departamento de Anatomía Patológica del Hospital del Aire comienza a pasar las imágenes de la «autopsia de Roswell». El comandante Fernández había logrado convencer al jefe del departamento, el teniente coronel Moreno, así como a otros médicos de esa área, que atendieran a las imágenes que les iba a mostrar y elaboraran algunas conclusiones a partir de éstas.

—¡Hombre! —exclama Moreno—, los trajes que llevan puestos los patólogos son los típicos que se usan en los centros de virología. Y eso, desde luego, es una precaución razonable si lo que están examinando es un cuerpo de origen desconocido. En cuanto al cuerpo en sí —añade—, tiene más aspecto de ser un polimalformado que un extraterrestre; eso, si no es un muñeco de plástico, que es lo que a primera vista parece.

—La pierna que sujetan ahora los médicos —irrumpe la doctora Ángeles Izquierdo, citóloga del mismo departamento— está claramente fracturada. Por eso se mueve al levantarla.

—Luego ¿no es algo a lo que le pueda afectar un *rigor mortis*?

—No, no, en absoluto. Está rota y por eso se mueve —aclara.

Instantes después, el monitor muestra claramente los primeros pasos de los cirujanos al abrir el cadáver.

—Hay una cosa que me llama mucho la atención —insiste la doctora Izquierdo—: aparentemente el cuerpo está gordo, y, sin embargo, su abdomen es fino. No hay grasa, y cuando le retiran la piel del pecho tampoco se observan los típicos cúmulos sebáceos bajo la epidermis.

—¿Y qué os parece el tamaño de las extremidades? —les increpo, tratando de confirmar otro de los comentarios del doctor Reverte.

—Muy gruesas también —interviene el capitán médico Carlos Puente—. Además, como no las abren para examinar sus músculos o sus huesos, tampoco podemos saber si esas protuberancias que se aprecian corresponden a grasa o a tejidos orgánicos.

—Hay una cosa evidente —añade la doctora Izquierdo—, y es que desde un punto de vista anatomopatológico la autopsia no está hecha correctamente, con lo cual nos faltan datos. En la habitación se ven objetos que son ajenos a una sala de autopsias, y que parecen estar ahí para decorar. La técnica es deficiente y los cirujanos no son diestros con su trabajo.

—¿Conclusión? —le increpo.

—El entorno es falso. Eso no es una sala de autopsias, y muchos de sus objetos están puestos como en un escaparate: sólo dificultan el trabajo de los médicos. En cuanto a las vísceras, éstas no se extraen así. Se viscera de manera reglada y por orden, y en la imagen se da la sensación de que se sacan los órganos como de un cajón.

—¿Y en 1947 ya estaban regladas las técnicas de visceración? —pregunto.

—La técnica autópsica está desarrollada desde hace mucho tiempo y se mantiene actualmente con los mismos procedimientos de disección —afirma el capitán Puente—. Las únicas variaciones se han producido al aparecer tecnologías más sofisticadas, como el análisis microscópico. Pero la técnica de visceración, el instrumental, el procedimiento y la sistemática a seguir es hoy la misma que hace cincuenta años. Incluso antes eran más cuidadosos, pues era la autopsia la que les daba toda la información de un cadáver, y no como ahora que los análisis posteriores arrojan muchos más datos que el examen del cuerpo en sí.

—Entonces, ¿su conclusión, capitán?

—Que la autopsia no está hecha por patólogos.

La sensación de incredulidad se podía palpar en la mayoría de los médicos que vieron la filmación. Incluso el teniente coronel Moreno no pudo reprimir una opinión escéptica cuando, una vez sentados en su despacho, me confirmó que «si trabajas en un proyecto secreto de esa envergadura, no llamas a tontos para que hagan el trabajo. Llamas a la gente más importante a tu alcance para que colabore contigo, y lo lógico es que en 1947 los militares tomaran los mejores especialistas existentes tanto en medicina legal, como en laboratorios o en anatomía patológica... Por no hablar, claro está, de expertos en métodos fotográficos y de filmación de imágenes, que no rodarían de forma tan desastrosa como la que se ve en pantalla».

—¿Y entonces? —le pregunto.

—Estoy convencido de que esta película es un fraude.

Esta vez decidí no darle vueltas al segundo veredicto negativo que recibía en dos días. Recogí las cintas de aquella conversación, cerré de un golpe mi cuaderno de bitácora y emprendí camino rápidamente hacia la redacción de *Año Cero*. Ya tendría tiempo —eso creía, al menos— para analizar las razones del escepticismo de los forenses y decidir en las próximas horas si zanjaba o no mi investigación al hilo de sus contundentes conclusiones.

Poco podía imaginar que el Destino aún no había enseñado todas sus cartas en esta mano.

Llevaba —empezaba a resultarme evidente— demasiados días dándole vueltas al asunto Roswell, así que, como quien no quiere la cosa, cuando llegué por fin al edificio de *Año Cero* traté de borrar de un plumazo mis preocupaciones, dibujé la mejor de mis sonrisas, y atravesé con paso firme el umbral de la redacción.

—¿Qué te parece si te digo que mañana te vas a Italia? —me espeta de golpe Geni, nuestra secretaria de redacción.

—¿... Cómo? —le respondo aturdido, echando a perder definitivamente mi bien planeada sonrisa.

—Sí, que te vas a Italia. Acaba de llegarte un fax invitándote a una reunión internacional de expertos en el caso Roswell, en donde se van a proyectar las imágenes íntegras de la autopsia al extraterrestre.

Me estremecí.

Efectivamente, sobre mi mesa descansaba un fax emitido desde la República de San Marino, en el que Fabio Della Balda, un conocido periodista de la pequeña televisión de ese país me invitaba a un acto «de urgencia» titulado *Roswell: nuove prospettive*, que tendría lugar los próximos 7 y 8 de septiembre de 1995... ¡al día siguiente! *Sarai gradito ospite se ti e possibile* (serás huésped bien recibido si te es posible), rezaba su comunicación. ¿Tenía alternativa?

República de San Marino, 7 de septiembre de 1995. 15.15 horas

Casi mil novecientos kilómetros, un avión, dos taxis y un tren fueron los obstáculos que tuve que salvar en nueve escasas horas para llegar a tiempo a la precipitada reunión de San Marino.

Me costaba dar crédito a la situación. Menos de cinco meses antes se iniciaba en esta misma república el «primer acto» de una puesta en escena que se prolongaría hasta hoy, y que mantendría en jaque a un buen número de ufólogos y periodistas especializados de los cinco continentes. Y ahora, en el mismo marco, con los mismos policías vestidos de cuero y tergal impidiendo el acceso a la platea del Teatro Titano a todo aquel que fuera con cámaras fotográficas o de vídeo, y con la misma expectación, se iban a presentar los resultados de las primeras indagaciones sobre la «película de Roswell».

Dejé fuera de la sala las cámaras. Tomé mi grabadora y mi fiel cuaderno, y entré decidido a ver la filmación.[2]

2. La película que se estaba proyectando en el Titano —ridículamente bajo el control de la policía de San Marino— estaba formada por los

Quien más me sorprendió ver en el aforo del Titano fue al profesor Pier Luigi Baima Bollone. Este prestigioso patólogo turinés es hoy el máximo responsable del Centro Internacional de Sindonología, con quien ya tuve la ocasión de conversar en el invierno de 1992 durante una prolongada investigación que realicé sobre la fascinante reliquia de la Sábana Santa. Al parecer, al profesor Baima Bollone se le había encargado que realizara un peritaje de las imágenes del extraterrestre de la película, para que ofreciera su opinión autorizada.

Y con toda la razón.

No en vano, el doctor Baima Bollone ejerce la medicina legal desde hace treinta y cuatro años y ha seguido de cerca, directa o indirectamente, alrededor de veintiocho mil autopsias. Según había podido averiguar antes de viajar a San Marino, este patólogo había ya esbozado públicamente dos hipótesis que, a su juicio, podrían explicar el origen del cadáver filmado por Barnett. O se trataba de un malformado o de un ser humano retocado para la consecución de un fraude. Eran, por supuesto, sus primeras opiniones.

—El pasado 1 de julio pude ver parte de la «película de Roswell», a la vez que me entregaban algunas fotografías para su examen —me comenta Baima Bollone—. Debo decir que cuando vi el filme por primera vez me quedé muy perplejo pues, desde mi punto de vista profesional, resultaba evidente que se trataba de una autopsia muy mal hecha, con muchísimas lagunas técnicas.

---

mismos dieciocho minutos que ya llevaban más de una semana circulando en Gran Bretaña y Francia. Sonreí para mis adentros por la ingenua precaución de no dejarme pasar con mis cámaras. A fin de cuentas, una completa reproducción de todos los fotogramas clave de esa filmación obraba ya en mi archivo para su posterior análisis.

—¿Y qué elementos le llamaron más la atención de esta autopsia?

—En primer lugar, la sanguinación del cadáver cuando se procede a abrirlo. Popularmente se dice que los vivos sangran y los muertos no, pero eso no es cierto. La sangre permanece fluida durante un periodo de tiempo relativamente breve tras la muerte, y si se abre en ese margen, entonces sí puede darse una fuerte salida de líquido sanguíneo. Ahora bien, existen una serie de casos dentro de los mamíferos y, por lo tanto, dentro de una variante biológica terrestre que puede no tener que ver con el sujeto que estudiamos, que conservan fluidez en la sangre mucho tiempo después de la muerte. Me refiero a aquellos que han fallecido de forma imprevista, a ciertas formas de asfixia y de anemia. En estos casos —añade Baima Bollone—, la pérdida de sangre de los cadáveres es una pérdida venosa, en los que la sangre fluye poco a poco...

—¿Quiere decir que una de esas causas (anemia, asfixia...) podrían haber provocado la muerte a esta entidad?

—Es una posibilidad.

A diferencia de los patólogos que consulté en España antes de mi viaje, el profesor Pier Luigi Baima Bollone llevaba más de dos meses con las imágenes del «extraterrestre de Roswell» encima de su mesa, y trabajando en una dirección, a mi juicio, insólita: si se asumía que aquella entidad estuvo viva alguna vez, ¿cuál fue la causa precisa de su muerte?

—La clave a esto —me explica el profesor— puede estar en el cerebro. En la película me ha parecido haber visto que existe una fuerte hemorragia a su alrededor, que se aprecia muy bien cuando es extraído. He visto muchos cadáveres de accidentes aéreos y debo decir que cuando se experimentan deceleraciones bruscas se crean efectos explosivos en el cuerpo que pueden provocar hemorragias como ésas.

—¿Esa hemorragia explicaría el porqué no se ven los hemisferios cerebrales y sus circunvoluciones?

—Efectivamente.

El apunte de Baima Bollone me resultó especialmente significativo ya que, supuestamente, esta criatura falleció tras un accidente aéreo y pudo haber estado sometida a un cambio brusco de velocidad. No obstante, otros patólogos con los que pude hablar durante mi investigación o consultar sus trabajos, como el doctor Massimo Signoracci, de Roma, o el doctor Milroy, de la Universidad de Sheffield, señalan que las heridas que presenta la «criatura de Roswell» son escasas en función de las que cabría esperar tras un siniestro aéreo. ¿Quién sabe? Mientras anotaba rápidamente estas indicaciones en mi cuaderno de bitácora, el profesor Baima Bollone añadió:

—Otro de los elementos de controversia durante estos meses ha girado en torno a si esta entidad tenía o no ombligo y mamas, que la caracterizaran como un mamífero. Pues bien, por mi actividad controlo muchas autopsias realizadas por otras personas, y cuando me llega de alguna de éstas una imagen difícil de interpretar, consulto desde hace años con el departamento de informática de la Universidad de Turín. Por eso, en este caso introduje algunos fotogramas de la película en un programa informático de mejoramiento de imágenes, realcé sus contornos y cambié los grises por una gama de colores. Tras ello quedaron claramente visibles unos pechos en la criatura y una depresión similar a un ombligo.

—¿Y a su juicio, a qué corresponde la entidad que recoge esta filmación?

—No estoy aún cerca de una conclusión definitiva,

pero lo más verosímil es que se trate de alguien que padeció un síndrome de Turner con polidactilia. Se da un caso cada diez mil personas en Italia, pero es lo menos ilógico de todo.

El síndrome de Turner, tal y como tendría ocasión de confirmar días después en Barcelona al entrevistarme con la doctora Mayte Solé, jefa de la Unidad de Genética del prestigioso Instituto Dexeus de la Ciudad Condal, lo padecen aquellos individuos que en lugar de poseer cuarenta y seis cromosomas tienen cuarenta y cinco, y el que han perdido es el cromosoma sexual. El desarrollo de estos individuos siempre es femenino, aunque con infantilismo sexual, y suelen presentar un tórax en forma de escudo, los pezones separados *(teletelia)*, una especie de «cuello alado» *(pterigium colli)* y los brazos abiertos por los codos *(cubitus valgo)*.[3]

—No obstante, en las imágenes no existen suficientes indicios para asegurar que la entidad padece un síndrome de Turner, asociado a una macrocefalia (aumento desproporcionado del volumen craneal) y a una polidactilia (mayor número de dedos que lo normal) —me comenta la doctora Solé—, aunque la coincidencia de todos esos síndromes en un mismo individuo es teóricamente posible en patología humana.

—¿Y qué puede decirme de la situación y forma de las orejas? —le pregunto.

—Me da la impresión que los pabellones auditivos están displásicos, inmaduros. No están en la situación en que

3. Otros síntomas comunes asociados al Turner son la baja estatura, el cuello abombado, ausencia o fuerte retraso en el desarrollo de los órganos sexuales secundarios, ausencia de menstruación, anomalías en ojos y huesos, además de un notable retraso mental.

habitualmente te los encuentras porque es posible que no terminaran de desarrollarse durante el periodo de gestación del feto.

Pero me advierte:

—Naturalmente, estas conclusiones son válidas si antes partimos de la base de que estamos ante un ser humano con malformaciones. Objetivamente no disponemos de ningún elemento, ninguno, que deseche la posibilidad de que se trate de un ser que haya sufrido una evolución diferente a la nuestra, en un hábitat extraterrestre. Aunque, claro está, haría falta efectuar a esta criatura un buen examen clínico, ya que no disponemos ni de los resultados de la autopsia ni de un estudio cromosómico. Por eso —concluye—, creo que la postura más científica es la de guardar prudencia y estar abierto a todas las posibilidades.

En San Marino tuve la oportunidad de volver a conversar otra vez con Philip Mantle, el hombre de la BUFORA que a finales de marzo de 1995 «levantó la liebre» sobre la existencia de la filmación y a quien conocí en esta misma ciudad en mayo de 1995. A él, sin dudarlo, le planteé todas las dudas que había venido recogiendo sobre el modo en que se llevó a cabo la autopsia al «extraterrestre de Roswell», con la vaga esperanza de que me diera algunas respuestas convincentes.

—Tus dudas son muy razonables —me explica Mantle frente a una bien colmada taza de té—. Pero creo que las críticas de los forenses al procedimiento empleado en la autopsia se deben a que no disponemos de todos los rollos de la autopsia.

—¿Podrías explicarte mejor?

—No tienes más que fijarte en el reloj que se ve sobre una de las paredes del quirófano. En los fragmentos que poseemos, las agujas del reloj se mueven a lo largo de dos horas... y nosotros sólo poseemos dieciocho minutos. Esa ausencia de más de cien minutos de filmación seguro que contiene los «errores» y «lapsus» médicos a los que te refieres. Además, ese punto también queda bastante claro al leer la declaración escrita que entregó el cámara a Ray Santilli.

—¿Luego existe tal declaración? —le pregunto intrigado.

—Desde luego. La historia que cuenta el cámara en ese texto es que él rodó durante cuatro días sin descanso, obteniendo rollos y más rollos de película. Dice que mandó todo ese material a sus superiores, pero que se quedó con algunas secuencias, ya que tuvo problemas con la exposición y el revelado... Por fin, cuando estuvo listo para irse de la zona, llamó a sus superiores para que recogieran esos sobrantes, cosa que nunca hicieron. El cámara cree que es porque en esos días la Armada y la Fuerza Aérea se estaban dividiendo en dos cuerpos separados y en ese desorden se despistó el material.

—¿Y qué piensas de esa explicación?

—Que es improbable pero no imposible. El cámara asegura que tomó mucha película y que lo que poseemos es una parte minúscula, por lo que no representó una pérdida significativa para los archivos de la Fuerza Aérea —concluyó.

Sus comentarios me hicieron reflexionar. Casi sin que me diera cuenta, Mantle estaba reescribiendo la historia del cámara, pues lejos de lo que pude averiguar antes de mi anterior visita a San Marino en mayo, Jack Barnett nunca duplicó en secreto los rollos que filmó para la USAF —como se me dijo entonces—, sino que retuvo rollos originales defectuosos, y es ese material original el que compró Santilli a primeros de 1995.

Sorprendente.

—¿Y podría ver esa declaración escrita que parece aclarar definitivamente el origen del material del cámara?

Mantle dudó un segundo, para, inmediatamente, comenzar a rebuscar entre los papeles de su maletín.

Capítulo 7

«Confirmado: la película es de 1947»

No descansé hasta que conseguí que Philip Mantle me entregara una copia del texto íntegro de la declaración escrita de Jack Barnett. Y de hecho, mi insistencia a Mantle y a Chris Cary, de la Merlin Group, durante mi última estancia en San Marino, consiguió algunos otros documentos de gran importancia para, al menos, mantener una postura abierta hacia la autenticidad de la película.

Pero no se engañe el lector: el testimonio del cámara no es uno de ellos. Contribuye, eso sí, a acrecentar la aureola de misterio tejida en torno a su identidad, al tiempo que evita dar «pistas» claras que ayuden a verificar su relato. Pero ahí está. Y es, como digo, el primer documento tangible que pude conseguir alrededor de la «película de Roswell». Que no es poco.

Operación Yunque. Ahora conocida como el incidente de Roswell

Me uní a las fuerzas armadas en marzo de 1942 y las dejé en 1952. Los diez años que pasé sirviendo a mi país fueron algunos de los mejores de mi vida.

Mi padre estaba en el negocio del cine, lo que significa que tenía buenos conocimientos de los trabajos de filmación y fotografía. Por esta razón creo que pude pasar un examen médico que normalmente no habría superado, ya que de pequeño tuve la polio.

Tras mi enrolamiento y entrenamiento, estaba listo para hacer valer mi experiencia y convertirme en uno de los pocos cámaras de las fuerzas armadas. Fui enviado a muchos lugares, y como era tiempo de guerra, aprendí rápido a filmar bajo circunstancias difíciles.

No daré más detalles sobre mi trayectoria. Sólo diré que en el otoño de 1944 fui destinado a la *Inteligencia*, bajo las órdenes del jefe adjunto del personal aéreo. Me desplacé de continuo, dependiendo del destino. Durante mi tiempo libre filmé bastante, incluyendo las pruebas (nucleares) en White Sands (Proyecto Manhattan/Trinity).

Recuerdo muy claramente la llamada que me envió a White Sands vía Roswell. No hacía mucho que había regresado de San Louis (Missouri) donde había filmado el nuevo avión *Ramjet* («Pequeño Henry»). Era el 1 de junio cuando McDonald me ordenó presentarme al general McMullen para un destino especial. No tenía ninguna experiencia de haber trabajado con McMullen, pero después de hablar con él unos minutos sabía que nunca querría tenerlo como enemigo. McMullen fue directo al grano, sin rodeos. Me ordenó ir al lugar de un accidente justo al suroeste de Socorro. Era urgente, y mi misión era filmar todo lo que estuviese a la vista, no abandonar los restos hasta que fueran recogidos y tendría acceso a todas las áreas del lugar. Si el comandante al mando tuviera algún problema, debería decirle que telefoneara a McMullen. Unos minutos después de escuchar sus órdenes, recibí las mismas instrucciones de Tooey, diciéndome que el accidente correspondía a un avión espía ruso. ¡Dos generales en un día!, este trabajo era importante.

Despegué de la base de Andrews con otros dieciséis oficiales y personal, la mayoría médico. Llegamos a Wright Patterson donde recogimos más hombres y equipo. De allí, volamos a Roswell en un C-54.

Cuando aterrizamos, fuimos trasladados por carretera hasta el lugar. Al llegar, éste ya había sido acordonado. Desde el principio estuvo claro que no era un avión espía ruso. Era un gran disco, un «platillo volante» caído sobre su parte posterior, que todavía emitía calor.

El comandante del lugar pasó la acción al equipo médico del SAC (Comando Aéreo Estratégico) que estaba todavía esperando la llegada de Kenney. No obstante, no se hizo nada, ya que todo el mundo esperaba órdenes.

Decidí esperar antes de moverme hasta que el calor descendió, ya que había un riesgo significativo de incendio. Lo que lo hacía todo peor eran los gritos de los monstruos[1] que estaban tumbados en el vehículo.

Nadie puede decir en nombre de Dios qué eran, pero se pensó seguro que eran absurdos de circo, criaturas que no tenían nada que hacer aquí. Cada una sostenía una caja que apretaban con ambos brazos contra el pecho. Sólo estaban allí sollozando, sosteniendo esas cajas.

Una vez que se montó mi tienda, empecé a filmar inmediatamente, primero el vehículo, luego el lugar y los restos. Sobre las seis horas se creyó que ya resultaba seguro entrar dentro. De nuevo, los monstruos estaban llorando, y cuando nos aproximamos gritaban aún más. Se protegían con sus cajas, pero conseguimos una asestando un duro golpe a la cabeza de uno de ellos con la culata de un rifle.

Tres de las criaturas fueron arrastradas fuera y atadas con cuerdas y cinta adhesiva. La última ya estaba muerta. El equipo médico desconfió al principio de acercarse a esos seres, pero como alguno estaba herido no tuvieron elección. Una vez que las criaturas fueron recogidas, la prioridad era

1. *Freaks*, en el original inglés.

recuperar los restos que pudieran ser tomados fácilmente aunque aún había riesgo de incendio. Los restos parecían venir de la cobertura externa que rodeaba un disco muy pequeño de la parte inferior de la nave y que se debió desprender cuando el disco se golpeó. Los restos fueron llevados a tiendas de campaña para almacenarlos y después cargarlos en camiones. Tres días más tarde, un equipo completo de Washington vino y se tomó la decisión de mover la nave mayor. Dentro de ella la atmósfera era muy pesada. Era imposible permanecer mucho más de unos segundos sin sentirse muy enfermo. Por tanto, se decidió analizarla de regreso a la base, así que fue cargada sobre una plataforma móvil y llevada a la base de Wright Patterson, que es donde me uní con ellos.

Permanecí en Wright Patterson durante más de tres semanas, trabajando sobre los restos. Entonces me dijeron que fuera a Fort Worth (Dallas) a filmar una autopsia. Normalmente, no tenía problemas con eso pero se descubrió que las criaturas podrían resultar peligrosas, así que me ordenaron que me vistiera con un traje de protección, como los doctores. Era imposible sujetar la cámara con propiedad, y cargar y enfocar era muy difícil. De hecho, contra las órdenes, me quité el traje durante la filmación. Las primeras dos autopsias tuvieron lugar en julio de 1947.

Después de filmar, tenía varios centenares de rollos. Separé aquéllos con problemas, que requerían una atención especial en el revelado (que haría después). La primera hornada fue enviada a Washington y yo procesé el resto unos días más tarde. Una vez que los rollos restantes habían sido procesados, contacté con Washington para mandarles la colección de la última hornada. Increíblemente, ellos nunca vinieron a recogerlos ni arreglaron su transporte. Los llamé muchas veces pero finalmente lo dejé. Las filmaciones han permanecido conmigo desde entonces.

En mayo de 1949 me llamaron para que filmara una tercera autopsia.

He leído este relato decenas de veces. He repasado punto por punto sus afirmaciones, buscado las referencias de los militares que menciona y estudiado su vinculación al caso Roswell, y confieso que cuanto más lo he leído y más he tratado de encontrar las conexiones con los sucesos del rancho Foster... más lejos creo que están ambos incidentes.

Y no es sólo una cuestión geográfica. Según Jack Barnett, «su» accidente tuvo lugar a más de trescientos kilómetros de las tierras de «Mac» Brazel, entre el 31 de mayo y el 1 de junio de 1947. Sobre eso, además, el cámara se muestra inflexible: ésas son las fechas y ése el lugar.

Me permitiré especular. Supongamos que la historia de Jack Barnett sea cierta, y que se recogiera una nave extraterrestre en junio de 1947 cerca de Socorro. Supongamos también que los numerosos testigos del caso Roswell digan la verdad, y que otra aeronave extraña cayera un mes más tarde a pocos kilómetros al norte de la base de las Fuerzas Aéreas de la ciudad. Y, por último, supongamos que varios equipos militares condujeran tareas de recuperación de esos restos, clasificando todo el asunto como secreto. Si esto hubiera sido así, se tuvieron que producir necesariamente numerosas filtraciones... inevitables, sin duda, al haber tantas personas involucradas en los hechos: desde los dueños de los terrenos, a testigos civiles circunstanciales o a soldados bajo juramento de fidelidad a la patria.

Pues bien, si aceptamos esta premisa, ¿qué mejor para mantener un secreto bien guardado que canalizar la atención del público hacia un hecho menor como la caída de unos restos metálicos en el rancho Foster, y así desviar las miradas de otros focos de mayor «sensibilidad»? ¿Acaso fue eso lo que pensó el coronel Blanchard, de la base de Roswell, cuando ordenó redactar el comunicado de prensa que reconocía que un «disco volante» se había estrellado en el rancho Foster? ¿No cabe la posibilidad de que todo fuera una estrategia inteligente para respaldar los rumores sobre platillos estrellados primero, para después desacreditarlos con la explicación del globo sonda?

Como en septiembre de 1995 me comentaba Stanton Friedman, «si se encontró un ovni estrellado a primeros de junio de 1947 en Nuevo México, como sostiene Barnett, quiere decir que alguien ya sabía mucho de este asunto antes del incidente de Roswell. Y esto podría explicar rarezas como el porqué el FBI controlaba teletipos como el de Lydia Sleppy, de la emisora KOAT de Albuquerque... ¿Quién sabe?».

Efectivamente, ¿quién?

Al menos, una cosa estuvo clara para mí desde que leí el testimonio de Barnett: su relato estaba llamado a plantear dudas que nunca antes nos habíamos formulado los investigadores. Y, al menos eso, merecía la pena. Pero, por otra parte, ¿hasta qué punto podía darse crédito a sus palabras? Es más, ¿en qué medida garantizaba este relato la existencia misma de un tal «Jack Barnett» y de un accidente ovni en junio?

—¿Tienes idea si el cámara hará pública próximamente su identidad? —le pregunto a Chris Cary en San Marino.

—Eso espero, aunque, ahora mismo, si yo fuera él, no lo haría. No por mi seguridad o por razones así, pues no creo que sea la causa. La razón es que cuando hablas de este tipo de cosas te conviertes, para el resto de tus días, en el objetivo de todas las emisoras de radio y televisión, revistas y periódicos del mundo. Y cuando tienes ochenta y dos, casi ochenta y tres, años, eso no es una perspectiva demasiado interesante.

—¿Y entonces?

—No se lo reprocho, aunque sé que tendría un enorme

valor que él saliese públicamente y presentase sus credenciales.

Hasta ahora, que se sepa, sólo dos hombres han hablado con Barnett. Uno es Ray Santilli, quien, como «pistas» sobre su identidad, ha asegurado que se trata de un oficial de la Fuerza Aérea retirado que vive en Florida en compañía de su mujer, Honey. Tiene cuatro hijos y dieciséis nietos y no goza de una buena salud. El otro hombre es Philip Mantle, quien, el 22 de junio de 1995, previa gestión realizada por Santilli, habló por teléfono con alguien que decía ser Barnett...

—Pregunté a Ray si habría alguna posibilidad de hablar con el cámara por teléfono —me comienza a contar Mantle a primera hora de la mañana del 8 de septiembre en San Marino—. Así que a las 19.30 horas de aquel 22 de junio, Ray me llama a casa para avisarme que en algún momento de esa tarde Jack Barnett me telefonearía. No sabía con precisión la hora, pero me pidió que tuviera la línea despejada. Así que sobre las 20.50 horas el teléfono sonó y un hombre me preguntó: «¿Es usted el señor Mantle?». Dije «sí». «¿Es usted Philip Mantle?», insistió. «Sí.» «Soy Jack Barnett.»

—¿Qué pasó después?

—Tuvimos una conversación de quince minutos, donde me confirmó que su jefe superior fue el general Clements McMullen. Le pregunté también si me podría dar otros nombres de personas involucradas en la operación y me contestó: «No es mi intención implicar a otra gente». Hablamos sobre su salud, ya que tosía al otro lado del teléfono, y me dijo que no esperaba vivir para ver muchos juegos olímpicos más. Pero me preguntó en tres o cuatro ocasiones si tenía alguna pregunta específica que hacerle. Le contesté: «¿Cómo? ¡Si tengo miles!, pero preferiría hacérselas en persona, ya que por teléfono no puedo garantizar quién es usted o dónde se encuentra». Le propuse que tal vez podríamos encontrarnos en Estados Unidos y no me dijo ni sí, ni no.

—¿Qué impresión te dio?

—Bueno, fue muy educado, muy cortés. Le pregunté si saldría a la luz en un futuro, y me dijo que aunque está muy preocupado por cualquier posible acción legal contra él, está aún más preocupado por su familia. Si saliera en público, todos los medios de comunicación del mundo se lanzarían sobre él y los suyos. Y, desde luego, lo entendí porque eso ya ha pasado con otros testigos de menor importancia. Terminó de hablarme diciéndome que «si tiene más cuestiones para mí, puede hacérmelas llegar vía Ray Santilli».

Una vez más en la historia de este caso, me dio la impresión de estar ante un callejón sin salida. Sin testimonio del cámara, sin pruebas documentales que apoyaran la autenticidad del filme, sencillamente, ¡no había caso!

—Un momento —rompe mis cábalas Mantle—. Sí hay pruebas documentales.

Pestañeé.

—¿Y qué pruebas son ésas?

—Por ejemplo, una de las cosas de que disponemos ahora son copias de las etiquetas que estaban adheridas en las fundas metálicas en las que estaban guardados los rollos de la película.

—¿Ah sí? —pregunto con desconfianza.

—Sobre esas latas había una etiqueta en la parte superior, donde se indicaban las fechas de rodaje, los contenidos y las observaciones del cámara. De hecho, una de las cosas positivas que está teniendo esta reunión en San Marino es que he podido mostrar esas etiquetas a algunos investigadores del caso Roswell como Stanton Friedman y Don

Schmitt, que se han quedado bastante sorprendidos al verlas.

—¿Te explicaron por qué?

—Dicen que porque el sello que puede verse estampado sobre ellas corresponde al del 509 Escuadrón de Bombarderos de Roswell. Se trata de un águila que tiene unas bombas en sus talones.

—¿Y ése es el sello real del Escuadrón 509?

—Sí. Como ves, es un documento que ahora puede ser investigado. Es algo tangible...

Me costó un tiempo, pero después de varias gestiones pude por fin hacerme con una copia de las tres etiquetas de las latas de Barnett «liberadas» por la Merlin Group. Se trata de tres pedazos de papel formados por el precinto original de la película, de doce y medio por diez centímetros, sobre el que se ha pegado a su vez una etiqueta más pequeña (seis y medio por doce centímetros), con las observaciones a las que se refería Mantle. Esta última pieza es la que más interés reviste para el caso Roswell. Se trata de una especie de ficha con cuatro líneas, un título en la parte superior donde se lee *Process Internally* (revelado interiormente) y un sello estampado en su lado izquierdo. Cada una contiene un número de rollo, una fecha y unas notas manuscritas.

Si hemos de hacer caso a estas inscripciones, el rollo 31 fue rodado en junio de 1947 y recoge secuencias de la recuperación del objeto. Al parecer, el cámara tuvo problemas con este material al no exponerse los primeros quince metros de película. La siguiente etiqueta, la correspondiente al rollo 52, es la más misteriosa de todas: le falta un fragmento en su margen superior derecho, y si bien no puede leerse la fecha en la que fue utilizada, sí se aprecia claramente «Trumans»... lo que ha sido interpretado como una

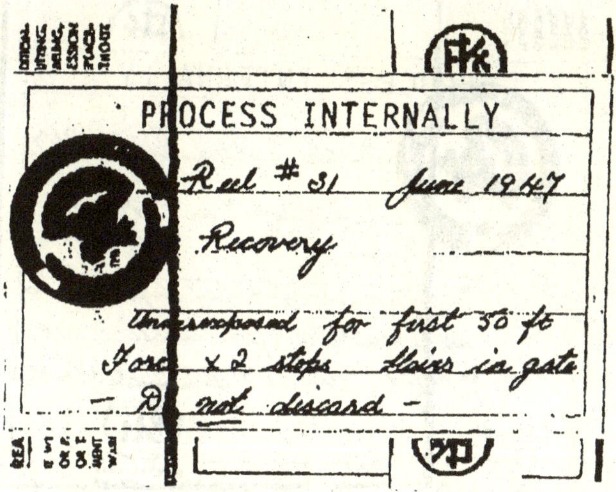
PROCESS INTERNALLY

Reel # 31 June 1947

Recovery

Underexposed for first 50 ft

Force x 2 stops Flairs in gate

- Do not discard -

PROCESS INT

Reel # 52

Truman

85 Filler 2/3 stop

Force X 2 stop - Possible

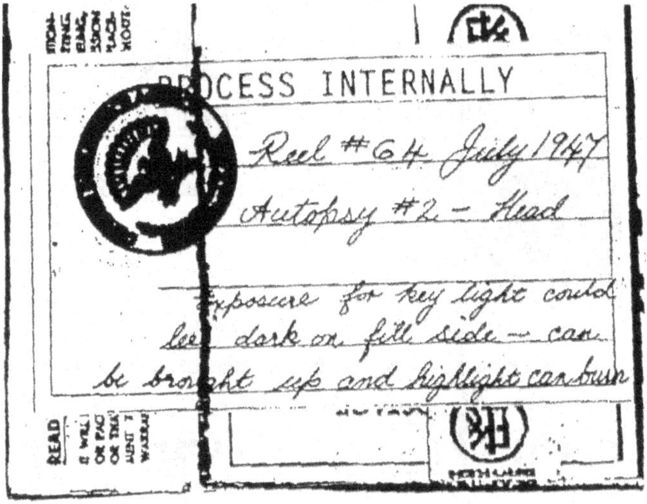

Copia de las tres etiquetas «desclasificadas» por Ray Santilli, y que estaban adheridas a las fundas de las películas de Jack Barnett.

alusión directa al entonces presidente de Estados Unidos, Harry S. Truman. Por último, la etiqueta del rollo 64 indica que su contenido fue filmado en julio de 1947, que corresponde a la segunda autopsia, y —en concreto— al examen de la cabeza de la criatura.

¿Qué puede deducirse de este material? En primer lugar que, al menos, se filmaron sesenta y cuatro rollos en un periodo comprendido entre junio y julio de 1947 —los días concretos de esos meses no están anotados—. Que el tipo de caligrafía en las tres etiquetas es la misma, y que el sello estampado en las tres es igualmente idéntico.

La cuestión del sello, en cambio, no está tan clara como quiso hacerme creer Philip Mantle en San Marino. Después

This is to certify that 662

is a member of the

Non-Commissioned Officers Club

Roswell Army Air Field

July

1947

Steward

Member's Signature

El sello de este pase oficial a la base de Roswell, fechado en julio de 1947, no es, en absoluto, igual al que aparece en las etiquetas de Barnett. (Archivo Timothy Good.)

de buscar activamente el sello oficial del Escuadrón 509 de Roswell, «descubrí», en algunos documentos de julio de 1947 que el teniente Walter Haut conservaba aún cuando le visité en mayo de 1991, que, en realidad, este Escuadrón no disponía de ninguna águila en su logotipo, ni tampoco de bombas en los talones de ninguna clase de ave. Más bien todo lo contrario. El emblema de ese escuadrón estaba inscrito en un círculo, formado por los números 5, 0 y 9 en su parte inferior, con el 0 cruzado por dos rayos y un hongo atómico surgiendo de éste. Además, en su cabecera lucían las siglas RAAF (Roswell Army Air Field) flanqueadas por dos pequeños pájaros con las alas desplegadas. Pero entonces, ¿a qué corresponde el sello de las etiquetas de Barnett?

Como el lector apreciará a simple vista al examinar los escudos que se reproducen en estas páginas, los borrosos

El sello de las etiquetas de Barnett es, en cambio, virtualmente idéntico al del Departamento de Defensa de los EE.UU.

anagramas de las etiquetas de Barnett se corresponden más con el águila sosteniendo tres flechas y coronada por una especie de arco iris de estrellas que, aún hoy, se encuentra en la mayoría de sellos del ejército norteamericano. No hay más que echar un vistazo al emblema del Departamento de Defensa o del Departamento de la Armada —por poner dos ejemplos sencillos— para descubrir que coinciden en un cien por cien con el sello de Barnett. Y lo que es más: la existencia de semejante sello —y no uno propio del 509 Escuadrón— guarda más coherencia con el hilo argumental de la historia del «filme de Roswell», ya que, si hemos de creer el testimonio de Jack Barnett, él nunca trabajó en la base de Roswell, sino que fue mandado desde Washington DC hasta Nuevo México a cumplir una misión... y venía ya con su material a cuestas, en principio debidamente sellado.[2]

2. El material facilitado por Santilli a los investigadores, hasta el

—Y hablando del material del cámara —retomo mi conversación con Philip Mantle—, ¿qué se sabe de los análisis de la película de Barnett?

—Sobre eso también han surgido algunas novedades importantes —se explica—. Todas ellas parecen conducirnos a la conclusión de que el celuloide fue fabricado en 1947 y empleado aquel mismo año.

A esas alturas ya no me bastaban comentarios, así que, tras hablarlo seriamente con Mantle, éste colocó encima de la mesa varios documentos relativos a los análisis de la filmación. Dos redactados en las sedes de Kodak del Reino Unido y de Hollywood, en Estados Unidos, y un tercero redactado por un analista particular norteamericano llamado Bob Shell.

El primer documento de Kodak está fechado el 14 de julio de 1995 en Londres, y se trata de una carta escrita por el responsable de mercadotecnia de esta multinacional, R. G. Milson, que acompaña un curioso «análisis» redactado para su distribución vía Internet. Reza así:

> *Filmación de Roswell: comentarios de Kodak.*
>
> La posibilidad de formas de vida en otros planetas distintos a la Tierra siempre ha disparado nuestra imagi-

---

momento de redactar estas líneas (finales de septiembre de 1995), es de tan pobre calidad que se hace prácticamente imposible, examinando los sellos, averiguar a qué departamento pertenecen. Obviamente, la selección de etiquetas «desclasificadas» por Santilli ha sido muy inteligente, pues comprende desde la recuperación del objeto hasta una de las autopsias, pasando por la etiqueta que levantó el rumor de que Truman estuvo en Nuevo México viendo los restos de 1947. Sobre este último punto, la Truman Library de Washington DC es explícita: no existen documentos que demuestren que Harry Truman viajara a este Estado en junio o julio de 1947.

nación. Esto es particularmente cierto en el negocio del cine y Kodak ha estado implicada en el suministro de negativos para largometrajes como *ET* o *Encuentros en la tercera fase.*

Más recientemente, nos hemos visto implicados en una situación más compleja, ya que hemos sido requeridos para confirmar la edad de un fragmento de filmación conocido como «la película de Roswell», que pretendidamente muestra formas de vida extraterrestres.

Hemos visto partes tanto del filme como de su proyección en tres sedes de Kodak: Reino Unido, Hollywood y Dinamarca. Lo siguiente esboza las conclusiones de nuestros exámenes:

1. En nuestro proceso de manufacturación ponemos un código en el filo del celuloide, que se repite cada veinte años.

2. Los símbolos que hemos visto en las muestras de la película de Roswell sugieren que el filme fue manufacturado en cualquiera de estas fechas: 1927, 1947 o 1967.

3. Somos, sin embargo, incapaces de confirmar categóricamente cuándo fue fabricada la película.

4. Debe ser igualmente recordado que aunque se confirmara la fecha de manufacturación de la película, esto no necesariamente indica que el filme fuera usado y revelado en ese mismo año.

Así pues, el fondo de la cuestión es que, aunque nos gustaría saber si existen los extraterrestres, Kodak no puede confirmar categóricamente ni la antigüedad de la película ni cuándo fue ésta rodada y procesada.

Los términos en los que expresa Milson sus conclusiones no pueden ser más ambiguos. De hecho, tampoco el segundo documento de Kodak, redactado en Hollywood y firmado por Laurence A. Cate, aporta luz sobre este particular, limitándose a subrayar que la película fue fabricada en Rochester (Nueva York), en alguna de las tres fechas ya apuntadas: 1927, 1947 o 1967. Pero ¿en cuál de ellas exactamente?

Las sorpresas llegarían a las oficinas de la Merlin Group, y después a mi mesa de trabajo, a finales del mes de agosto. Exactamente a las 19.44 horas del 31 de agosto de 1995, apenas tres días después de la emisión del reportaje del Canal 4, en el que se afirmaba que se esperaba todavía la llegada de análisis definitivos que confirmaran la antigüedad del material comprado a Barnett.

El análisis en cuestión está firmado por Bob Shell, un analista fotográfico que trabaja para el FBI y los tribunales de Washington en el peritaje de material fílmico. Semanas atrás, Ray Santilli le había enviado a Estados Unidos varios fotogramas de la película en los que podía verse el quirófano donde se rodaron las autopsias, aunque en estas tomas el recinto aparecía vacío: sin doctores o extraterrestres.[3] Su excelente trabajo, resumido en dos escuetas páginas,[4] logra aclarar algunos de los puntos oscuros dejados por Kodak, que —al parecer— se limitó únicamente a realizar una inspección ocular del código de manufacturación que acompañaba al filme de Roswell.

Las deducciones de Shell son propias de Sherlock Hol-

3. Este punto ha despertado ciertas suspicacias en investigadores como John Spencer, presidente de BUFORA. Santilli se ha excusado argumentando que no deseaba perder fotogramas de las autopsias, y por ello entregó estos fotogramas que no alteran el contenido de la filmación. Además, la Merlin Group no ha dado tampoco para su verificación fotogramas del *examen* in situ ni de las secuencias de los presuntos restos del ovni.

4. Bob Shell, *Summary of points in physical research on film dating*, fax remitido a Ray Santilli en Londres, 31 de agosto de 1995.

mes. Veamos: según él, la base de la película de Barnett es de acetato ya que pertenece a la categoría de celuloides llamados *safety film* (película segura) que no ardían espontáneamente como sus predecesoras con base de nitrato. Esta clase específica de película se comercializa muy posteriormente a 1927, por lo que esa fecha apuntada por Kodak puede ya eliminarse.

Las posibilidades siguen siendo dos: 1947 o 1967.

El informe de Shell especifica a su vez que el tipo de película que se emplea es una Cine Kodak Super XX High Speed Panchromatic Safety Film, esto es, una clase muy concreta de celuloide especialmente diseñado para filmar bajo pobres condiciones de luz, tanto en exteriores como en interiores. Se da la circunstancia que las películas Super XX comenzaron a fabricarse a primeros de los años cuarenta, dejando de producirse hacia 1956 o 1957.

Luego la posibilidad se reduce a una: 1947.

Por si esto fuera poco, Bob Shell añade en su informe pericial que las películas de esa clase tenían una vida muy corta. Su especial sensibilidad (High Speed) las hacía muy vulnerables al deterioro debido a la influencia de los rayos cósmicos, por lo que se hacía necesario rodar y revelar muy rápidamente si no se quería correr el riesgo de perder las imágenes filmadas. «Basándome en su corta vida y en la alta calidad de las imágenes de Roswell —puede leerse en su informe—, mi conclusión es que la película fue tomada y revelada mientras estaba todavía fresca. No creo que más de dos años después de manufacturarse.»

Pero, adelantándose a los comentarios de los más suspicaces, Shell añade una aguda observación al final de su informe. Bajo su punto de vista, sería totalmente imposible tomar una película virgen Super XX de 1947 y rodar con ella en nuestros días, ya que una reserva de películas tan antigua estaría ya totalmente inservible.

—Aunque Bob Shell está convencido al 95 % de que la película es de 1947, no se quiere pronunciar sobre su contenido —me previene Mantle tras examinar juntos su trabajo.

—¿Puede considerarse esto una prueba?

—En todo caso puede ser una prueba de la edad del filme. Lo curioso es que todavía hoy Ray Santilli no ha podido demostrar que la película sea genuina, auténtica. Pero, por contra, tampoco nadie me ha mostrado nada que demuestre que la película sea falsa.

Extraña encrucijada.

Pocas semanas después de mi conversación con Mantle, exactamente el 27 de septiembre, recibía a través de Internet una última «respuesta oficial» de Kodak a mis dudas sobre los análisis de esta compañía, pidiéndoles a su vez que confirmaran que Bob Shell era un experto reconocido en su ambiente de trabajo. Éstas fueron sus respuestas:

> Señor Sierra:
>
> Gracias por sus preguntas vía buzón www de Kodak en Internet. Las siguientes respuestas son de nuestro experto James Blamphin.
>
> 1. La compañía Eastman Kodak no ha realizado ningún análisis químico sobre el filme de Roswell. Se nos proveyó tan sólo con un fragmento de dos pulgadas (de película) que puede ser empalmada a cualquier existencia de filme y que no indica que haya sido rodado en la actualidad. Hemos ofrecido al propietario de la película, Ray Santilli, la oportunidad

de un análisis químico definitivo por un costo aproximado de cinco mil dólares. Hasta la fecha no se ha valido de nuestra oferta.

2. El señor Bob Shell es el editor de la revista *Shutterbug* y no es empleado de Kodak.

3. Kodak no tiene intención de discutir el contenido de las imágenes. Una vez más, dada la existencia de la película, reiteramos el ofrecimiento de llevar a cabo un análisis químico definitivo.

Barbara Lighthouse
Abogada del consumidor
Centro de información de Kodak.

Fue suficiente para mí.

Existen, no obstante, otras consideraciones técnicas a tener en cuenta. Según explicaban en septiembre de 1995 Roberto Pinotti y Maurizio Baiata en un excelente resumen de la situación de esta película,[5] el cámara utilizó para su trabajo un equipo del modelo *Bell & Howell-70* provisto de un trípode opcional y tres clases de focos fijos. Las características de esta cámara, y lo difícil que resultaba en ese modelo cambiar con rapidez los objetivos, explicarían una de las «inconsistencias» más frecuentemente argumentadas durante estos meses: las imágenes fuera de foco.

Si, como asegura Barnett, tuvo que rodar dentro de traje aislante, en una habitación de reducidas dimensiones, y en un tiempo que le impedía ir cambiando sus objetivos,

5. Roberto Pinotti & Maurizio Baiata, «La nuova realtà/Cosa pensare», revista *Notiziario UFO*, n.° 2, Florencia, septiembre-octubre de 1995.

sus tomas desenfocadas tendrían una razón de ser. Pero ¿no se trataba de una filmación técnica para los archivos militares, donde el detalle debía ser, precisamente, lo más importante? ¿Por qué, entonces, no había simultáneamente a Barnett un fotógrafo que tomara imágenes fijas de los órganos o de los detalles del cuerpo? A esas dudas Barnett no ha dado respuestas.

... Aunque quizá la clave se encuentre en otra parte del material que filmó, y que muy pocos han tenido la ocasión de ver. Me explicaré. Desde el inicio de la controversia sobre el caso Roswell se ha venido hablando de la existencia de una *segunda autopsia*. Ésta, que yo sepa, ha sido vista únicamente en Londres el 26 de abril de 1995 por el cantante de pop Reg Presley, del grupo The Troggs, así como por el productor de televisión italiano Maurizio Baiata. Dos días después, el 28 de abril, Ray Santilli la mostró asimismo a Philip Mantle.

En este «nuevo» fragmento del filme, que tiene una duración de tan sólo doce minutos, puede verse otra criatura, de aspecto muy similar a la de la *primera autopsia*, pero sin un vientre tan protuberante y con su cuerpo virtualmente intacto. Pues bien, de la descripción que se ha hecho de esta *segunda autopsia* se deducen varias cosas interesantes.

En primer lugar, los médicos ya no operan enfundados en sus trajes antivirus, lo que puede entenderse como un avance en el conocimiento de la presunta nocividad de los microorganismos hallados durante la autopsia anterior. En esas circunstancias, Barnett, lógicamente, no tuvo tantas dificultades para su rodaje, pero pese a ello los planos desenfocados son también frecuentes. Pero hay otro factor en juego: si lo que recogió el cámara durante la segunda necroscopia fue una criatura muy similar a la de la anterior operación, la posibilidad de que estemos ante un malformado disminuye, pues, ¿cuál es la probabilidad real de tropezarse con dos pacientes con síndrome de Turner, hidrocefalia y polidactilia y someterlos a sendas autopsias en un corto espacio de tiempo y en un mismo quirófano?

La duda es más que razonable.

Ahora bien, paradójicamente —y salvo Presley, Baiata y Mantle—, ese filme no se ha difundido públicamente, ni distribuido fotografías de él. ¿Por qué?

—Hay una razón poderosa —trata de convencerme Chris Cary cuando le abordo con esta cuestión—. Cuando Ray estuvo negociando la compra de las imágenes, firmó un contrato muy peculiar con un rico coleccionista japonés. El trato consistió en que Santilli le entregaría los materiales relativos a una de las dos autopsias a cambio de una fuerte suma de dinero que ayudaría a financiar la operación. No obstante, Ray logró que este coleccionista renunciara a los derechos de difusión del filme durante mucho tiempo, aunque tendría el control absoluto del material y sus derechos de explotación en el futuro.

—¿Y no hay manera de verlo, para compararlo mínimamente con el material difundido? —le cuestiono.

—Pasé todo el día de ayer tratando de obtener permiso para poder mostrar un fragmento pequeño de la *segunda autopsia* en San Marino, para que todo el mundo pudiera ver que la criatura de esa autopsia no es la misma que la de la primera.

—¿No?

—Es parecida, pero no igual.

—¿Y cuándo podremos verla?

—Es sólo cuestión de tiempo.

¡Tiempo!... La peculiar dosificación del material de Barnett que estaba imponiendo la Merlin Group —con razón o sin ella—, casi me hace perder la paciencia en estos meses de trabajo sobre el caso Roswell. ¿Por qué no se ponían todas las cartas sobre la mesa de una vez por todas?

TERCERA PARTE

La estrategia de la confusión

Si no puedes obligar a un tren a detenerse, hay otra vía para pararlo: puedes aumentar la velocidad de la locomotora hasta que se vuelva loca y descarrile. ¿Ha sido ésta la clase de acción deliberadamente emprendida contra los investigadores de ovnis cuando se hizo obvio que la censura y la ocultación ya no eran efectivas? ¿Ha sido ésta la razón para el suministro de falsas revelaciones, el deliberado fomento de creencias absurdas en platillos volantes estrellados, autopsias de extraterrestres y «pequeños hombres grises»?

(Jacques Vallée, *Revelations, alien contact and human deception*, Ballantine Books, Nueva York, 1991, pág. 77.)

CAPÍTULO 8

Un juego llamado Majestic-12

Mucho antes de que irrumpieran en la escena pública las imágenes de Jack Barnett, circulaban por los ambientes ufológicos norteamericanos toda suerte de presuntos documentos gubernamentales que «demostraban» que una nave extraterrestre se había estrellado en Roswell en 1947. El tiempo y, sobre todo, algunas minuciosas investigaciones, terminaron por demostrar que casi todos estos textos eran fraudulentos y que habían sido puestos en circulación con el único propósito de desacreditar a los investigadores de ovnis en general y al caso Roswell en particular.

Ahora bien, ¿a quién podía beneficiar una maniobra así? Evidentemente, al gobierno de Estados Unidos, que de esta manera podía tildar de «chiflados» —no sin cierta razón— a quienes demandaban información sobre este accidente.

La estrategia funcionó. Y lo hizo hasta que se pusieron en marcha iniciativas recientes como la del congresista Steven Schiff, que volvió a dar carta de credibilidad a las investigaciones sobre ovnis estrellados y a situar las acusaciones a la actitud de secreto de la USAF en los principales titulares de la prensa.

No obstante, la trama de aquel «juego de desinformación» previo a Schiff, y que alcanzó su cenit durante la pasada década, ha resultado ser tan reveladora sobre los procedimientos empleados por los servicios de inteligencia norteamericanos para sepultar datos confidenciales, que he decidido incluirla en estas páginas con la clara intención de compararla con la situación que ha rodeado la aparición de la «película de Roswell».

... Y es que a nadie se le escapa que las imágenes de Barnett han aparecido en el momento más delicado de la controversia generada alrededor de este caso. Justo, dicho sea de paso, cuando la GAO estaba a la espera de respuestas oficiales sobre la ubicación de los «archivos Roswell» y cuando la Fuerza Aérea pretendía quitarse el asunto de encima argumentando que, tanto en 1947 como en 1995, se confundieron los restos de un sencillo globo sonda con los de un platillo volante.

¿Podría ser entonces la «película de Roswell» un nuevo intento de intoxicación de la opinión pública? ¿Se trata de la nueva versión de una ya vieja estrategia de intoxicación? Si así fuera, la historia de este engaño se inició probablemente hace más de una década en Estados Unidos. Y lo hizo como sigue.

North Hollywood, California, 11 de diciembre de 1984, En algún momento de la mañana

No sin una disimulada tensión, el productor cinematográfico Jaime Shandera examina la correspondencia del día. Tras unos segundos de titubeo, decide finalmente abrir un gran sobre color manila que el correo acaba de depositar en el buzón de su residencia. Se trata de un envío anónimo, matasellado en Albuquerque (Nuevo México) tres días antes, y dentro del cual Shandera descubre un segundo sobre marrón más pequeño, que a su vez contiene otro blanco con un rollo fotográfico de treinta y cinco milímetros sin revelar. Y lo que es más misterioso: en ninguno de los tres sobres encuentra nada que le pueda dar una ligera idea del porqué de aquel envío.

Pese a lo extravagante de la situación, el productor entiende de inmediato que se encuentra ante una nueva «desclasificación» de documentos ovni procedente de la Oficina de Investigaciones Especiales de la Fuerza Aérea (AFOSI). Sospecha, pues, que está ante la enésima filtración subrepticia de documentos producida en el marco de las irregulares conversaciones que, con este servicio de inteligencia, mantienen un reducido grupo de ufólogos dirigido por William Moore, y del que forman parte el físico nuclear Stanton Friedman y el propio Shandera.

El tiempo le iba a dar la razón de inmediato.

Tras revelar el carrete, aparecen sobre los negativos ocho fotografías de otras tantas páginas de un memorándum interno del gobierno de Estados Unidos, clasificado bajo uno de los más altos grados de confidencialidad existentes: *Eyes Only* (sólo para ser leído). Se trata de un informe fechado el 18 de noviembre de 1952 y dirigido al entonces recién elegido presidente norteamericano Dwight Eisenhower, en el que se le pone al corriente de la existencia de un comité ultrasecreto creado por su predecesor, Harry Truman, en septiembre de 1947, con el objetivo de estudiar los restos del ovni caído en Roswell así como los de un segundo aparato siniestrado tres años más tarde. El comité —añade ese documento— está integrado por doce científicos y militares del más alto nivel, que responden únicamente ante la máxima autoridad de la nación, y cuyo nombre clave es Majestic-12 o MJ-12.

BRIEFING DOCUMENT: OPERATION MAJESTIC 12

PREPARED FOR PRESIDENT-ELECT DWIGHT D. EISENHOWER: (EYES ONLY)

18 NOVEMBER, 1952

WARNING! This is a TOP SECRET - EYES ONLY document containing compartmentalized information essential to the national security of the United States. EYES ONLY ACCESS to the material herein is strictly limited to those possessing Majestic-12 clearance level. Reproduction in any form or the taking of written or mechanically transcribed notes is strictly forbidden.

* * * * * * * * * * * * * *

* TOP SECRET *

TOP SECRET / MAJIC

EYES ONLY

EYES ONLY

T52-EXEMPT (E)

Primera página del «memorándum Majestic-12». Se trata de un elaborado fraude instigado por los servicios de inteligencia de la USAF.

La sorpresa de Shandera, Moore y Friedman al examinar el contenido del rollo fotográfico debió ser mayúscula. Se trataba, sin duda, del documento más comprometido filtrado por AFOSI durante los cuatro años de contactos con esta institución, y cuyas revelaciones estaban destinadas a levantar un gran revuelo mundial. De hecho, el memorándum MJ-12 detalla cómo fueron recuperados en Nuevo México los cadáveres de varios extraterrestres, examinados en detalle por el doctor Detlev Bronk —que los bautizó con el nombre técnico de «Entidades Biológicas Extraterrestres»—, y cómo los datos arrojados por este estudio fueron recogidos puntualmente por el almirante Roscoe Hillenkoetter, quien, semanas después del incidente de Roswell, se ocuparía de dirigir la recién creada Central Intelligence Agency (CIA).

Por si esto fuera poco, este documento involucra, con nombres y apellidos, a otras once personas más. Junto a Bronk y Hillenkoetter, comparte este panel secreto el secretario de Estado, James Forrestal, misteriosamente «suicidado» en 1949 y uno de los hombres más poderosos de su tiempo. También, el doctor Vannevar Bush, jefe de la Oficina de Investigación Científica y Desarrollo (OSRD); el almirante Sidney Souers, primer secretario ejecutivo del Consejo de Seguridad Nacional (NSC); el general Hoyt S. Vandenberg, segundo de a bordo en la Agencia de Inteligencia de la Defensa; el general Nathan Twining, famoso por lanzar las bombas atómicas de la OSRD sobre Japón y por creer que los ovnis no eran «algo visionario o ficticio»; Gordon Gray, jefe del Departamento de Estrategia Psicológica de la CIA; Jerome Hunsaker, mano derecha de Vannevar Bush; Lloyd Berkner, miembro del tristemente célebre Panel Robertson, creado por la CIA en 1952 y que ordenó el control de grupos de investigadores de ovnis y la puesta en marcha de una campaña de descrédito del fenómeno; el general Robert M. Montague, quien en 1947 era uno de los altos mandos del campo de pruebas de White Sands, muy cerca de Roswell; el general Walter Bedell Smith, sucesor de Forrestal en el comité tras su muerte y de Hillenkoetter frente a la CIA; y, por último, Donald Menzel, astrónomo y escéptico recalcitrante en materia de ovnis, bien conocido en su época por atacar virulentamente el tema en 1953 en su controvertida obra *Flying Saucers.*

Todos ellos, reunidos en un solo documento sobre ovnis estrellados, estaban dando a entender que —efectivamente— un notable esfuerzo se había puesto en marcha tras el siniestro de Roswell para estudiar el asunto de los «platillos volantes». Lo que, indudablemente, era lógico si toda la historia de Roswell estaba relacionada con extraterrestres. Pero ¿hasta qué punto podía darse crédito a un documento llegado en tan extrañas circunstancias?

Pese a que las ocho páginas del memorándum Majestic-12 aparecen en escena en 1984, hasta bien entrado 1987 no saldrán a la luz. Lo harán coincidiendo con el cuadragésimo aniversario del accidente de Roswell, y no surgirán por una sola vía. Y es que, antes siquiera que Moore y sus asociados dieran a conocer este texto en Estados Unidos, el escritor británico Timothy Good aseguró haber recibido «de fuentes de la CIA» —que, por cierto, nunca ha desvelado— esas mismas ocho páginas.

Sospechoso.

Sea como fuere, bien puede decirse que hasta la irrupción en escena de la película de Barnett en 1995, este puñado de folios mecanografiados han sido la pieza documental más controvertida nacida a la sombra del incidente de Roswell.

July 14, 1954

~~TOP SECRET RESTRICTED SECURITY INFORMATION~~

MEMORANDUM FOR GENERAL TWINING

SUBJECT: NSC/MJ-12 Special Studies Project

The President has decided that the MJ-12 SSP briefing should take place <u>during</u> the already scheduled White House meeting of July 16, rather than following it as previously intended. More precise arrangements will be explained to you upon arrival. Please alter your plans accordingly.

Your concurrence in the above change of arrangements is assumed.

ROBERT CUTLER
Special Assistant
to the President

Authority NND 857013
SD/TH 1/12/87

Este documento, fechado en julio de 1954, fue probablemente «plantado» en los Archivos Nacionales de Washington, para hacer creer a los investigadores que realmente existió un comité «Majestic-12».

Y digo controvertida, aun a sabiendas de que el calificativo se queda corto.

Explicaré el porqué.

En julio de 1985 Jaime Shandera y William Moore hicieron un nuevo descubrimiento. Siguiendo las indicaciones de sus «contactos» en AFOSI —que les mandaban extrañas postales en clave desde Etiopía y Nueva Zelanda—, llegaron hasta los Archivos Nacionales en Washington DC donde descubrieron, en una carpeta llena de documentos clasificados como secretos, un memorándum muy particular. Se trataba de una copia de carbón de una nota mecanografiada dirigida por Robert Cutler, asesor del presidente Eisenhower en asuntos de seguridad nacional, al general Nathan Twining. Estaba fechada el 14 de julio de 1954, y en ella podía leerse textualmente:

> Sujeto NSC/MJ-12. Proyecto de Estudios Especiales.
>
> El presidente ha decidido que el alegato MJ-12 SSP deberá tener lugar durante la ya programada reunión en la Casa Blanca el 16 de julio, más que proseguirla como se ha intentado. Disposiciones más precisas le serán explicadas una vez llegado. Por favor, altere sus planes en consecuencia.
>
> Se asume su presencia bajo el cambio de disposiciones mencionado.

De su examen superficial se desprende que el presidente deseaba reunirse en la Casa Blanca con el general Twining —presunto miembro del comité Majestic—, y que en esa fecha existía un proyecto de investigación que recibía el nombre clave de MJ-12. ¡Todo un hallazgo!

Como puede suponerse, la localización de este documento en los Archivos Nacionales fue utilizada de inmediato por Moore y Shandera para apoyar la autenticidad del memorándum del 18 de noviembre de 1952 y, en consecuencia, la existencia real de un comité llamado Majestic-12.

Nada más lejos de la realidad.

Según pudo averiguar en primera instancia Barry Greenwood, coordinador de una curiosa organización ufológica llamada Ciudadanos en Contra del Secreto de los Ovnis (CAUS), había varios puntos en el memorándum de Cutler que inducían a la sospecha. A saber:

1. Las marcas de seguridad aparecen en posición inusual, bajo la fecha, en lugar de encontrarse en la parte superior y al final de las páginas.
2. El documento es una copia a papel carbón sin firma.
3. Carece de la estampación administrativa habitual, iniciales, etc., que se encuentran en otros antiguos archivos gubernamentales.
4. Originalmente le falta el número de registro de Máximo Secreto, bajo el cual el documento podía ser archivado convenientemente. El documento apareció, según Moore y Shandera, entre otras carpetas del archivo, en lugar de estar en una de ellas. El documento no parecía formar parte de otros de la caja.[1]

Y lo más revelador: ninguno de los documentos consultados en la Eisenhower Library de Abilene (Kansas) y que recoge los principales papeles generados por este presidente durante su mandato, hacen referencia a una reunión el día 16 de julio de 1954 —sea con miembros del MJ-12 o no—. Y eso sin hablar del hecho de que en la fecha de re-

1. Barry Greenwood, «MJ-12: Una valoración negativa», revista *Cuadernos de Ufología*, n.os 9-10, Santander, septiembre-diciembre de 1990.

dacción de la nota, Robert Cutler no se hallaba en Estados Unidos, sino visitando instalaciones militares de su país en Europa y el Norte de África.

Para rematar esta cuestión, el 22 de julio de 1987 los Archivos Nacionales emitieron una nota firmada por la archivera Jo Ann Williamson en la que establecían las varias razones que les llevaban a pensar que el memorándum de Cutler era fraudulento. Lo único que les fue imposible determinar fue quién colocó este documento en aquella carpeta secreta. ¿Acaso los mismos miembros de AFOSI que guiaron a Moore y Shandera hasta ella?... Es más que probable.

A estas alturas de la polémica sobre MJ-12, los acontecimientos se disparan.

Entretanto se despejaban las incógnitas formuladas por los Archivos Nacionales, y se trabajaba sobre la verosimilitud del memorándum del 18 de noviembre de 1952 —piedra angular del entramado Majestic-12—, los contactos de AFOSI conducen a estos dos investigadores a participar en la elaboración de un programa de televisión de máxima audiencia. Se trata de un espacio de más de dos horas de duración que se emitirá el 14 de octubre de 1988, y en el que varios invitados vinculados a la Fuerza Aérea y a los servicios de inteligencia norteamericanos asegurarán haber capturado naves extraterrestres siniestradas —en plural— y haber retenido a algunos de sus tripulantes supervivientes. Aunque se irá todavía más lejos.

El programa en cuestión fue titulado *UFO cover up? Live*, y emitido simultáneamente para millones de telespectadores en Estados Unidos, Canadá, Australia y Nueva Zelanda en la fecha prevista.[2]

2. En España la casa Kodak comercializó en 1990 un videocasete

Sin duda, una de sus partes más dramáticas fue aquella en la que dos agentes gubernamentales con el rostro ensombrecido y la voz deformada, aseguraban que los miembros de Majestic-12 lograron capturar con vida a un extraterrestre, entrar en comunicación con él, y averiguar datos de alto interés científico como que... ¡a nuestros visitantes les gustaban los helados de fresa! Además, insinuaban que existía una especie de pacto gubernamental secreto con los extraterrestres, que se estableció a finales de los años sesenta o primeros de los setenta, con el propósito de recabar alta tecnología alienígena.

El efecto fue inmediato: la opinión pública consideró aquel programa un subproducto televisivo cuyos contenidos carecían de la más mínima credibilidad. Pese a ello, Moore y Shandera defendieron que los dos agentes del gobierno enmascarados, llamados «Halcón» y «Cóndor» en el *show*, decían la verdad y que ellos habían sido los principales responsables de la liberación de la documentación existente sobre Majestic-12.

La situación se tornó más confusa si cabe, cuando algunos investigadores dedujeron que «Halcón» era en verdad un agente de AFOSI llamado Richard Doty, conocido por haber falsificado documentos ovni en el pasado, y que «Cóndor» era un compañero suyo de la base de Kirtland llamado Robert Collins.[3] Y lo que es más: que el espacio *UFO cover up? Live* había sido parcialmente financiado por la Gray Advertising, una compañía asociada con la

---

que resumía parte del programa *UFO cover up? Live*, bajo el título de *Ovni, un misterio sin resolver.*

3. Robert Hastings, «The MJ-12 Affair: Facts, questions, comments», revista *MUFON UFO Journal*, n.° 254, Texas, junio de 1989.

CIA.[4] ¿Podía o no podía hablarse de complot gubernamental contra el fenómeno ovni?

Hasta cierto punto, ese temor se vio confirmado a finales de junio de 1989, cuando William Moore confesó públicamente, durante un simpósium ufológico internacional celebrado en Las Vegas, que él había sido reclutado como «agente informador no retribuido» por los servicios de inteligencia de la Fuerza Aérea, y que había contribuido a diseminar desinformación entre los ufólogos con la vaga esperanza de, a cambio de sus «patrióticos» servicios, llegar hasta el corazón mismo de lo que sabía el gobierno sobre los ovnis.[5]

Lo que no debe perderse de vista es que su reclutamiento se produjo inmediatamente después de la publicación de *El Incidente*, el libro que reabrió el caso Roswell... treinta y tres años después. ¿Qué temía la Fuerza Aérea que Moore descubriera, para «asociarse» con él y desviar su atención del problema Roswell con informaciones espurias?

Todavía hoy no lo sabemos. Sin embargo, esta compleja madeja —más propia de una novela de espías que del escenario de un caso ovni—[6] comenzó a desenredarse cuando

4. Stanton Friedman, «Update on crashed saucers in New México», *MUFON Symposium Proceedings*, Chicago (Illinois), 1991, pág. 273.

5. El lector podrá encontrar más datos sobre esta confesión en dos artículos míos anteriores:

* Javier Sierra, «Encuentros cercanos con lo absurdo», revista *Cuadernos de Ufología*, n.os 9-10, Santander, septiembre-diciembre de 1990.

* Javier Sierra, «La gran conspiración ovni», revista *Año Cero*, n.º 18, Madrid, enero de 1992.

6. Y una novela ha inspirado esta trama. En 1989, cuando la polé-

los primeros análisis sobre la autenticidad del memorándum del 18 de noviembre vieron la luz.

El golpe más certero lo asestó David Crown, un experto analista de documentos oficiales que desempeñó durante años esa labor para la CIA, y que llegó a demostrar que la máquina de escribir utilizada para redactar el documento MJ-12 era una Smith-Corona de 1963 (¡cuando los documentos estaban fechados en 1952 y 1947!). Además, la firma de Harry Truman que aparece en una de las páginas resultó pertenecer a una carta fechada el 1 de octubre de 1947, de la que había sido fotocopiada y pegada en el memorándum Majestic. Pero por si estos indicios fueran pocos, en la Truman Library no pudo encontrarse mención alguna a una orden ejecutiva cursada por Truman el 24 de septiembre de 1947 para dar creación a ninguna clase de comité, como asegura el documento recibido por Shandera. Y lo que es más: su descripción del caso Roswell, la afirmación de que se iniciaron las tareas de recuperación del ovni el 7 de julio (cuando numerosos testigos afirman que se iniciaron dos días antes), y que éste permaneció perdido en el desierto durante más de una semana (detalle también inconsistente con lo que hoy sabemos del caso), convierten este documento en un descarado montaje.

---

mica sobre los documentos Majestic-12 alcanzaba su punto más álgido, el famoso escritor de bestsellers de terror gótico Whitley Strieber, publicó un apasionante relato con datos aportados por William Moore, ambientado en el accidente de Roswell y en la puesta en marcha de un comité ultrasecreto de investigación. Su título: *Majestic*. Publicada en español por Ediciones B, Barcelona, 1991.

¿Existe una conexión entre MJ-12 y la «película de Roswell»?

Puede ser casualidad. Lo reconozco. Pero la primera vez que leí en Internet que en uno de los fotogramas de la filmación de Jack Barnett podía leerse el nombre del doctor Detlev Bronk, salté de mi asiento.

Quienes así lo afirman se basan en dos fugaces secuencias de la película de la *primera autopsia*, en la que se ve cómo el responsable de conducir esa necroscopia toma unas apresuradas notas sobre un portafolios. Sobre él, en la parte superior de la página, aseguran que se puede leer ese nombre (¡que santa Lucía les conserve la vista!).

He tratado de ver esa anotación en mi copia de vídeo de los dieciocho minutos de autopsia en decenas de ocasiones, pero me ha sido imposible. No obstante, personas que han visto esta filmación en el despacho de Ray Santilli en Londres, y que, por tanto, han accedido a una copia de primera generación del celuloide, afirman que «Bronk» se puede leer inequívocamente.

La razón de mi sobresalto no es otra que la de que en los falsos documentos MJ-12 se atribuye también a este doctor un papel eminente en la investigación de los cadáveres de Roswell. Curiosa *casualidad*.

El párrafo que le menciona, dice textualmente:

> Un esfuerzo analítico encubierto organizado por el general Twining y el doctor Bush, actuando bajo las órdenes directas del presidente, terminó en el consenso preliminar (19 septiembre 1947) de que el disco debía ser una especie de nave de reconocimiento de corto alcance. Esta conclusión estaba basada mayormente en el tamaño de la nave y la aparente ausencia de ningún aprovisionamiento identi-

ficable (ver anexo D). Un análisis similar de los cuatro ocupantes muertos fue conducido por el doctor Bronk. Fue la conclusión provisional de este grupo (30 noviembre 1947) que, aunque estas criaturas tienen apariencia humana, los procesos biológicos y evolutivos responsables de su desarrollo han sido aparentemente bastante distintos de aquellos observados o postulados en los *Homo sapiens*. El equipo del doctor Bronk ha sugerido que se adopte el término «Entidades Biológicas Extraterrestres» o «EBEs» como un vocablo estándar de referencia para estas criaturas hasta que el tiempo nos permita llegar a una designación definitiva.

Y digo «curiosa casualidad» porque, no en vano, Detlev Bronk fue uno de los fisiólogos y biólogos más famosos de los años cincuenta en Estados Unidos. Fue el sexto presidente de la Universidad John Hopkins, estuvo asociado con agencias gubernamentales desde 1942 y, en especial, al Comité de Medicina de la Fuerza Aérea. Además, como sería de esperar realmente si hubiese trabajado en un proyecto de esa envergadura, mantuvo contacto con personajes que después se revelarían decisivos en el entramado ovni. En concreto con el doctor Edward U. Condon, con el que coincidió en 1947 en el Comité de Asesoramiento Científico de los laboratorios militares de Brookhaven dedicados a «investigaciones atómicas», y que años después estaría al frente de una comisión creada para desprestigiar el fenómeno ovni. Fue a finales de los años sesenta cuando el doctor Condon presidió un comité de la Universidad de Colorado financiado por la Fuerza Aérea, cuyas conclusiones —basadas en entrevistas a demasiados testigos dudosos y contactados con extraterrestres presos de delirios mesiánicos— sirvieron de excusa a los militares para cerrar *oficialmente* su célebre Proyecto Libro Azul en 1969.

Curiosa relación.

Pero no me desviaré más del tema. Obviamente, la presencia del nombre del doctor Bronk en ambos documentos (el falso memorándum MJ-12 y el «filme de Roswell») no es suficiente para determinar la falsedad de este último. Quizá, tratando de mantener la mente abierta a cualquier posibilidad, lo que esté indicándonos tal alusión es la existencia de un comité real para la investigación del ovni estrellado en Roswell en el que estuvieron presentes los mejores expertos en cada área científica requerida. Y, ciertamente, el doctor Bronk debió ser uno de ellos.

La idea no es mía. En su último libro dedicado a casos de ovnis estrellados, Kevin Randle —uno de los más activos investigadores del caso Roswell— reexamina la polémica generada sobre los documentos Majestic-12. Pese a que concluye que éstos son un burdo fraude, deja la puerta entreabierta a la posibilidad de que, efectivamente, existiera una comisión secreta creada tras la recuperación de un disco volante en Nuevo México.

La «pista» a seguir se la ofreció el general retirado Arthur Exon, un héroe y as del aire durante de la Segunda Guerra Mundial y comandante de la base de Wright Patterson durante algunos años. Este hombre le contó que, antes de asumir la responsabilidad de la dirección de esta base y mientras cumplía un destino en el Pentágono en los años cincuenta, oyó por primera vez hablar de la existencia de un equipo de élite creado tras el accidente de Roswell. Exon explicó a Randle «que ellos eran quienes controlaban la evidencia de Roswell tal y como fue recogida en 1947, y continuaron con su trabajo durante los años siguientes. Nunca se conoció el nombre oficial de este grupo, pero les llamaba "los trece demonios" *(the unholy thirteen*, en inglés)».[7]

Las indicaciones de Exon sobre las personas involucradas en este grupo son extraordinariamente precisas. Según él, el día en que se estrelló el ovni en Roswell, el 4 de julio, fue una jornada anómala en las Fuerzas Armadas debido a la celebración de la Fiesta de la Independencia. Esa circunstancia hizo que, cuando Blanchard supo de la caída del objeto a última hora del día e informó a la base de Fort Worth, el general Ramey no estuviera al mando y fuera el segundo de a bordo, el coronel Thomas DuBose, quien pasara la voz de alarma al oficial «de guardia» en el Comando Aéreo Estratégico en Washington: el general Clements McMullen.

El comentario de Exon volvió a sobresaltarme. En el relato escrito de Jack Barnett, éste refiere que fue Clements McMullen quien le mandó a la base de Roswell para filmar los restos de un «avión ruso» siniestrado; y, por otra parte, cuando poco antes de morir el entonces coronel Thomas DuBose fue entrevistado, señaló como probable cerebro de la excusa del «globo sonda» para cubrir la información publicada en Roswell al propio general McMullen. ¿Casualidad?... Creo haber dicho ya suficientes veces que no creo en ella.

Pero el general Exon va más allá en sus apreciaciones a Randle. Según él, el grupo de los «trece demonios» estaba integrado por Harry Truman, James Forrestal, Hoyt S. Vandenberg y Roscoe Hillenkoetter —que figuran a su vez en el falso memorándum MJ-12—, además de otros militares como el general de brigada Roger Ramey, el general Carl

7. Kevin Randle, *A history of UFO crashes*, Avon Books, Nueva York, 1995, págs. 132 y siguientes.

Spaatz —jefe de las Fuerzas Aéreas— y el general George Kenny —jefe supremo del Comando Aéreo Estratégico y, quizás, el «oficial Kenney» que citaba Barnett en su declaración, en el capítulo anterior.

De momento, no existen evidencias documentales que apoyen la existencia del grupo de los «trece demonios» del que habla Exon. Y, por lo que parece, tampoco será tarea fácil encontrarlas. No obstante, su existencia liga perfectamente con otra «pista» que ya apuntaba cuando me refería a los otros «casos Roswell»:[8] el doctor Robert Sarbacher, director del Washington Institute of Technology, advirtió públicamente en reiteradas ocasiones que existía un comité de esa naturaleza, del que formaban parte también destacados científicos de la talla de Robert Oppenheimer, así como muchos de los científicos más próximos al otro gran proyecto secreto de la época. Me refiero, naturalmente, al Proyecto Manhattan que desarrolló las primeras bombas atómicas.

¿Fue, entonces, Majestic-12 un intento bien planeado para desprestigiar la idea de la existencia de un comité que investigara el accidente de Roswell?

A estas alturas no me asusta decirlo: estoy convencido de ello.

8. Véase el capítulo 4.

CAPÍTULO 9

¿Tecnología de otro mundo?

«Ball Room» del Hotel Hyatt, Los Ángeles, California, 11 de mayo de 1991. 10.30 horas

Nunca pensé que vería nada como aquello.

Hacía unos quince minutos que esperaba, en medio de una multitud ansiosa, la llegada de quien creía iba a ser un conferenciante excepcional: John Lear. Este hombre, hijo de William P. Lear, el legendario ingeniero aeronáutico que diseñó los míticos *jets* que llevan su nombre, tenía previsto hacer unas revelaciones insólitas aquella mañana. Y, como es natural, no quería perdérmelas por nada del mundo.

De hecho, su impresionante currículo fue lo que me obligó a cancelar todas las citas de la jornada y esperarle con impaciencia; independientemente, incluso, de que lo que contara no me pareciera en absoluto verosímil. No en vano, John Lear es un piloto de dilatada experiencia profesional, que ha guiado ciento sesenta clases distintas de aeronaves y que tiene en su haber hazañas aéreas como la de haber conseguido aterrizar un bimotor en el aeropuerto de San Francisco en medio de una espesa niebla, volando por debajo del Golden Gate, a pocos palmos del río. Además, sus trabajos para la CIA, el gobierno americano y otras agencias secretas como piloto altamente cualificado, le han situado durante años en la posición ideal para ponerse al corriente de ciertos «secretos de Estado». Ufológicos o no.

Mi espera creía que estaba, pues, justificada.

Tras algunos minutos de retraso, cuando ya empezaban a consumirme mis nervios, Lear hizo acto de presencia. Rodeado de cinco fornidos *security men*, subió al atril de la sala, se colocó con elegancia sus gafas metálicas y carraspeó.

—Lo que les voy a contar aquí puede poner mi vida en serio peligro —advirtió—. Ésa es la razón por la que he decidido adoptar estas medidas de seguridad para protegerme.

Lear me pareció un magnate texano del petróleo. Impecablemente trajeado, con su pelo cano bien cuidado, y con una voz firme y grave, ofrecía el aspecto de alguien que sabía perfectamente de lo que estaba hablando.

—Señoras y señores —afirmó pausadamente mientras un silencio sepulcral se hacía en la sala—, durante más de veinte años el gobierno de Estados Unidos nos ha estado ocultando una terrible verdad. Nuestros militares están en contacto desde hace tiempo con seres extraterrestres, con los que mantienen una alianza de cooperación mutua, y una de cuyas principales zonas de experimentación y refugio es la llamada Área 51, al noroeste de Las Vegas.

Nadie replicó.

Era como si el auditorio ya supiera de esa amenaza, y aprobara todas y cada una de sus afirmaciones.

Por fortuna para mí, no era la primera vez que oía hablar de esa zona. Se trata de un territorio de dudosa ubicación, enclavado dentro del enorme campo de pruebas de la base aérea de Nellis, en Nevada, y en donde —según explicó Lear— los extraterrestres estaban ayudando a militares norteamericanos a crear una suerte de tecnología híbrida en virtud de un curioso pacto: el gobierno de Estados Unidos garantizaba el secreto de la presencia alienígena en la Tierra, facilitaba que los visitantes pudieran secuestrar personas y mutilar ganado para sus propósitos alimenticios (!) y, a cambio, recibía ayuda tecnológica.

Tan grotesca historia, ambientada en esa región supersecreta[1] donde supuestamente se estaría ensayando con tecnología extraterrestre, me hizo recordar de inmediato la cita del doctor Jacques Vallée que encabeza la tercera parte de este libro. Supongamos —como sugiere veladamente en su obra *Revelations*— que hay que ocultar que los militares están trabajando en la duplicación de tecnología de discos estrellados como el de Roswell; pues bien, sin duda la mejor manera de esconder tales trabajos sería dando pie a toda una gran leyenda en torno al tema que convirtiera en ridícula cualquier suposición al respecto.

Los comentarios de Lear apoyan definitivamente esta tesis.

—En 1979 un grupo de cuarenta y cuatro científicos que trabajaban en Área 51 descubrieron que entre las intenciones de los extraterrestres estaba la de hacerse con el control del planeta inoculando el virus del sida en la población —aseguró Lear en Los Ángeles ante, ahora sí, el creciente estupor de la audiencia.

1. Curiosamente, el gobierno de Estados Unidos se niega a admitir que tal zona existe. De hecho, el indicativo Área 51 sólo apareció impreso una vez en los mapas militares, con motivo de la visita que el presidente John F. Kennedy realizó a esta base en 1962. Desde entonces hasta ahora diversos nombres clave como *Groom Lake* o *Dreamland* se han aplicado a ese bien protegido sector de pruebas aeronáuticas confidenciales.

Y continúa:

—Los visitantes se dieron cuenta de que había habido una filtración de sus planes, y los sentenciaron a muerte. Nuestro gobierno trató de salvar a aquellos hombres, mandando un grupo especial de las fuerzas Delta de rescate dotado de sesenta y seis soldados, pero el enfrentamiento fue tan duro que perecieron los cuarenta y cuatro científicos y los hombres que fueron a liberarlos.

De nuevo, nadie en la sala le rebatió. Ni lo harían durante los cincuenta minutos que duró su disertación.

¿Qué podía decir? Salí de la conferencia de Lear realmente aturdido. Y no tanto por el cúmulo de historias absurdas e increíbles que relató, sino por el hecho de que un hombre de sus credenciales creyera realmente lo que estaba diciendo. Aunque para mi sorpresa, tal y como no tardé en averiguar aquella misma jornada, Lear era tan sólo la punta del iceberg de un creciente «movimiento conspiracionista» norteamericano que sostenía que las historias de ovnis estrellados como el de Roswell, los documentos Majestic-12 y otras piezas del rompecabezas afines, no eran sino intentos de desviar la atención de la «horrible verdad». Se referían, naturalmente, al pacto con los extraterrestres.

Junto a Lear, exmiembros de la inteligencia de la Marina, como William Cooper, surgieron a primeros de los noventa en Estados Unidos asegurando que la Fuerza Aérea había capturado alienígenas vivos tras la caída de algunos ovnis, y que gracias a estos rehenes, el gobierno había logrado establecer un contacto oficial con extraterrestres. Un contacto que tuvo lugar, según quienes proponen estas teorías, el 25 de abril de 1964 en la base aérea de Holloman, emplazada a unos ciento sesenta kilómetros al oeste de las instalaciones militares de Roswell.

Según Cooper, ése fue el primer paso del pacto. Tras él,

los visitantes —unas pequeñas criaturas de grandes cabezas, piel grisácea y enormes ojos negros almendrados— se asentaron en la base de Nellis, y en las instalaciones militares de Dulce, en Nuevo México, para instruir a los técnicos de la USAF en el manejo de una tecnología superior.

«Bonita historia», pensé.

Lástima que no exista ni una sola prueba, ni un solo indicio o pista razonable que apoye esta tesis delirante. Repito, ni una sola. Pues ni Lear, ni Cooper, ni ninguno de sus seguidores han aportado evidencias que sostengan sus graves acusaciones... aunque —eso sí— éstas encierren «algo de verdad».

Me explicaré.

Según se desprende de los comentarios de algunos testigos que han trabajado para la base de Nellis, o que viven en las inmediaciones de su bien vigilado perímetro, en su interior se están ensayando desde hace años aeronaves experimentales que escapan a la aeronáutica tradicional de nuestro siglo.

Si alguien toma la polvorienta carretera 375 que conduce desde Crystal Springs hasta Rachel, un pequeño pueblo de no más de cien habitantes, y que se adentra hacia el interior del campo de pruebas de la base de Nellis, al norte del estado de Nevada, no tardará en encontrarse con un rosario de interminables advertencias. Algunos carteles avisan al intruso que se está internando en un «área restringida» y que «el uso de fuerza letal está autorizado» para mantener libre la zona. Micrófonos semienterrados en la arena que detectan el paso de vehículos por los caminos, cámaras de vídeo situadas sobre postes metálicos en medio de la nada y dispositivos de seguridad que van desde *jeeps* 4×4 armados hasta los dientes, pasando por helicópteros negros, sin insignias de ninguna clase, garantizan la seguridad del Área 51.

¿Pero qué se está protegiendo en el corazón de aquel desierto? Oficialmente la zona fue adquirida en 1955 por la CIA. Con la ayuda de Kelly Johnson, fundador de la empresa aeronáutica Lockheed, la Compañía aisló aquel sector y lo adosó «oficialmente» a la base de Nellis. Desde entonces hasta hoy, el Area 51 ha sido la sede de proyectos como el caza invisible F-117A o el bombardero B-2 de la tecnología *Stealth* (invisibilidad), la Iniciativa de Defensa Estratégica o «Guerra de las Galaxias», así como numerosos programas de entrenamiento de otras agencias gubernamentales como la NASA.

Hasta hace muy poco tiempo —de hecho, hasta la irrupción de las demenciales teorías de Lear y Cooper en los medios de comunicación— nadie se había preocupado demasiado por averiguar qué estaba sucediendo en el interior de esa aislada región de Nevada. Sin embargo, la situación pareció cambiar poco después. En 1992 tres comisiones del Congreso de Estados Unidos visitaron la zona para averiguar *in situ* en qué se estaba gastando el dinero público en ese sector. Uno de los congresistas invitados, al regresar de su inspección, comentó que, aunque no podía dar más detalles sobre lo que vio debido a que se trata de proyectos ultrasecretos, lo que se está probando allí «está décadas por delante de lo que se conoce en el resto del mundo».[2]

Más recientemente, en septiembre de 1994 para ser exactos, el popular presentador de televisión norteamerica-

2. George Knapp, «Área 51, Bob Lazar, and disinformation», *MUFON Symposium Proceedings*, Richmond (Virginia), julio de 1993, pág. 221

no Larry King emitió su programa en directo para todo el país desde el perímetro mismo de este campo de pruebas, reclamando que el gobierno de Estados Unidos aclarase de una vez por todas en qué clase de tecnología está trabajando en su interior.

Y es que no es para menos. Son ya cientos los testigos que han visto aeronaves de formas extrañas y enormes bolas de luz surgiendo del desierto, maniobrando a velocidades superiores a catorce mil kilómetros por hora, y realizando bruscos giros en ángulo recto sin que su estructura reviente por el cambio de presión. De hecho, estas maniobras han sido incluso filmadas y no ofrecen lugar a dudas sobre su avanzado diseño. En diciembre de 1992, por ejemplo, un equipo de televisión de Las Vegas filmó un objeto sobre estas instalaciones militares con una forma virtualmente idéntica a un «platillo volante».

Y platillo debía ser, pero... ¿de tecnología extraterrestre?

La ausencia de una postura oficial clara al respecto de estos indicios ha alimentado toda suerte de rumores. Y lo cierto es que a unos pocos hechos ciertos se han sumado relatos no tan fácilmente constatables.

Sin duda, el más inaprensible de todos es el aportado por Robert Lazar, un técnico que presumiblemente trabajó bajo un contrato temporal en el interior de estas instalaciones entre diciembre de 1988 y abril de 1989. Durante ese tiempo fue destinado a un punto estratégico de Nellis llamado «S-4», al que siempre fue llevado a bordo de un autobús con las ventanas opacas y donde afirma que pudo ver nueve aeronaves en forma de platillo volante estacionadas en unos pequeños nichos excavados en la roca. Oficialmente, Lazar había sido contratado para trabajar en un nuevo sistema de propulsión que los militares trataban de copiar de una presunta aeronave extraterrestre siniestrada. Se trataba —según su relato— de un tipo de motor basado en la antigravedad y que usaba como parte de su combustible un elemento químico superpesado al que llamaban «115».

Tras ser expulsado de su trabajo por tratar de obtener más información de la que estrictamente le correspondía por sus credenciales, aunque también por haber sido sorprendido una noche en el perímetro del Área-51 tratando de mostrar a John Lear las pruebas nocturnas de uno de los «platillos militares», en mayo de 1989 se dejó entrevistar en una estación de televisión de Las Vegas (la KLAS-TV), protegiendo su identidad tras las sombras. Sus sorprendentes revelaciones sobre el «secreto del Área-51» supusieron el inicio de un éxodo en el que se sucedieron toda clase de amenazas de sus exsuperiores, y que le obligaron, en noviembre de aquel año, a darse a conocer, en la certeza de que la publicidad le salvaría de posibles represalias gubernamentales.

Pero ¿de dónde obtuvo Lazar los datos para sostener sus increíbles afirmaciones?

Según explicó, éstos estaban contenidos en algunos informes técnicos a los que pudo acceder antes de iniciar su trabajo, y en los que claramente se indicaba que los extraterrestres existen, que han tenido un papel activo en la historia de la humanidad, y que algunas de sus naves están en poder de la Fuerza Aérea de Estados Unidos desde hace mucho tiempo.

Inquietante.

Su historia —como comprenderá el lector— me resultó difícil de creer desde el principio. Y lo fue por diversas razones: la primera tenía que ver con ese «elemento 115» al que se refería Lazar. Según puede verse en las últimas incorporaciones a la famosa tabla periódica de Mendeleiev, en 1994 los alemanes sintetizaron artificialmente los elementos números 110 y 111. De hecho, durante los últimos veinte años apenas han podido sintetizarse en laboratorios siete elementos nuevos, la mayoría de los cuales generaron muy pocos átomos y éstos, además, se desintegraron en pocos segundos. ¿Cómo era posible, entonces, que existiera un elemento 115 en poder de los militares, y que éste fuera lo suficientemente estable como para ser utilizado como parte de un combustible revolucionario?[3] Lazar responde a esto afirmando que ese elemento 115 proviene del planeta de origen de los extraterrestres, que orbita alrededor de una estrella binaria de extraordinaria densidad, y que la Fuerza Aérea posee de él alrededor de cincuenta kilos. Lo suficiente, añade, para alimentar una pequeña flota de platillos volantes durante algunos años.

Pero eso no es todo. Para justificar su trabajo en Nellis, Lazar afirmó haber estudiado en el prestigioso Instituto Tecnológico de Massachusetts (MIT) y en el Cal Tech de Los Ángeles, donde obtuvo dos licenciaturas en físicas. Pues bien, en ninguno de ambos centros se han encontrado referencias o archivos académicos suyos: ni se matriculó ni se examinó nunca en ninguno de sus cursos. Tampoco pudieron comprobarse sus hipotéticos contratos en los laboratorios militares de Los Álamos, ni en la empresa Kirk-Mayer para la que dijo haber trabajado. Por contra, algunos empleados de estas instalaciones sí recuerdan el paso

3. En mayo de 1989, justo cuando comenzaron a ver la luz las primeras declaraciones de Lazar, la edición estadounidense de la revista *Scientific American* publicaba un artículo argumentando que los físicos esperaban que los elementos más altos de la tabla periódica fueran mucho más estables que los anteriores. Pese a todo, no se aventuró nada sobre un hipotético elemento 115.

por ellas de este físico, y uno de los libros de teléfonos interno del laboratorio militar de Los Álamos incluye claramente su nombre. ¿Fueron acaso borrados sus expedientes de estos lugares para desacreditar a alguien que estaba desvelando el secreto que celosamente se estaba custodiando en Área 51?

Pudiera ser. De hecho, a diferencia de otros «creyentes» en la existencia de tecnología extraterrestre en manos de militares, Robert Lazar siempre se ha mantenido a una cauta distancia de las historias de alienígenas trabajando codo a codo con técnicos militares dentro de bases de la Fuerza Aérea. Nunca ha afirmado abiertamente haber visto ningún extraterrestre, y si bien sostiene que él consultó informes técnicos donde se hablaba de ovnis estrellados, jamás vio ninguno de éstos en Nellis.

Esta ambigüedad en los datos me mantuvo bastante tiempo alejado del caso Lazar, aunque finalmente me decidí a reunir toda la información relativa a sus afirmaciones e iniciar —en la medida de mis posibilidades— una modesta investigación. ¿Qué me hizo cambiar de opinión?

Iré al grano.

Lo que me llevó a preocuparme por la historia de Lazar fue comprobar que él no fue el único en hacer esa clase de comentarios sobre el trabajo interno desarrollado en el Área 51. Poco antes de fallecer de cáncer en 1989, uno de los asesores de más alto nivel de la empresa Lockheed (además de agente de la contrainteligencia americana durante los años sesenta y setenta) llamado Marión Leo Williams, hizo una sorprendente confesión a uno de sus familiares. Según le relató en el lecho de muerte, la compañía Lockheed estaba trabajando desde hace décadas en un laboratorio secreto en Nevada con materiales procedentes de ovnis accidentados. Al parecer, varios estudios de carácter tecnológico, e incluso biológico, se estaban llevando a cabo en esas instalaciones de máxima seguridad, y una de sus misiones fue la de proteger ese secreto.

La historia de Williams salió a la luz en 1992, después de que el familiar al que éste le relató los pormenores de su trabajo lo pusiera en conocimiento de Andrew Basiago, un abogado de Los Ángeles colaborador de la *Cousteau Society*. El propio Basiago fue quien estableció los paralelismos adecuados entre el relato de Williams y las confesiones de Lazar, estableciendo que «aunque hay razones para el escepticismo, algo extraño está definitivamente teniendo lugar en el Área 51».[4] Tal y como en octubre de 1990 Bill Scott, columnista de la prestigiosa revista *Aviation Week & Space Technology*, señaló, «hay evidencias substanciales de que existe una familia de aeronaves que cuentan únicamente con esquemas de propulsión y aerodinámicas exóticos, no completamente comprensibles de momento».

La duda pendiente de respuesta es: ¿De qué origen? Probablemente, si las especulaciones tejidas en torno al Área 51 no respondiesen algunas de las incógnitas sobre qué se hizo con los restos del ovni de Roswell (y quizá, con los de otros incidentes de esa misma naturaleza), nunca me hubiera ocupado de recabar información al respecto. Pero, por una vez y sin que sirva de precedente, los rumores daban que pensar.

El Destino —o esa Fuerza Mayor de la que hace gala a menudo— tiene cosas así. Y es que, justo cuando ultimaba este capítulo y trataba de resolver el endiablado rompeca-

4. Andrew D. Basiago, «Dreamland and the CIA», revista *MUFON UFO Journal*, n.° 291, Texas, julio de 1992.

bezas de los platillos vistos por Lazar y los avistados por numerosos testigos de las poblaciones limítrofes al Área 51, allá por octubre de 1995, caía en mis manos el último ejemplar de la revista española *Muy Interesante.* En él se habla del «más nuevo» —con todas las reservas del término— prototipo de avión espía desarrollado por las compañías Lockheed y Boeing para el Pentágono.[5] Le llaman *Darkstar* (estrella oscura), y se trata de una pequeña aeronave sin piloto, con forma de platillo volante suspendida de una gran ala transversal, y que es capaz de volar a casi veinte mil metros de altura y de permanecer en el aire, sin repostar, durante todo un día.

Tanto por las empresas implicadas, como por las características del aparato (el miembro más joven de la familia *Stealth*), el prototipo fue desarrollado con seguridad en Nevada, rodeado del más absoluto de los secretos. ¿Acaso fue un modelo experimental de este avión lo que filmaron en 1992 las cámaras de la televisión de Las Vegas? ¿Y fueron nueve de estos aparatos los que reposaban en abrigos de roca en el área «S-4» cuando Robert Lazar trabajó allá en 1989? Y si así fuera, ¿tiene este prototipo algo que ver con la tecnología duplicada en la que aseguró haber estado trabajando Lazar?

No hay respuesta para estas dudas, aunque sí existen dos episodios dentro de la casuística ovni mundial que pueden completarnos el panorama ofrecido por estos datos y que, para algunos investigadores, enriquecen precisamente esa última y arriesgada suposición.

Trataré de resumirlos en dos pinceladas.

5. Juan Antonio Guerrero, «El pájaro espía», revista *Muy Interesante*, número 173, Madrid, octubre de 1995.

Cerca de Huffman, Texas, 29 de diciembre de 1980. 21.00 horas aproximadamente

Betty Cash, su amiga Vickie Landrum y el hijo de ésta, Colby, de tan sólo siete años de edad, circulan por una carretera secundaria hacia otra localidad de Texas, aprovechando las fiestas navideñas. La noche es clara y nada anormal parece que vaya a suceder.

Sin embargo, al filo de las nueve de la noche, un objeto llameante que sobrevuela la zona justo por encima de las copas de los árboles, irrumpe en escena. Betty detiene el vehículo, y tanto ella como Vickie descienden para contemplar el espectáculo. Entretanto, el objeto se ha detenido a apenas cuarenta metros de donde se encuentran. Se trata de una aeronave extraordinariamente brillante, con una forma romboidal, similar a un diamante, y que emite un persistente zumbido.

Las mujeres se asustan. Vickie cree que ha llegado el fin del mundo y se refugia en el interior del coche, mientras que Betty no puede entrar al vehículo porque la puerta está literalmente al rojo vivo.

Pero lo más sorprendente sucederá a continuación.

Por detrás del «diamante volador» los tres pueden contar hasta veintitrés helicópteros del tipo *Chinooks* escoltando al ovni. Vuelan en formación a su alrededor, manteniendo lo que parece ser una distancia de seguridad y evitando en todo momento acercarse demasiado al objeto.

¿Qué está sucediendo?

La impresión de Betty y Vickie es que los helicópteros están vigilando las maniobras erráticas del ovni, como si controlaran un vuelo de pruebas y velaran por una eventual caída. Pero todo queda en suposiciones.

Las semanas siguientes a su encuentro fueron un infierno para Betty y la familia Landrum. Los tres habían sufrido quemaduras de diversa consideración, mientras que Betty —la que más tiempo permaneció en el exterior del vehículo— comienza a padecer jaquecas, caída repentina del cabello, náuseas, pérdida del apetito e hinchazones por todo el cuerpo. Todo parece indicar que han estado sometidos a una fuerte radiación.

Betty y Vickie, convencidas de haber sido dañadas por alguna clase de vehículo militar secreto, y no por una nave extraterrestre, interponen una demanda por daños y perjuicios al gobierno de Estados Unidos por valor de veinte millones de dólares. Durante el juicio, no obstante, representantes de la Fuerza Aérea, la Armada, la Marina y la NASA negaron categóricamente poseer un vehículo experimental de esas características, ignorando el «pequeño detalle» de la escolta de helicópteros. Ni Peter Gersten, un abogado especializado en la obtención de información secreta sobre ovnis vía Ley de Libertad de Información, ni John Schuessler, el investigador del caso en cuestión, lograron que el gobierno se implicara en tan extraño incidente.

Cuatro días antes. Bosque de Rendlesham, Gran Bretaña. Noche de Navidad de 1980, poco después de las 21.00 horas

Fue una Navidad movida.

Toda Europa contempló atónita el paso de una serie de luces brillantes en sus cielos. Como si de una nueva «estrella de Belén» se tratara, explosiones encadenadas, relámpagos súbitos y extraños «meteoritos» recorrieron el espacio aéreo de España, Portugal, Francia, Italia, Alemania y Gran Bretaña, dejando una extraña sensación en el ambiente.

Se supuso rápidamente que la reentrada en la atmósfera de la última fase de un cohete ruso de la serie *Cosmos* era la responsable del incidente. Pero la movida a la que me refiero no había hecho sino empezar.

Varios testigos que vivían en el perímetro de la base mixta británico-norteamericana de Bentwaters, junto al bosque de Rendlesham, observan bien entrada la madrugada el descenso de una luz muy brillante.

En 1992 visité el lugar de los hechos en compañía de Brenda Butler, una de las más activas investigadoras del caso, con quien sostuve una interesante conversación.

—Inmediatamente después de la caída de la luz —me refirió—, una patrulla de la base de Bentwaters se acercó al lugar y vio un objeto discoidal aterrizado, apoyado sobre tres patas.

—¿Qué pasó después?

—Se alertó al cuartel general, y se inició un acordonamiento de la zona. Por fortuna, antes de que los soldados implicados en ese cordón fueran enviados a otros destinos y se silenciara toda la investigación, algunos de ellos nos relataron parte de lo que vieron.

Según Brenda, que trabajó duro sobre el caso junto a la prolífica escritora y ufóloga británica Jenny Randles, al lado del ovni algunos soldados vieron unas pequeñas entidades de aspecto vagamente humano, de apenas uno veinte metros de altura y que parecían estar reparando su aeronave, o supervisándola por su parte exterior.

—Por supuesto, todo esto se ocultó al público —me asegura Brenda—. Sin embargo, en 1983, después de varias presiones, el entonces coronel USAF de la base, el norteamericano Charles Halt, reconoció en un documento escrito que sus hombres habían estado persiguiendo «luces pulsantes» a través del bosque, y que habían encontrado tres huellas circulares en uno de sus claros.

—También se habló de una especie de contacto con los tripulantes del objeto —le increpo.

—Así es. Algunos testigos, como el sargento John Burroughs de la USAF, declararon haberse sentido controlados por algo inteligente, y no son pocos los soldados que vigilaron la zona que sugieren la existencia de algún tipo de contacto oficial.

—¿Qué clase de contacto?

—No conozco los detalles, lo siento.

No he escogido al azar estos dos casos. De hecho, ni tan siquiera he terminado aún de recoger información sobre ellos. Pero tanto por su proximidad temporal como por el hecho de ser dos incidentes profusamente descritos en la literatura mundial sobre ovnis, ambos sucesos apuntan en la misma dirección que los extraños acontecimientos surgidos alrededor del Área-51. Es decir, que existe alguna clase de conexión entre el fenómeno ovni y el gobierno norteamericano. Bien sea porque ese país está fabricando sus propios ovnis —y, en consecuencia, ensayándolos temerariamente sobre poblaciones civiles, países extranjeros y testigos fortuitos, aprovechándose de la ignorancia pública sobre el tema—, o bien porque están al corriente de su naturaleza, de su presencia entre nosotros y ocasionalmente han interactuado con ellos.

Que el lector elija la que más le convenza.

Personalmente, a estas alturas de la historia de la humanidad, no albergo dudas sobre que los responsables últimos del fenómeno ovni —que ya se daban paseos por nuestros cielos muchos siglos antes de que existiera la USAF—, interactúan ocasionalmente con los humanos, manipulando sutilmente el destino de este planeta.

Pero eso es, nunca mejor dicho, otra historia de la que me ocuparé a su debido tiempo.

CUARTA PARTE

Armando el rompecabezas

A quienquiera que reflexione sólo sobre cuatro cosas, más le hubiese valido no nacer: lo que está arriba, lo que está abajo, lo que está antes y lo que está después.

(Del *Talmud*, Hagigah 2.1.)

Capítulo 10

La conjura de los desinformadores

Y llegó la hora de las conclusiones.

Centraré mis ideas.

Antes incluso de verme involucrado en la investigación del caso Roswell, había un elemento de él que me parecía fuera de lugar: ¿Cómo era posible que una aeronave extraterrestre, dotada de una tecnología superior, fuera a estrellarse en nuestro planeta? Y aún más, ¿cómo se entiende que, en un periodo de tiempo ciertamente reducido (años 1947-1952), circularan en el suroeste de Estados Unidos tantas historias de platillos siniestrados?

Durante mucho tiempo recelé.

Mis otras investigaciones, aquellas en las que estaban implicados pilotos civiles, campesinos, sacerdotes o funcionarios que habían visto ovnis, apuntaban a la existencia de una tecnología capaz de burlar nuestras leyes de la física. Los objetos que describen estos testigos se desvanecen en el aire frente a sus propios ojos, como si en realidad nunca hubieran estado ahí. Salen de debajo del mar sin remover las aguas, y burlan a nuestros pilotos de combate adelantándose *inteligentemente* a sus maniobras de acoso. ¿Pueden unos objetos así perder el control y estrellarse? Y en ese caso, ¿justifica la recuperación de sus restos una maniobra de ocultamiento tan *salvaje* como la que se vislumbra tras el accidente de Roswell?

Ésa es, sin duda, la cuestión angular de este libro, y una de las piezas más incómodas del rompecabezas ovni. Una pieza sólo comprensible desde la óptica del «Teatro ovni» que tan magistralmente ha cultivado el erudito sevillano Ignacio Darnaude cuando afirma que «el fenómeno es una gigantesca puesta en escena, donde los que controlan estas naves nunca dan la cara y se esconden tras disfraces y escenarios que crean a cada momento».

Y la cuestión de los ovnis estrellados no escapa, desde luego, a esa teatralidad, a ese *factor de lo absurdo* del fenómeno, que tan en jaque trae a quienes más profundamente se sumergen en las implicaciones de este enigma secular.

Roswell, como digo, no es una excepción a semejante regla.

A medida que han ido transcurriendo los meses desde la aparición en escena de la película de Barnett, he ido viendo cada vez más claramente dibujado el papel de esta nueva pieza dentro del rompecabezas ufológico, y el efecto que ésta ha ido causando al minar la credibilidad del caso Roswell. A fin de cuentas, nada más surgir a la luz pública esta filmación, varios grupos radicales antiovni se valieron de las inconsistencias internas del filme de Santilli —que las tiene, y muchas, como ya he señalado— no sólo para desacreditar el documento en cuestión, sino también para desacreditar el caso Roswell —con el que, ya lo hemos visto, nada tiene que ver la película— y, de paso, el fenómeno ovni en su conjunto.

La primera maniobra en ese sentido la ejecutó la organización norteamericana CSICOP. Sus siglas, traducibles como Comité para la Investigación Científica de los Supuestos Hechos Paranormales, encubren una asociación pretendidamente seria, embarcada desde hace años en una especie de cruzada para desprestigiar cuantas investigaciones en la frontera de la ciencia se desarrollen. Pues bien, el CSICOP emprendió su propia campaña anti-Roswell el 25 de agosto de 1995, tres días antes de la emisión de las imágenes conseguidas por Santilli, basando sus ataques en dos argumentos clave: el primero, que existían suficientes razones lógicas para sospechar que la película de Barnett era un elaborado fraude; y el segundo, que «recientemente archivos desclasificados de la Fuerza Aérea indican que los restos de Roswell procedieron de las juntas de un portaglobos, lanzado como parte del secreto Proyecto Mogul y que trataba de captar emisiones acústicas de las primeras pruebas nucleares soviéticas».[1] Tras su comunicado, también en España los representantes del CSICOP, agrupados tras una especie de organización integrista denominada Alternativa Racional a las Pseudociencias (ARP), emitieron su propio informe, en el que insistían que «existen serios indicios de que tal filmación es fraudulenta», y de que lo que cayó en Roswell «fue un globo que transportaba un reflector de radar e instrumentación de un proyecto secreto encubierto bajo el nombre clave de Mogul».[2]

No tardé mucho en darme cuenta de la jugada. Los autodenominados escépticos iban a enarbolar una lanza contra la investigación ovni asumiendo que el caso Roswell y la película de Barnett formaban parte del mismo asunto;

1. Comunicado *on line* del CSICOP, *«Alien autopsy», film a hoax, concludes scientific organization*, 25 de agosto de 1995.

2. Comunicado de la agencia EFE, *Asociación denuncia fraude documental autopsia extraterrestre*, Zaragoza, 30 de agosto de 1995.

y asegurando, por si fuera poco, que la filmación de las autopsias era un fraude sencillamente porque la USAF había «demostrado» que el ovni de Roswell estaba formado realmente por los restos del vuelo número 4 del Proyecto Mogul.

Más allá de las ingenuas pretensiones descalificadoras del CSICOP y de ARP, advertí, además otra pieza que me desconcertó. El primero en hacérmela ver fue Enrique de Vicente cuando, en medio de una de nuestras frecuentes discusiones sobre este caso, me puso tras una pista reveladora.

—¿No te parece extraño que los pretendidos constructores de la película de Barnett hayan insistido hasta la saciedad en que el accidente del ovni tuvo lugar en junio y no en julio de 1947? —me preguntó, no sin cierta malicia.

—Sí, pero ¿por qué lo dices?

—Sencillamente, porque fue precisamente en junio de 1947, el día 4 de ese mes para ser exactos, cuando se lanzó el globo Mogul al que la USAF atribuye la procedencia de los restos del ovni de Roswell.

—¿Y adónde quieres llegar con eso? —le cuestioné, ya bastante intrigado por su razonamiento.

—Pues que situando en un mismo marco temporal la filmación de Barnett y la «explicación oficial» del informe Weaver, se confunde aún más a la opinión pública y se tiende a dar mayor peso al relato militar: ¿Para qué, si todo el mundo conoce que el caso Roswell tuvo lugar en julio, dirías que el ovni filmado por Barnett cayó un mes antes si no es para ajustar la historia a la «versión» oficial?

Enrique, una vez más, me dio que pensar: De hecho, su insinuación me sirvió como un auténtico hilo de Ariadna por el que empezar a buscar la salida del laberinto Roswell.

—Las incoherencias de lo que puede verse en el filme

con lo que relatan los testigos de Roswell sólo pueden perseguir el sembrar la confusión —insistió sabiamente Enrique—. Los seis dedos de la criatura filmada por Barnett frente a los cuatro denunciados en Roswell, que el ovni filmado por éste cayera cerca de Socorro y no de Corona, y un largo etcétera de inexactitudes grotescas similares, parece diseñado para añadir contradicciones internas al caso... que si, además, tienden a reforzar la tesis del vuelo 4 del Proyecto Mogul, ¡tanto mejor!

Estas sospechas previas de Enrique, de que la película había sido puesta en circulación básicamente para desprestigiar el caso Roswell y evitar que las presiones de los ciudadanos norteamericanos abrieran el dosier secreto sobre el caso, toman aún más cuerpo cuando se examina la tesis oficial defendida por el informe Weaver, y los detalles que añaden expertos implicados en el Proyecto Mogul como el ingeniero Charles Moore. Mientras que éste, en su declaración escrita para la USAF, fechada el 8 de junio de 1994, no dice nada sobre el lugar de impacto del vuelo número 4, más tarde afirmará —basándose en sus recuerdos personales, y no en evidencia documental alguna— que ese vuelo se estrelló el 4 de junio de 1947 cerca de la ciudad de Arabela, a tan solo veintisiete kilómetros del Rancho Foster. Por si fuera poco, el otro testigo entrevistado por la USAF que también «constituye» un relato amoldable a la versión oficial es el agente de inteligencia Sheridan Cavitt que, como recordará el lector, no duda en tachar de «exagerados» a sus compañeros de la base de Roswell que denunciaron la caída de un «disco volante»... ¡una vez que todos están ya muertos!

La elaboración de esta tesis oficial anti-Roswell, la puesta en escena del controvertido segmento fílmico de Barnett que se ajusta cronológicamente a las fechas de caída del vuelo número 4 y, sobre todo, los esfuerzos previos de la Merlin Group y de los escépticos por asociar el caso Roswell a la película de las autopsias conducen a una única deducción: que el filme es una pieza más, como antes lo fue el memorándum Majestic-12, creada por organismos cercanos a la Fuerza Aérea de Estados Unidos y destinada a desprestigiar el caso Roswell.

¿Dedución atrevida? Veamos. Utilizando un método puramente detectivesco, cabría preguntarse en primera instancia a quién ha beneficiado más la aparición de la filmación de Roswell. La respuesta es evidente: en primer término, a Ray Santilli y su compañía productora, que se ha embolsado grandes beneficios económicos, aunque también, en segundo término a la Fuerza Aérea de Estados Unidos, que se ha visto casi totalmente librada de la presión popular que pretendía abrir sus archivos ovni. Y lo que es más, ¿quién podría perpetrar un fraude sofisticado, que incluyese una técnica capaz de burlar hasta los exámenes químicos para determinar la autenticidad del celuloide? En este caso, desde luego no Ray Santilli o su grupo, sino alguien con muchos más recursos, que bien podría formar parte de la segunda parte beneficiada por toda esta operación: los servicios de inteligencia de la Fuerza Aérea norteamericana.

No olvidemos su papel intoxicador en asuntos como el Majestic-12 —curiosamente también vinculado al caso Roswell—, o su tradicional empeño en el desprestigio del fenómeno ovni, plasmado ya en 1953 en el espíritu del Panel Robertson integrado por miembros de la USAF y la CIA que fijaron entre sus principales objetivos el desprestigio sistemático de los casos de No Identificados. Por no hablar del célebre Comité Condon auspiciado por la Universidad de Colorado a expensas de la USAF, y que concluyó en 1968 que «poco, sino nada, ha surgido del estudio de los ovnis durante los últimos veintiún años que pueda añadirse al conocimiento científico», e ignorando buena parte de los casos serios que se propuso investigar el Comité solo por satisfacer a quien pagaba el estudio: la Fuerza Aérea, claro.

Ésa es la conjura de los desinformadores a la que aludía en el título de este capítulo. Una conjura diseñada por unos pocos, seguida ciegamente por los pretendidos adalides del escepticismo, que poco o nada están haciendo en favor de la ruptura de uno de los secretos más irritantes de todos los tiempos.

Siete pistas para resolver el caso

No me cansaré de repetirlo: una cosa es investigar casos de ovnis estrellados como el de Roswell, y preguntarse por sus implicaciones, y otra bien distinta examinar el filme que ha levantado la polémica mundial sobre esta clase de sucesos. El análisis de la película de Barnett conduce a observaciones de muy distinta naturaleza, que especificaré en detalle, y que ayudarán al lector a armar este endiablado rompecabezas ufológico.

1. *Las distintas secuencias rodadas*

Con varios investigadores, en especial con Alfredo Lissoni de Milán y con John Spencer de Londres, he discutido un detalle particular que ha pasado prácticamente desapercibido a la opinión pública: la notable diferencia que existe entre el todavía no difundido segmento del *examen* in situ y el bien conocido de la *primera autopsia.* Pude ver el *examen* in situ en San Marino, donde los representantes de la Merlin Group me informaron que se trataba de un «análisis preliminar» a las criaturas fallecidas en el accidente, realizado en el interior de una tienda de campaña. No lo cuestioné. Sin embargo, lo primero que me llamó la atención al ver esa filmación de seis minutos es la entidad que se ve tendida sobre la camilla, situada a bastante distancia de la cámara que la rueda, es sensiblemente distinta a la que se ve durante la *primera autopsia.* Se trata —allá hasta donde la pobre calidad de la imagen permite ver— de una criatura muy delgada, cubierta por una sábana y cuya morfología es similar a la de los famosos «grises» popularizados por los relatos de John Lear y numerosos testigos de casos de abducción.

—Cabe la posibilidad de que se trate de otra clase de filmación diferente, que no pertenezca al mismo «lote» de imágenes —me insinúa Alfredo Lissoni durante un fugaz encuentro que mantuvimos en Milán.

—Sí, pero eso significaría que Jack Barnett no ha contado la verdad sobre las películas que presuntamente rodó, o que Santilli ha escamoteado alguna información básica —le respondo.

—Mira, Javier, no tienes más que fijarte en el hecho de que Santilli no ha mostrado la película del *examen* in situ más que durante las primeras semanas del debate. Luego la ha escondido, dando importancia a las autopsias...

En un resumen de sus opiniones sobre esta cuestión que John Spencer me hizo llegar el 25 de septiembre de 1995, éste se cuestiona sobre cómo es posible que existan dos clases diferentes de criaturas en dos películas proporcionadas, en principio, por la misma fuente. Incluso insinúa la posibilidad de que ambos fragmentos de película recogieran dos accidentes distintos (tal y como Friedman y otros investigadores apuntan para el accidente clásico de Roswell, en julio de 1947); pero en ese caso, ¿por qué Barnett no ofreció a Santilli ninguna aclaración al respecto? ¿Por qué le entregó dos tipos de película tan diferentes sin aclarar con precisión su procedencia? ¿O acaso la película del *examen* in situ, como también apunta Spencer, fue un primer ensayo de un filme fraudulento?

—Sugiero el siguiente escenario —apunta Spencer en su trabajo—: El fraude de la filmación en la tienda de campaña, realizado de acuerdo con las descripciones de Roswell, fue hecho y mostrado a una audiencia selecta de amigos para ver qué pensaban de ella. ¿Causaría la sensación que se pretendía? La respuesta fue ciertamente negativa: no está lo bastante clara para ser provocadora; no es suficientemente dramática para causar controversia, y, por si fuera poco, es aburrida, y no ocurre nada excepto que los doctores colocan sus manos sobre el extraterrestre. Consternación entre los falsificadores: «¡Hemos gastado tiempo y dinero para producir basura!». ¿Qué debían hacer? Entonces los falsificadores deciden hacer nuevos contactos, olvidando a la comunidad ufológica. «¡Vamos a conseguir un nuevo experto!» Él (o ellos) llaman entonces a expertos en efectos especiales de la industria del cine y producen una película mucho mejor de una autopsia; dramática, que agita suficientemente el estómago y ciertamente controvertida.[3]

La especulación de Spencer es interesante, y aunque no le faltan razones para pensar así, lo cierto es que la apari-

3. John Spencer, «Clutching defeat from the jaws of victory», artículo original remitido por el autor a Javier Sierra el 25 de septiembre de 1995. Pendiente de publicación.

ción en escena de las imágenes el *examen* in situ el 17 de marzo de 1995 —de acuerdo con el relato de Philip Mantle—,[4] y las de la *primera autopsia*, el 28 de abril siguiente, no dejan apenas tiempo para perpetrar un fraude tan cuidado como el que se supone para las imágenes de la necroscopia en Fort Worth.

A no ser, claro está, que todo estuviera preparado de antemano con mucha antelación... una nueva pista para rastrear la conjura.

2. *Efectos especiales*

Hay un razonamiento evidente: si, como apuntan todas las incoherencias internas del filme denunciadas por patólogos, ufólogos y analistas fotográficos, las imágenes de la película forman parte de un descarado fraude, no estamos ante un trucaje burdo. Las dataciones químicas de Bob Shell, que sitúan la edad de la película de 1947 y su revelado como anterior a la edad de la película en 1949, están indicando que el filme dista mucho de ser un sencillo truco de efectos especiales, sino una pieza meticulosamente fabricada.

Desde que la película cayera en manos de Santilli y sus asociados, algunos expertos en efectos especiales han dado sus propios veredictos sobre la misma. Todos ellos opinaron, manteniéndose al margen de las dataciones químicas del celuloide, que lo que recogían las imágenes podía reproducirse perfectamente tras un elaborado trabajo de efectos especiales. En un informe redactado por la compañía britá-

4. Philip Mantle, *The Roswell Film Footage*, en Internet, 22 de junio de 1995, 9.15 horas GMT.

nica CFX,[5] especializada en la fabricación de criaturas fantásticas, tres expertos señalaban que «nos hemos dado cuenta que, en uno de los segmentos del filme, existe una especie de línea de costura bajo un brazo, pero estamos muy sorprendidos de que no exista ninguna otra evidencia de costuras que sugiera un alto grado de trabajo manual». Y añaden: «creemos que la película está hecha de tal forma que se ocultan más detalles que los que se revelan».

Están en lo cierto. Un análisis superficial de la filmación de la *primera autopsia* pone de manifiesto que aquellas partes del examen médico más comprometidas, como la apertura del pecho de la criatura, son evitadas al coincidir —curiosamente— con el cambio de rollos en la filmadora. Para los expertos de CFX esto se debe a que «el rodaje de esta secuencia necesitó del uso de dos criaturas diferentes, una con el pecho abierto y otra con el pecho cerrado, o un significativo retoque de un solo modelo».

Por supuesto, estas apreciaciones no pasan de ser meras opiniones, aunque algunos de sus comentarios como que las vísceras de la criatura no parecen corresponder con las formas de los músculos y los huesos que se aprecian en ésta antes de ser abierta, coincidan plenamente con los comentarios críticos de los médicos forenses y patólogos que consulté durante mi investigación.

Pero la pista clave está en el elevado coste que supondría la filmación de estas autopsias, la creación de un quirófano con elementos usados por médicos militares norteamericanos en 1947 y la consecución de una filmación de aspecto realista.

5. Carta de Dave Elsey, Alan Hedgcock y Cliff Wallace de la compañía CFX, Creature Effects a Philip Mantle, fechada el 17 de agosto de 1995.

3. Anacronismos que no son tales

Desde que vieron la luz algunos de los fotogramas de la *primera autopsia* en junio de 1995, varios comentarios se han vertido sobre la existencia de objetos en el quirófano que no pertenecían a la época en que presuntamente se rodaron las autopsias. Estos comentarios se centraban sobre todo en el cable en espiral del teléfono (inexistente, según los críticos, en 1947) y en que la camilla sobre la que reposaba la entidad no era la adecuada para practicar una autopsia, al carecer de desagües o canalones para los líquidos corporales.

Yo mismo me hice eco de esos presuntos anacronismos, en la imposibilidad de desmentirlos con las pésimas primeras fotos que cayeron en mis manos.[6] Sin embargo, posteriores averiguaciones han puesto las cosas en su sitio. El hilo telefónico en espiral, por ejemplo, fue comercializado en Estados Unidos en fecha tan temprana como 1939.[7] En cuanto a la camilla, en las imágenes de mejor calidad que cayeron en mis manos en agosto de 1995, así como en la propia filmación de Barnett, se aprecia que ésta es de apariencia metálica, en forma de cuña y con desagües en su parte central. Muy similar a algunos de los modelos que en esa época la empresa Lipshaw Corporation, de Detroit (Michigan), fabricaba para los hospitales de las Fuerzas Armadas y que posteriormente distribuyó incluso en España.

Como dice el dicho castellano, «rectificar es de sabios». Y que conste: al apuntar estas correcciones no estoy ava-

6. Javier Sierra, «¡No son humanos!», revista *Año Cero*, n.° 61, Madrid, agosto de 1995.

7. Philipe Romon, «La nouvelle folie des ovnis», revista *VSD*, n.° 939, París, del 24 al 30 de agosto de 1995.

lando la autenticidad de la película, sino apuntalando mi idea de que —de demostrarse como fraudulenta en el futuro— estamos ante un montaje verdaderamente sofisticado.

El fruto de una, en suma, bien planeada conjura.

4. *Las imágenes de los restos del ovni*

Tanto en el reportaje del Canal 4 británico como en los vídeos domésticos comercializados en Francia y Gran Bretaña, se incluye un breve segmento de imágenes que recogen algunas de las pretendidas partes del ovni filmadas en el interior de lo que parece ser otra tienda de campaña. Las imágenes muestran dos clases de restos. Por un lado, lo que parecen ser «paneles de control» en los que se aprecian grabadas las siluetas de sendas manos con seis dedos y una serie de pequeñas protuberancias sobre el centro de sus palmas y la punta de sus dedos. Y por otro, una especie de vigas que contienen una docena de extraños símbolos geométricos grabados en relieve sobre su parte central. Los signos son legibles por ambos lados del eje de estas vigas.

Todos estos materiales —que son mostrados a cámara por un hombre vestido con corbata y cuyo rostro no aparece en pantalla—, parecen extraordinariamente ligeros y de estructura muy frágil.

Pues bien, los únicos restos que recuerdan vagamente el material encontrado en julio de 1947 en el rancho Foster, son, precisamente, esas vigas. El mayor Jesse Marcel habló de ellas y de unos extraños signos parecidos a «jeroglíficos» grabados sobre su superficie. Sin embargo, su hijo, que también las pudo ver con detalle cuando el mayor Marcel se las enseñó camino de la base de Roswell después de recoger algunas muestras en los terrenos de «Mac» Brazel, cree que no se trata de la misma clase de material.

—La principal diferencia que existe entre los restos que yo vi y los que aparecen en el filme está en el tamaño —me comenta Jesse Marcel Jr., hoy un respetado médico de Montana, cuando finalmente le localizo en septiembre de 1995—. Las vigas que yo vi eran más pequeñas que éstas, y tenían grabados unos símbolos de un color entre púrpura y violeta.

—Además, las figuras que viste estaban «llenas» y no sólo silueteadas como en las imágenes —le comento.

—Así es. Traigo conmigo un modelo aproximado de lo que yo vi, con el que podrás hacerte una idea.

Efectivamente, durante nuestra conversación el doctor Marcel sacó de su mochila de nylon una delgada barrita de aluminio conservada dentro de un tubo de plástico transparente, y que a primeros de 1995 había sido replicada, con la ayuda de sus recuerdos, por un diseñador industrial llamado Miller Johnson.[8] La barrita en cuestión apenas tenía cuatro centímetros de altura y tenía grabados unos símbolos pictográficos en uno de sus lados. En verdad, en poco o en nada se parecían a los símbolos que aparecen en la película de Roswell.

—Antes de que mi padre falleciese comparamos nuestras impresiones y recuerdos, y el resultado es esta réplica. Creo que es bastante aproximado a lo que vi aquella noche de julio de 1947 en la cocina de nuestra casa.

—¿Y éste era el tamaño? —le pregunto, tratando de cerciorarme.

—Sí. La misma talla.

8. Miller Johnson, «The Roswell I-Beam Replica Project», *MUFON UFO Journal*, n.° 323, Texas, marzo de 1995.

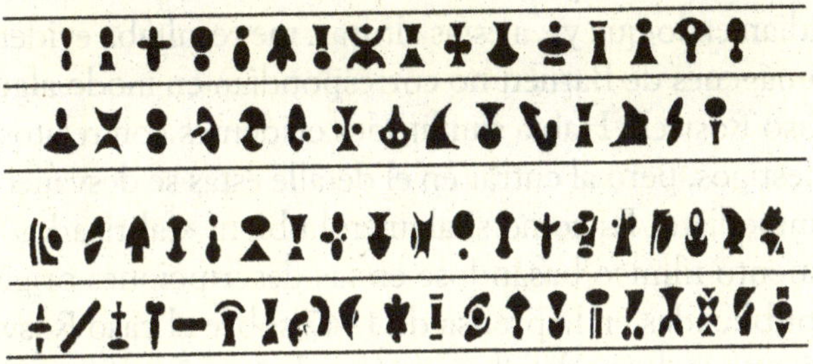

Éstos son los símbolos aproximados que vio Jesse Marcel Jr., grabados en los restos del ovni de Roswell, y que no se parecen en nada a los que aparecen en la película de Barnett. (Diseño de símbolos: Miller Johnson.)

—¿Y los signos estaban grabados sólo en un lado, no en los dos?

—Así es.

De repente, me vino a la cabeza una pregunta que suelo formular a muchos testigos de encuentros con ovnis... aunque éste no era exactamente el caso.

—¿Podríamos decir que esta experiencia cambió en algo su vida?

El doctor Marcel me miró a los ojos, sonrió, y me contestó.

—Cambió básicamente porque desde entonces me interesé más por cuestiones como la astronomía, la cosmología y cosas así. De aquellos restos aprendí que había otras civilizaciones ahí fuera, lo que no es incompatible con mi fuerte convicción religiosa como católico. Es más, aquello incrementó mi fe.

Le devolví la sonrisa, y seguimos hablando de otros temas.

No olvidé las precisiones de Marcel. A fin de cuentas incidían en lo que ya, a estas alturas, me resultaba evidente: las imágenes de Barnett no correspondían en modo alguno al caso Roswell. Había similitudes evidentes con relatos de los testigos, pero al entrar en el detalle éstas se desvanecían de inmediato. Es como si alguien hubiera «fabricado» ese segmento fílmico basándose en las descripciones originales publicadas en la prensa de 1947 sobre el caso Roswell —que no incluían detalles precisos de tamaño y forma—, y no en las que en fechas recientes surgirían del recuerdo de los testigos al ser entrevistados años más tarde.

5. La escritura extraterrestre

Cuando vi por primera vez en televisión los signos que estaban grabados sobre las presuntas vigas del ovni, supe de inmediato que debía contactar con Jorge Díaz.

Jorge es un cubano experto en lenguas antiguas, que ya me había sorprendido antaño cuando compartí con él detalles de mis averiguaciones sobre el antiguo Egipto —una de mis más recientes pasiones «secretas»—. Actualmente es presidente emérito de la prestigiosa Epigraphic Society International en España y la persona indicada para saber si estaba o no frente a un burdo fraude lingüístico.

Tras advertirme que él no sabía nada de extraterrestres y que examinaría las imágenes como si de una inscripción antigua se tratara, comenzó a esbozar su diagnóstico.

—Las características de los doce signos que hemos podido reconocer en el vídeo, se corresponden con un sistema de escritura evidentemente fonético —me explica cuando le proyecto la secuencia de los restos del ovni en las oficinas de *Año Cero*.

—¿Y qué quieres decir con eso?

—Verás: las escrituras fonéticas son aquellas que utilizan alfabetos. En otra clase de sistemas, como el logográfico, la cantidad de signos sería mayor, y en un sistema pictográfico reconoceríamos figuras de alguna clase, como animales, hombres, etcétera. Lo que vemos en pantalla son signos diagramáticos, que en la terminología de la escriptología quiere decir geométricos.

—¿Y puedes identificar alguno de ellos?

—Hombre, puede decirse que todos esos signos pueden encontrarse dispersos en muchos antiguos alfabetos de la Tierra, pero creo que eso es totalmente casual ya que las formas geométricas no son muchas. Pero observo otro aspecto interesante: entre todos los signos la separación es equidistante, lo cual indica que estamos ante una sola palabra. Y una palabra con la longitud de doce signos puede pertenecer a una lengua con características indoeuropeas como la nuestra. Una lengua donde abundan las vocales y las consonantes.

Jorge fue rápido. Sus agudas observaciones, derivadas de su «gimnasia» mental al examinar inscripciones en piezas arqueológicas o letras semiborradas por el tiempo sobre rocas y piedras, se estaba revelando de especial utilidad en este caso.

—Podemos descartar que se trate de una lengua semítica —añadió—. Una de las características de las lenguas semíticas es que utilizan signos muy cortos y sólo consonantes. Aquí se repite uno de estos símbolos, una especie de «E» doble, con la secuencia en que se repetiría una vocal en una lengua indoeuropea. Ahora bien, determinar de qué vocal se trata es mucho más difícil.

—Luego no podrías traducir esa inscripción...

—No. Y no creo que lo podamos saber nunca, pues supongo que no hay ningún escriptólogo en el mundo que se atreva a especular sobre la lengua en la que esto está escrito.

—¿Y qué base crees que tiene el comentario que se hizo en el reportaje de Canal 4 de que en estos signos se puede intuir la existencia de la palabra «vídeo»?

—No tiene ninguna base científica. Se trata simplemente de un comentario basado en la similitud de las formas, en la apariencia. Evidentemente, tenemos cinco signos que recuerdan vagamente una «v», una «i», una «d», una «e» y una «o»... Pero es un parecido puntual. Desconocemos si las letras están del derecho o del revés y cuál es su orden de lectura (de izquierda a derecha o viceversa).

—¿Y tus conclusiones? —le presiono.

—Mi opinión es que se trata de una escritura real. Me baso en dos observaciones. Primero que en la época en la que se dice que se filmó esta película eran muy pocas las personas que tenían conocimientos de escriptología para poder inventar una escritura de estas características, que además coincida en su grado de evolución con el que debería tener una cultura muy desarrollada. Y segundo, que la pieza de la imagen está fragmentada en dos, partiendo un signo por la mitad, lo que indica que fue grabado de una pieza y después partido. Me parecen demasiadas molestias para un truco.

Sus comentarios me parecieron suficientes. Al menos —como él mismo me advirtió— para concluir que no estábamos ante un fraude realizado por aficionados.

6. Los presuntos autores

Se ha especulado mucho sobre la autoría de estas imágenes, y lo que resulta aún más descorazonador: ya han aparecido en escena individuos que proclaman haber sido los creadores del presunto engaño. Tras la exhibición mundial de las imágenes, los responsables del reportaje sobre Roswell para el Canal 4, la revista británica *Fortean Times* y la junta directiva de BUFORA recibieron tres fotos polaroid recientes que pretendían demostrar el fraude. Las imágenes, enviadas anónimamente por una compañía no identificada denominada Morgana Productions UK 95,[9] muestran un modelo de la cabeza del extraterrestre de la *primera autopsia* siendo pulido y pintado.

Al no ir acompañadas por ninguna clase de explicación adicional, los responsables de BUFORA decidieron analizarlas mediante un programa informático llamado *Cadcam* y comprobar si las distancias de los rasgos de la cara del «modelo» se correspondían con lo que muestran las imágenes de Barnett. El resultado fue concluyente: no se trataba de la misma criatura.

Esta «anécdota» puede resultar de tremenda importancia en el futuro, pues pone en evidencia que si alguien se presenta con imágenes de las bambalinas del «escenario» donde el filme de las autopsias fue rodado, debe demostrar sus afirmaciones. Y no sólo eso, sino que debería asimismo inaugurar un nuevo sendero en la investigación que determinase las razones del fraude y, sobre todo, el origen exacto de los recursos económicos necesarios para perpetrarlo (muy elevados, como he dicho, a juzgar por los expertos en efectos especiales que han examinado el material de Barnett).

Pero, naturalmente, nada de esto se ha producido aún.

9. A modo de curiosidad, no debe olvidarse que Morgana, en los mitos artúricos británicos, es la enemiga tradicional del mago Merlín. Y Merlín es, precisamente, el nombre de la compañía de Ray Santilli que ha puesto en marcha el gran negocio de la filmación de Roswell.

7. *El negocio de Roswell*

La última pista de esta especie de acertijo ufológico es, quizá, la más insustancial de todas. Escépticos y detractores del fenómeno ovni han arremetido contra la veracidad del caso Roswell porque en esta remota ciudad de Nuevo México el accidente de una nave no identificada en 1947 se ha convertido en una suerte de atractivo turístico. En abril de 1992 John Price, propietario de un videoclub en la calle South Main de Roswell, reestructuró su negocio y lo convirtió en el *UFO Enigma Museum*, con la intención de centralizar todas las visitas de curiosos que llegaran a Roswell preguntando por el célebre «platillo estrellado».

Sólo seis meses más tarde, y ante la creciente oleada de visitantes a la ciudad tras la publicación de los libros de los tándems Randle-Schmitt y Friedman-Berliner, el exteniente y oficial de relaciones públicas Walter Haut y el sepulturero jubilado Glenn Dennis —dos de los principales implicados en el caso— organizan el *International UFO Museum and Research Center*, recibiendo la nada despreciable cifra de cuarenta mil visitantes entre 1993 y 1995.

Pocas cosas genuinas —sino ninguna— pueden mostrarse en estos museos, y su puesta en marcha obedece más al carácter de «aprovechar el momento» propio de los norteamericanos que a la idea cultivada falsamente por los mal llamados escépticos europeos de que el caso Roswell se ha potenciado para mantener vivos estos «negocios». De hecho, los quince dólares que cobra el joven ranchero Herbert «Hub» Corn por llevar a sus clientes al lugar del desierto donde Randle y Schmitt sitúan la caída del ovni, o el dólar que cuesta entrar a los dos museos de Roswell, son un negocio irrisorio si se compara con las cifras millonarias —ésas sí— barajadas alrededor del filme de Barnett.

La cadena de televisión norteamericana Fox pagó algo más de un millón de dólares por la exclusiva en Estados Unidos de las imágenes de la *primera autopsia*, aunque las cifras de audiencia obtenidas compensaron la inversión. Sólo en España, Antena 3 Televisión consiguió atrapar la atención de 3.142.000 espectadores, copando el 42,3 % de la audiencia durante la emisión del reportaje *Los Alienígenas de Roswell*. Pero el negocio no se detuvo ahí: al tiempo que en este país se emitía ese documental, la Merlin Group se embolsaba otras cantidades millonarias tras la distribución en todo el mundo de ciento cincuenta mil copias de su documental en vídeo *Incident at Roswell*, al «módico» precio de seis mil quinientas pesetas de entonces (unos cuarenta euros).

Ahora bien, estas cifras poco ayudan a vislumbrar la naturaleza última de los conjurados que pusieron en circulación este material y elevaron a los titulares de los periódicos —por una falsa asociación— una noticia que tiene casi medio siglo.

No creo equivocarme si afirmo que estamos ante la más gigantesca campaña de desprestigio del fenómeno ovni urdida desde que se iniciara su «era moderna» en 1947. La asociación de elementos dudosos a otros más claros forma parte de las más depuradas técnicas de intoxicación informativa practicadas por los servicios de inteligencia de medio mundo. Sin embargo nunca antes la aplicación de estas técnicas al fenómeno ovni había salpicado tan directamente a la opinión pública, saliendo de los círculos —bastante viciados, por cierto— de los investigadores de No Identificados.

Sólo si la lucha por desenterrar la verdad del caso Roswell continúa, al margen de la película de Barnett que debe analizarse en un contexto aparte, podremos averiguar si lo que la Fuerza Aérea de Estados Unidos recuperó en el desierto de Nuevo México en 1947 merecía orquestar tan tremenda maniobra de confusión. Tan gigantesca conjura de los expertos en desinformación.

El tiempo dirá.

En La Navata, a 17 de octubre de 1995

APÉNDICES

Apéndice 1

¿LOS ÚLTIMOS INFORMES OFICIALES?

Este libro terminó de escribirse a finales de 1995, sin embargo, desde entonces no han dejado de aparecer nuevas pistas tanto sobre el caso Roswell como sobre la película de las autopsias. He aquí un postrer resumen de todas ellas.

En 1997, menos de dos años después de poner el punto y final a la primera versión de *Roswell. Secreto de Estado*, se celebró en medio mundo el cincuenta aniversario de este célebre caso ovni. La fecha fue algo más que una simple efeméride para los nostálgicos. Los poco más de cuarenta y cuatro mil habitantes censados hoy en ese perdido rincón de Nuevo México admiraron estupefactos el desembarco de una verdadera avalancha de curiosos que deseaban celebrar —si es que celebrar es el verbo adecuado en este caso— la caída de la primera nave extraterrestre en el planeta Tierra.

Tal y como estaba previsto, los dos museos de la ciudad —el *International UFO Museum and Research Center* y el *UFO Enigma OutaLimits Museum*—, atrajeron a decenas de miles de visitantes, y aunque el segundo de ellos cerró poco después de los actos conmemorativos, el primero presume ya de haber recibido casi un millón de visitantes.[1] Aquello, además, hizo que las plazas hoteleras en la ciudad se multiplicaran exponencialmente en cuestión de pocos meses y que el ovni estrellado se convirtiera en la atracción turística por excelencia del lugar.

Pero el año del cincuenta aniversario nos ofreció algunas sorpresas inesperadas más.

Visité el *International UFO Museum* de Roswell en octubre de 1997, justo después de los fastos. Y me sorprendí. El museo, ubicado en un antiguo cine de la ciudad, ofrecía maquetas del accidente, una vitrina donde unos maniquíes simulaban practicar la autopsia a un extraterrestre mucho más escuálido que el del filme de Santilli, y hasta una bien nutrida tienda de recuerdos para los más forofos.

Sonreí.

De todas sus vitrinas, una llamó poderosamente mi atención. Estaba empotrada en la pared, era de gran tamaño y mostraba a *alguien* vagamente familiar.

En efecto. De pie, con los brazos caídos a los costados y expresión inerte, una figura de aspecto humano atravesaba con su mirada de madera el cristal que nos separaba. Mi primera impresión no me traicionó: un escueto cartel indicaba que se trataba de un «dummie», uno de los muñecos de pruebas empleados por la Fuerza Aérea de Estados Unidos entre 1953 y 1959, y diseñados para comprobar si un hombre a gran altura podría descender a tierra en paracaídas.

El muñeco parecía sacado de un almacén de desechos de la USAF.

1. Los propietarios del museo estimaban para el verano de 2001 la llegada del «visitante un millón». La euforia por el misterio de Roswell se resiste a desaparecer.

El «dummie» en cuestión, de la serie *Harold*, pesaba unos ochenta kilos, e ilustraba, colgado de aquel panel, la última versión oficial —y hasta ahora definitiva— emitida en Estados Unidos para explicar el célebre accidente de un ovni en Roswell hace más de medio siglo. Esta versión, hecha pública el 24 de junio de 1997 en el Pentágono, supuso el punto final burocrático al caso Roswell... hasta la fecha.

Dennis Balthasar, uno de los guías del museo que exhibe a *Harold 226* (el número da una idea de la enorme producción de estos muñecos), quiso dejármelo bien claro.

—El último informe de los militares, que pretende explicar que los extraterrestres recuperados aquí hace cin-

Harold 226 *«posa» orgulloso en su vitrina del museo ovni de Roswell. ¿Pudo alguien confundirlo con un extraterrestre hace cincuenta años?*

cuenta años fueron muñecos como éste, es una majadería —sentenció arqueando sus cejas blancas.

Balthasar se irrita cada vez que se lo recuerdan. Y con razón. Como acabo de decir, el 24 de junio de 1997, cuando se cumplían exactamente los cincuenta años de la primera noticia del avistamiento del *primer* platillo volante sobre Estados Unidos,[2] la Fuerza Aérea hizo público su veredicto definitivo sobre lo que, según ellos, ocurrió en aquella ciudad militarizada de la posguerra.

En el Pentágono, ante periodistas de los principales medios de comunicación norteamericanos, se explicó que los persistentes rumores en la zona relativos a la recuperación de cadáveres extraños en las cercanías de Roswell en 1947 y su posterior examen en las instalaciones del hospital militar de la base, «son con casi toda seguridad una combinación de dos incidentes separados: el accidente en 1956 de un KC-97 en el que once miembros de la Fuerza Aérea perdieron su vida, y una desgracia en un vuelo de globo tripulado en 1959, en el que dos pilotos de la Fuerza Aérea resultaron heridos».[3]

El informe que se entregó a los medios entonces, pretenciosamente titulado *The Roswell Report: Case Closed*, abundaba además en que todos los testigos que hablaron —y aún lo hacen medio siglo después— de humanoides sufrían de importantes lapsos de memoria. Según los militares, quienes hoy describen seres de corta estatura y grandes brazos y cabeza voluminosa, mezclaron en su mente recuerdos de soldados heridos en el hospital mili-

2. Ver nota 1, capítulo 1.

3. Capitán James McAndrew, *The Roswell Report: Case Closed*, Headquarters United States Air Force, Washington (Estados Unidos), 1997, pág. 3.

tar de la base con las labores de recuperación de «dummies» como *Harold*, lanzados por decenas durante los años cincuenta.

Era, como todas en este caso, una verdad a medias.

Tales muñecos, en efecto, fueron llevados a alturas de hasta 98.000 pies (unos 34.600 metros) y dejados caer en no menos de cuarenta y tres ocasiones sobre Roswell. La mayoría se estrellaron fuera de terrenos militares, algunos tardaron hasta tres años en localizarse y otros no se recuperaron jamás. Muchos de aquellos «dummies» se rescataron en pésimas condiciones: sin cabeza, brazos, piernas o dedos, lo que permitió a la Fuerza Aérea especular con que los relatos de seres de «cuatro dedos» descritos por los testigos eran, en realidad, recuerdos deformados de las manos mutiladas por el impacto de estos muñecos contra el suelo.

—¿De verdad cree usted que si yo hubiera estado lo suficientemente cerca de un «dummie» como para contarle los dedos no me habría dado cuenta que era un muñeco de acero? —recuerdo que me protestó Balthasar cuando saqué a relucir el informe *Case Closed.*

Este hombre, uno de los artífices del «milagro» de conseguir lanzar un museo ufológico en una pequeña ciudad del oeste americano, puede presumir ahora de haber atraído a decenas de miles de visitantes a su institución.

—Y a todos les diré lo mismo —añade sin pestañear—: que nadie puede confundir un año como 1947 con los años de las pruebas de los «dummies», y mucho menos identificar un maniquí con un alienígena.

Contradicciones gubernamentales

Pero el informe *The Roswell Report: Case Closed*, que vincula muñecos de pruebas y presuntos alienígenas es nada menos que la cuarta versión oficial de los hechos. Cuatro interpretaciones diferentes —aunque complementarias, como explicaré—, aportadas por la Fuerza Aérea entre 1947 y 1997, se han elaborado para explicar un incidente... que sigue planteando más interrogantes que respuestas a los investigadores.

La primera explicación oficial, la histórica, se hizo pública, como ya he referido en estas mismas páginas, el 8 de julio de 1947 en la base área de Forth Worth, Dallas, de la mano del general Roger Ramey. Su reacción era inevitable: esa misma mañana el *Roswell Daily Record* había publicado a cinco columnas, en primera página, la noticia de que los oficiales de la base de su ciudad «capturan un platillo volante en un rancho de la región de Roswell». Y también esa misma mañana un B-29 trasladaba al cuartel general de Fort Worth los restos del objeto siniestrado. Se requería, pues, una rápida y directa descripción oficial de los hechos que zanjase las habladurías.

Ésta llegó de manos del general Ramey, de Dallas, que telefoneó a la redacción del *Star Telegram* de Fort Worth y pidió que un fotógrafo inmortalizara los restos del objeto recién llegado del vecino Nuevo México.

Ramey debía dar una explicación a algo de lo que toda la prensa del país se estaba haciendo eco en aquellas horas. Y así, al día siguiente, la agencia *International News Service* daba por cerrado el misterio en los siguientes términos: «El general de brigada Roger Ramey, jefe de la Octava Fuerza Aérea, aseguró esta noche que el supuesto "disco volante" encontrado al Este de Nuevo México es "evidentemente, nada más que un instrumento meteorológico o de radar de alguna clase"».

Los restos presentados por Ramey al fotógrafo del *Star Telegram* tenían el aspecto de unas pocas láminas de papel de aluminio, y algunas barras metálicas arrugadas. Un oficial de inteligencia de Fort Worth, E. M. Kirton, explicaba simultáneamente al *Dallas Morning News* que se trataba sin duda de un balón-radar, lanzado a las capas altas de la atmósfera con reflectores de papel metálico para medir el alcance de los nuevos radares norteamericanos en la zona.

La explicación parecía sólida.

Sin embargo, se les escapó un detalle importante: los restos presentados por Ramey no coincidían ni en volumen ni en aspecto con los recuperados por el ranchero de Roswell que alertó a los militares de la caída del «disco volante» en sus tierras. Además, resultaba poco creíble que unos oficiales bien adiestrados como los del aeródromo de Roswell no identificaran al primer golpe de vista un globo sonda convencional con una cola de papel de plata atada a su base.

Pero en 1947 nadie protestó...

Un senador, un ovni

Tuvieron que pasar más de cuatro décadas para que la Fuerza Aérea se viera en la obligación de reabrir el caso y dar nuevas explicaciones. El hombre que obró el milagro fue Steven Schiff,[4] un senador por Nuevo México que tras

4. Desgraciadamente, Steven Schiff falleció el 1 de abril de 1998 en su casa de Albuquerque (Nuevo México) como consecuencia de un cáncer. Con su muerte, el caso Roswell perdió al más decidido valedor

recibir diversa información y veintinueve declaraciones juradas de testigos que afirmaban haber estado implicados en la recuperación de un objeto de otro mundo en Roswell en 1947, no dudó en reclamar por vía oficial toda la documentación del caso.

Schiff, tal y como describí en el capítulo 3, convenció a la General Accounting Office (GAO) —una especie de tribunal de cuentas— para que auditara al Departamento de Defensa de Estados Unidos en busca de pruebas de aquel incidente. De hecho, a finales de febrero de 1994 ya se había trazado un plan de acción, determinando qué archivos se examinarían y qué entrevistas con testigos se llevarían a cabo para consolidar su petición de información. El resultado final, que se haría público en el verano de 1995, fue el descubrimiento del ultrasecreto proyecto Mogul.

Era curioso: medio siglo después de ser dado por inútil —el proyecto fracasó estrepitosamente en su intento por detectar sonidos en la alta atmósfera de eventuales pruebas nucleares soviéticas—, el proyecto Mogul se convirtió en el argumento perfecto para explicar el secretismo que rodeó el caso Roswell. Los militares, en efecto, mintieron en 1947 al decir que habían recuperado un balón-radar o un globo meteorológico. Lo que habían recuperado, según esta nueva tesis, era un aerostato del proyecto Mogul del que no hablaron por encontrarse acatando órdenes superiores.

Les vino como anillo al dedo.

Pero su coartada, ciertamente, no convenció durante demasiado tiempo. No podía hacerlo.

---

de la idea de reabrir los archivos de este incidente en el Congreso de Estados Unidos.

Antes de que la GAO hiciera públicas sus conclusiones y desvelara la misteriosa circunstancia de la incineración no autorizada de toda la documentación de la base de Roswell, gestada entre marzo de 1945 y diciembre de 1949, la Fuerza Aérea se adelantó emitiendo un informe oficial con su propia explicación del caso. El texto, de veintitrés páginas fechadas en julio de 1994 y firmadas por el coronel Richard L. Weaver, afirmaba que «la búsqueda no ha localizado aún ningún documento en las oficinas de la Fuerza Aérea que señale una ocultación de la USAF, así como ninguna indicación de tal recuperación (de un platillo)». Y añadía: «Nuestros esfuerzos de investigación no han dado con ningún documento relativo a la recuperación de cuerpos alienígenas o materiales extraterrestres».

La explicación que dieron a lo ocurrido en Roswell fue que un tren de tres globos, pertenecientes al vuelo número 4 del proyecto Mogul, fue el causante del revuelo. Incluso Charles B. Moore, ingeniero del proyecto que más tarde publicaría su propio libro sobre estos hechos, confirmaría la hipótesis militar. Lo curioso es que los globos Mogul eran sondas meteorológicas convencionales a las que se les había incorporado un equipo de detección. Esto es, vulgares globos que eran difíciles de confundir con un «platillo volante». ¿Por qué entonces los oficiales de Roswell anunciaron la recuperación de una nave discoidal?

La «Biblia» de Roswell

La publicación de aquellas veintitrés páginas no sólo no satisfizo a los investigadores y a la opinión pública del caso, sino que supuso tan sólo el preámbulo de un informe mayor —¡novecientas noventa y seis páginas!— que tampoco despejó todas las dudas.

Ese tercer informe, titulado *The Roswell Report: Fact versus Fiction in the New México Desert*,[5] redondeaba la teoría expuesta en el que pronto se conocería como «informe Weaver». Esto es, que los restos descritos en primera instancia por los testigos y atribuidos al accidente de un platillo volante, pertenecían en realidad a un globo inscrito en un programa secreto de espionaje a la extinta Unión Soviética. Sin embargo, ninguna de sus casi mil páginas contiene un documento claro que confirme la recuperación del vuelo número 4 del proyecto Mogul a manos de los oficiales de Roswell en julio de 1947.

Insisto: ni una sola de sus casi mil páginas.

Naturalmente, la polémica se disparó. Poco después de la publicación de este informe, la «mecha» del caso Roswell comenzó a arder como nunca antes. Libros —algunos de gran tirada y éxito comercial—, documentales en las principales cadenas del país, menciones en largometrajes como *La Roca*, con Sean Connery de protagonista, o *Independence Day*, hicieron de Roswell un *hotspot* para los interesados en los ovnis. Karl Pflock, un investigador escéptico en materia de ovnis estrellados y el primero en apuntar la relación Roswell-Mogul, fue de los pocos en dar el caso por zanjado. Con Pflock me reuní en su casa de Nuevo México sólo para convencerme de que ni él ni ninguno de sus colaboradores moverían ya un solo dedo por averiguar más de

5. Coronel Richard L. Weaver y Teniente Primero James McAndrew, *The Roswell Report: Fact versus Fiction in the New México Desert*, Headquarters United States Air Force, Washington (Estados Unidos), 1995.

este caso. Para ellos la explicación Mogul era la «única plausible» (sic).

Otros en cambio, como el físico nuclear Stanton Friedman, no se conformarían con las nuevas versiones oficiales del caso y llegarían incluso a acusar a los autores del informe de «mofarse de la investigación seria. Este volumen debería ser catalogado como ficción en las librerías», dijo en alguna ocasión.

Muñecos y punto final

Friedman fue en 1995 uno de los pocos en insistir a la USAF que en este asunto quedaba algo importante por resolver: los testimonios de no menos de cinco personas dignas de crédito, que afirmaban haber visto cuerpos —algunos con vida— junto a los restos del objeto siniestrado. ¿Cómo podía explicarse esto a la luz de la «hipótesis Mogul»? La respuesta llegaría en 1997 con la publicación del informe final al que aludía al inicio de este apéndice. Redactado por el capitán James McAndrew —coautor del voluminoso informe previo de la Fuerza Aérea, y ascendido poco después de su publicación—, el nuevo texto de sólo doscientas treinta y una páginas incluía entrevistas con algunos de los testigos más destacados del caso, ignorados deliberadamente en los informes previos por referirse a «cuerpos de extraterrestres», así como una completa historia de dos proyectos de la Fuerza Aérea —*High Dive* y *Excelsior*— que a juicio de McAndrew explicaban el misterio.

Ambos proyectos perseguían desarrollar un método mediante el cual astronautas o pilotos pudieran salvar sus vidas si eran obligados a abandonar sus aeronaves a alturas extremas. Para ello lanzaron maniquíes de pruebas en caída libre, estudiando su comportamiento mientras se desplomaban y abrían sus paracaídas a una cota más baja. Se lanzaron cientos de estos muñecos en Nuevo México y sobre Wright Patterson (Ohio), que curiosamente fueron los dos escenarios recurrentes de informes de ovnis y tripulantes capturados por los militares en aquellos azarosos años. Incluso se llegó a hacer una prueba con el capitán Joseph Kittinger —convertido en héroe nacional después—, que saltó desde ¡más de treinta kilómetros de altura!

Lo que este informe final, el *Case Closed*, afirma es que lo narrado por los testigos son «errores honestos» (sic) de personas que confundieron globos con platillos volantes y «dummies» con extraterrestres. Incluso admite que los relatos de «equipos de rescate» en los lugares de los accidentes describen bastante bien las operaciones de recuperación de «dummies». Sin embargo, ignora que los primeros en reaccionar de semejante forma, describiendo platos voladores, fueron los propios oficiales de la base militar de Roswell, adiestrados para no cometer un error tan simple como el que se les atribuye más de medio siglo después.

Pero permítaseme añadir un último elemento a esta reflexión. Meses después de conocerse la conclusión definitiva de la USAF, se hicieron públicos unos análisis privados de las fotografías que el *Star Telegram* tomó en 1947 de los supuestos restos del ovni de Roswell en el despacho del general Ramey. Los análisis no buscaban autentificar la chatarra allí reunida, sino tratar de ampliar la imagen de un informe —un télex— que sujeta en su mano el propio Ramey, y cuya imagen puede admirarse páginas atrás, en este mismo libro.

Richard Haines, técnico del AMES Research Center de la NASA, identificó algunas letras al ampliar la imagen en cuestión, y tras él otros analistas llegaron incluso a «leer» alguna frase suelta. Sólo una línea de esa página de 1947 es inequívoca para todos los expertos: «... víctimas del accidente... enviadas a Fort Worth, Tex».

¿Víctimas? ¿Pero no habíamos quedado que no hubo tales? ¿No había concluido la Fuerza Aérea que éstas nunca existieron hasta los años cincuenta, y que en realidad fueron muñecos de pruebas?

El misterio sigue abierto.

Apéndice 2

La confesión

Cuando muchos ya daban por olvidada la polémica de la película de las autopsias, en la primavera de 2006 se estrenaba, con un más que discreto éxito comercial, una comedia británica en la que se reconstruía la peripecia de Ray Santilli. La cinta, titulada *Alien Autopsy*, fue dirigida por Jonny Campbell y contó con su asesoramiento. En el fondo reconstruía la historia de cómo él y algunos amigos se habían convertido, por unos meses, en los hombres más buscados del mundo.

Cuarenta y ocho horas antes de su estreno —por cierto, en vísperas del *Fool's Day*, el equivalente anglosajón a nuestro día de los inocentes—, Santilli y su antiguo socio Gary Shoefield dieron una nueva (y se supone que definitiva) versión de lo sucedido. Para sorpresa de todos, se reafirmaron en la mayor. Esto es, que a principios de los noventa ambos adquirieron un lote de cintas secretas sustraídas al gobierno de Estados Unidos en las que se veía cómo se practicaba un examen forense a varios cadáveres de otro mundo. Convinieron que ese material estaba en tan mal estado que no pudo ser emitido a su llegada al Reino Unido. Y también que se vieron obligados a «reconstruirlo» en un set que improvisaron en el comedor de un piso vacío en el barrio londinense de Camden Town. De ese modo defendían que las películas no eran un fraude sino un trabajo de salvamento audiovisual. Incluso dieron pistas concretas de cómo perpetraron su recreación con la ayuda de un escultor llamado John Humphreys, un genio especializado en inventar criaturas surrealistas para la industria del cine.

Por desgracia, en 2006 la credibilidad de Santilli estaba tan tocada que ni siquiera los medios de comunicación especializados se hicieron eco de sus revelaciones. Ni él, ni su socio en *Merlin Group*, ni nadie en su entorno, fueron capaces de aportar una sola prueba de la compra de un presunto material fílmico original a un exoficial del ejército de EE.UU. llamado Jack Barnett. Todo descansaba de nuevo sobre su palabra. Y ésta, claro, ya no convencía a nadie.

Pero justo entonces sucedió algo inesperado. Por alguna razón, sus declaraciones abrieron una profunda grieta entre los implicados en el fraude. Los cómplices de la «reconstrucción» de la autopsia —o de las autopsias, ya que fueron dos las supuestas operaciones, más el fragmento de la tienda de campaña— dieron un paso al frente y empezaron a contar una historia bien distinta. Quizá al reconocerse la existencia de un grupo de «recreadores», éstos se sintieron liberados y decidieron romper su pacto de silencio con Santilli. El más completo de los relatos que emergieron entonces fue el de Spyros Melaris, un mago y director de cine de sesenta años, de origen griego que, según me confesaría después, fue quien rodó en Camden Town la película y se ocupó de su producción.

Conseguí reunirme con Spyros —Spiz para los íntimos— en 2021. Aunque Philip Mantle me lo presentó en medio de las restricciones de viajes internacionales creadas por la pandemia de COVID-19, logramos conversar. De hecho, su historia me resultó tan convincente que lo invité a participar en una conferencia sobre el problema de los ovnis que organicé en el Auditorio de Zaragoza en octubre de aquel año. Allí, ante el asombrado público del IV Encuentro Internacional de Ocultura, Melaris explicó paso a paso cómo, cuándo, dónde, quién y por qué creó el escándalo de las filmaciones de Roswell.[1]

—Todo fue un fraude, ¿sabe? —comenzó diciéndome con voz pausada, ánimo sereno y mirada franca. Hablamos por primera vez a través de una videollamada entre Madrid y Londres—. Debe usted saber que no hubo jamás una filmación original. No imitamos ni reconstruimos nada. Yo hice el *storyboard* de todas las secuencias y las rodé. Así de sencillo.

—¿Y puede explicarme cómo lo hizo exactamente? ¡Logró algo muy convincente!

Los ojos de Spyros brillaron detrás de sus gafas de alambre. Como prestidigitador profesional y dueño de una empresa dedicada a espectáculos de magia, aquel hombre sabía muy bien qué pasos había que dar para hacer creíble algo al público. La historia de la película de las autopsias era, desde su punto de vista, un buen truco. Quizá el mejor de su carrera. Y cuando un truco tiene éxito es porque se ha cuidado al detalle la secuencia en la que se presentan los hechos. Spiz dijo haber actuado con la mente fría y la sonrisa cautivadora de un ilusionista. La misma que usó durante nuestra primera conversación.

—Si le parece, iré por partes —anunció—. Mi primer reto en aquel proyecto fue conseguir que una grabación hecha en 1995 pareciera de 1947. Sabía que todo lo demás iba a depender de eso.

1. Puede verse su intervención completa en confesion.roswell.es.

—¿Envejeció químicamente su película?

—Oh, no, no. Fue mucho más sencillo. Se me ocurrió adquirir unos rollos de película rodados en 1947. Eran fragmentos de una filmación doméstica, sin importancia, obtenida en los vestuarios de un estadio de beisbol americano, en la que apenas se veía el umbral de una puerta. Lo que hice fue añadir algunos de sus fotogramas al principio de mi película del extraterrestre y los envié después a la casa Kodak para que los peritaran.

Melaris me explicó que los fotogramas «plantados» contenían dos marcas geométricas que Kodak reconoció como indicativos de su fecha de fabricación. Eran un cuadrado y un triángulo que fechaban el celuloide en 1927, 1947 y 1967. La empresa los repetía en periodos de veinte años, imprimiéndolos en toda su producción, y al hallarlos al principio de una de las cintas de las autopsias no tuvieron dudas de su antigüedad.

—Cuando Kodak reconoció su código, descartó enseguida la fecha de 1927 porque el material que manufacturaban por aquel entonces tenía una base de fósforo que no estaba en nuestros fotogramas. Sin embargo, certificó que lo que les habíamos entregado tenía que ser de 1947 o 1967.[2]

—Acababan de dar el primer paso de su montaje.

—Así es. Con esa carta en mano —prosiguió—, nos dirigimos a los mayores expertos en efectos especiales del mundo. Era la segunda fase del truco. Hablamos, por ejemplo, con Stan Winston, de *Parque Jurásico*; le enseñamos la película y le preguntamos si alguien podría haber hecho eso con los medios cinematográficos disponibles en la posguerra. Cuando él nos dijo que no, que fabricar algo así era im-

2. Véase el documento reproducido en la página 161.

posible en 1947, estuvimos en condiciones de defender que la cinta no podía ser un efecto especial. No era poco.

A partir de entonces, todo empezó a sonreírles. Melaris me explicó que su tercer movimiento consistió en buscar a médicos y patólogos que les dieran su veredicto. Por supuesto, les facilitaron un contexto aparentemente impecable: todas las «pruebas» indicaban que las imágenes eran de 1947 y que no habían salido de un estudio de cine. Ante eso los médicos solo podrían opinar sobre la actitud de sus «colegas» en la pantalla, sus instrumentos y su aparente profesionalidad.

—Lo que mucha gente no sabe es que hicimos dos películas de la autopsia —un gesto pícaro se dibujó entonces en el rostro de Spiz—. La primera fue un fracaso. Después de terminarla nos dimos cuenta de que la única persona que podría haber tenido una autorización de nivel suficiente para hacer una operación como aquella en la base Roswell era un médico llamado Detlev Bronk. Un cirujano. Y nosotros habíamos construido nuestra autopsia simulando a un patólogo forense. Era un matiz importante, ¿sabes? Si alguien se hubiera dado cuenta de que no hubo ningún patólogo autorizado en esa instalación militar, podría haber echado a perder la verosimilitud de todo el truco.

—¿Y cómo os disteis cuenta vosotros de ese fallo?

—Bueno... —sonrió—. En realidad, fue mi novia quien lo hizo. Nos hizo ver que un patólogo busca en un cadáver la causa de la muerte, pero un cirujano, en cambio, es más cauteloso a la hora de examinarlo porque las personas con las que trabaja suelen estar vivas.

—Pensaron en todo, ¿no?

—Bueno... —dudó—. No en todo. También cometimos algunos errores.

—¿Ah, sí? ¿De qué clase?

—Errores muy británicos. Estábamos falsificando una película militar americana en Londres, a casi medio siglo de distancia de lo que pretendíamos reproducir, y se nos colaron algunos gazapos muy tontos.

—Póngame un ejemplo.

—Hay un momento de la grabación en la sala de autopsias en el que se ve un doble enchufe negro alineado horizontalmente en la pared. Aparece detrás de la cabeza del alienígena. El problema está en que sólo instalan así los enchufes en Londres. En Norteamérica los colocan verticalmente, uno encima del otro. También situé un mechero Bunsen, típico de cualquier laboratorio, sobre la mesa de instrumentos. Era uno con una base triangular, muy popular en el Reino Unido en los años sesenta, que no existía en Estados Unidos en los cuarenta. Fallamos en el atrezo, sí... aunque por suerte nadie se dio cuenta.

Melaris me mostró entonces una prueba gráfica irrefutable de su participación en la fabricación de las imágenes. Eran unos fragmentos de la llamada «segunda autopsia», previos a su envejecimiento. Las imágenes «nuevas», definidas, me sorprendieron mucho, aunque no tanto como su revelación de que las inscripciones que aparecían en las vigas de la secuencia de la tienda de campaña, y que yo mismo había dado a analizar a Jorge Díaz en Madrid, eran burdas alteraciones gráficas de la palabra griega *Ελευθερία* («libertad», en el griego natal de Spyros). O *video* (del latín, «yo veo»).

—Fue una especie de broma, sí —sonrió—. Si alguien lo descubría, siempre se podría argumentar que los extraterrestres habían introducido esos conceptos en el mundo antiguo. La palabra *video* no es moderna. Es una expresión muy vieja. De hecho, incluso añadí el nombre de *Isis* a otra de las vigas, solo para apuntalar la idea de una influencia extraterrestre en los egipcios. Imagínese.

Fotograma de la película que muestra la palabra video.

A esas alturas de nuestra charla estaba fascinado. ¡Había tardado un cuarto de siglo en encontrar respuestas como las suyas! Sin embargo, seguía sin saber por qué Santilli y él se habían tomado tantas molestias para armar un fraude así. Aún no me había proporcionado ningún detalle sobre cómo llevaron a cabo esa operación que, intuí, no debió de ser barata.

—Dígame, Spyros, ¿con qué presupuesto contaron para rodar sus películas?

—Bueno… El presupuesto original fue de 35.000 libras esterlinas (unos 75.000 euros, teniendo en cuenta la inflación desde 1995). Fue lo que gastamos en la primera autopsia aunque, como le dije, tuvimos que repetirla y eso nos costó el doble. La primera versión la pagamos a medias Santilli y yo. La segunda fue a mi cargo.

—Usted sabe, por supuesto, que Ray Santilli sigue defendiendo, veinticinco años después, que las autopsias son una «reconstrucción» de un material original. ¿Llegó usted a ver ese material alguna vez?

—¡Oh, vamos! No. Nunca hubo una película real. Jamás. La razón por la que Santilli no reconoce el fraude es porque vendió esas imágenes a todo el mundo y admitir su falsificación le acarrearía serios problemas legales. Yo, en cambio, no se la vendí a nadie. De hecho, no sabía que se iba a vender.

Aquello me extrañó.

—¿Cómo? ¿No cobró nada por las ventas del material que hizo para Santilli?

—Yo no hice la película para Santilli. La hicimos juntos. Nuestra idea original era mostrársela a todo el mundo para preguntarles después qué les parecía. Era una especie de test de credulidad. Cuando respondieran que no lo sabían y concluyeran que el ser de nuestra cinta era un extraterrestre, desvelaríamos que todo había sido un truco y haríamos un documental para enseñar cómo lo hicimos. Se trataba de una idea muy de mago, lo reconozco. Pero sería entonces, con ese producto acabado, con el que pensábamos ganar algún dinero.

—¿Y cuándo se torció todo?

—Cuando Santilli se salió del plan… —De repente el rostro de mi interlocutor se ensombreció—. Aunque teníamos un acuerdo y las ideas claras, mi socio empezó a mostrar la cinta a cadenas de televisión de todo el planeta, sin decirme nada. Supongo que al ver sus reacciones ante el material, vendió los derechos de emisión. Sólo él sabe cuánto ganó. Yo no tengo ni idea. Lo único que sé es que me quedé fuera.

—¿Fuera de qué?

—Total y absolutamente fuera del negocio, Javier.

Creo que ahí comprendí por qué Spyros Melaris, o el escultor John Humphreys, salieron de las sombras tras el estreno en 2006 de la última ocurrencia de Santilli. Y también por qué Melaris había decidido escribir un libro con su historia[3] y abrirse a dialogar conmigo de un modo tan franco. Él había creado un truco de magia perfecto. Había conseguido seducir al mundo con su historia. Pero cuando pensaba que iba a revelar su artimaña y ganarse un prestigio, su socio varió los planes, movió con malas artes la película que habían creado juntos y lo dejó fuera de una operación que aún hoy se antoja multimillonaria. Estaba, pues, ante un hombre dolido. Pero también frente a una suerte de «niño grande» que encontraba cierta recompensa contándome lo magnífico que había sido su abracadabra.

Quizá debí haberle reprochado entonces el enorme daño anímico y reputacional que su estafa había causado en los cientos de miles de personas que creyeron que aquellas imágenes iban a acabar con décadas de silencio oficial sobre los ovnis. O haberle hablado del impacto negativo que tuvo en quienes, en aquellos años, estaban empeñados en exigir la desclasificación de archivos gubernamentales secretos sobre el incidente de Roswell y que quedaron avergonzados y desprestigiados por aquel espectáculo.

Visto con la perspectiva que da el tiempo, lo ocurrido en aquel remoto verano de 1995 forma parte de una de las páginas más negras del fascinante misterio de los Objetos Volantes No Identificados. O de los UAP, los Fenómenos Aéreos No Identificados, como desde 2017 prefiere llamarlos la Fuer-

3. Spyros Melaris, *Alien Autopsy: The Greatest Hoax of All Time*. Melaris in Print. Londres, 2021.

za Aérea norteamericana. Pero hasta de esta clase de engaños se aprende.

Ojalá las futuras generaciones de interesados en esta cuestión no olviden jamás la lección de esos días aciagos.

—Tengo una última curiosidad… —me dirigí a Melaris justo antes de despedirnos—, ¿qué cree usted que ocurrió realmente en Roswell en 1947?

El griego, quizá sorprendido por aquella pregunta tan fuera de lugar después de todo lo que había dicho, me miró con cierta condescendencia.

—¿En Roswell? —masculló. Spiz pareció meditar durante un segundo su respuesta—. Verá: fui allí hace unos años y conocí a personas que vivieron aquello. Allí se estrelló algo. De eso estoy seguro al cien por cien.

—Pero… ¿algo extraterrestre? —insistí.

—Mi opinión personal es que fue una aeronave militar. De una clase que nadie había visto antes. Y también creo que las autoridades se inventaron la historia de los alienígenas para tapar el accidente. Pero, en realidad, no lo sé. No estuve ahí. No había nacido aún en 1947. Creo que los extraterrestres existen, pero nunca pasaron por Roswell.

—¿Seguro?

—No, claro que no. Seguro no hay nada —dijo el mago antes de desaparecer.

AGRADECIMIENTOS

Esta crónica no habría visto nunca la luz sin el apoyo y la ayuda de un buen número de personas. En especial el que me brindaron desde el principio mis compañeras y compañeros de la revista *Año Cero.* Los sabios consejos de Enrique de Vicente, las agudas indicaciones de Eduardo Fernández y los apuntes, estímulo y cariño de Geni Martín, Susana González, Carmen Machado, Virginia Medina y Tito Carazo me fortalecieron en los momentos más delicados de la investigación.

Le debo especial gratitud a José Antonio Campoy, director de la revista *Más Allá*, por creer en mí en 1991 —cuando en España pocos se acordaban del caso Roswell— y enviarme a Nuevo México a investigar este episodio clave del fenómeno ovni.

También estoy en deuda con Vicente París, no sólo por poner en mi mano algunas «piezas» que se revelarían claves en mi trabajo, sino por traerme el primer ejemplar del semanario francés *VSD* con la foto del presunto extraterrestre de Barnett. A Matteo Leone y a Edoardo Russo, del CISU, les debo su asesoramiento en materia de Internet y su generosidad al enviarme materiales fundamentales para este libro. También a mis amigos Antonio Ribera, Josep Guijarro, Renaud Marhic, Ignacio Darnaude, Richard Heiden y Antonio Huneeus les estoy agradecido no sólo por la información que durante estos años me han confiado, sino por las edificantes conversaciones que sobre el «teatro ovni» hemos mantenido.

De Roberto Pinotti, los miembros del CROVNI y el gobierno de San Marino nunca podré olvidar su hospitalidad.

Y, cómo no, mi gratitud también se extiende a Sebastián Vázquez y José Antonio Fossati por haber apostado por un proyecto empujado por los vientos de un Destino juguetón e impaciente. Una «Fuerza Mayor», en suma.

Bibliografía consultada

Pese a que algunos títulos aparecen ya reseñados a pie de página, los vuelvo a enumerar aquí para facilitar al lector el acceso a la documentación básica consultada.

Åsbrink, Elizabeth: *1947, el año en que todo empezó*, Turner, Madrid, 2018.

Berlitz, Charles, y Moore, William: *El incidente*, Ed. Plaza & Janés, Barcelona, 1981.

Bloecher, Ted: *Report on the UFO wave of 1947*, edición del autor, Arizona, 1967.

Blum, Howard: *Out There*, Simon and Schuster, Nueva York, 1990.

Bourdais, Gildas: *Sont-ils déjà là?: l'affaire Roswell*, Presses du Châtelet, Montréal, 1995.

Caravaca, José Antonio: *Expediente Roswell: el informe definitivo*, Ediciones Oblicuas, Barcelona, 2016.

Clark, Jerome: *The UFO Encyclopedia* (vol. 2). *UFOs from the beginning through 1959*, Omnigraphics Inc., Detroit (Michigan), 1992.

Corso, Philip J., y Birnes, William J.: *The Day After Roswell*, Pocket Books, Nueva York, 1997.

EDWARDS, Frank: *Platillos voladores*, Ed. Diana, México DF, 1967.

EVANS, Hilary, y SPENCER, John (coordinadores): *UFOs: 1947-1987*, Fortean Tomes, Londres, 1987.

FABER-KAISER, Andreas: *Documentación y memorandos*, Ed. ATE, Barcelona, 1980.

FABER-KAISER, Andreas: *Informes de avistamientos*, Ed. ATE, Barcelona, 1981.

FABER-KAISER, Andreas: *Fuera de control*, Ed. Planeta, Barcelona, 1984.

FAWCETT, Larry, y GREENWOOD, Barry: *Clear Intent*, Prentice-Hall, Nueva Jersey, 1984.

FRIEDMAN, Stanton, y BERLINER, Don: *Crash at Corona*, Paragon House, Nueva York, 1992.

GOOD, Timothy: *Above Top Secret*, Quill-William Morrow, Nueva York, 1988.

GOOD, Timothy: *Alien Liaison: The ultimate secret*, Century, Londres, 1991.

GRESLÉ, Jean Gabriel: 1942-1954. *La Genèse d'un Secret d'État*, Dervy, París, 2013.

GROOS, Loren E.: *UFOs: A History*, edición del autor, Fremont (California), 1980.

HALL, Richard (coordinador): *The UFO Evidence*, NICAP, Washington, 1964.

HALL, Richard: *Uninvited guests*, Aurora Press, Santa Fe (Nuevo México), 1988.

KLASS, Philip J.: *The Real Roswell Crashed-Saucer Coverup*, Prometheus Books, Amherst (Nueva York), 1997.

KORFF, Kal K.: *The Roswell UFO Crash. What They Don't Want You to Know*, Prometheus Books, Amherst (Nueva York), 1997.

MANTLE, Philip, y HESEMANN, Michael: *Beyond Roswell*, Marlowe & Company, Nueva York, 1997.

MANTLE, Philip: *Alien Autopsy Casebook*, Healings of Atlantis, Hayes (Middlesex), 2010.

MARCEL, Jesse, Jr.: *The Roswell Legacy*, New Page Books, Franklin Lakes, (Nueva Jersey), 2009.

PINOTTI, Roberto: *UFO: Top secret*, Bompiani, Milán, 1995.

RANDLE, Kevin, y SCHMITT, Don: *UFO crash at Roswell*, Avon Books, Nueva York, 1991.

RANDLE, Kevin, y SCHMITT, Don: *The truth about the UFO crash at Roswell*, M. Evans & Company, Nueva York, 1994.

RANDLE, Kevin: *A history of UFO crashes*, Avon Books, Nueva York, 1995.

RANDLE, Kevin: *Roswell UFO crash update*, Global Communications, Nueva Jersey, 1995.

RANDLES, Jenny; BUTLER, Brenda, y STREET, Dot: *Sky Crash*, CW Daniel Publishers, Londres, 1984.

RANDLES, Jenny: *The UFO Conspiracy*, Blandford Press, Londres, 1987.

RANDLES, Jenny: *From out the Blue*, Global Communications, Nueva Jersey, 1992.

RANDLES, Jenny: *UFO Retrievals*, Blandford Press, Londres, 1995.

RIBERA, Antonio: *Las máquinas del Cosmos*, Ed. Planeta, Barcelona, 1983.

SCULLY, Frank: *Behind the Flying Saucers*, Henry Holt & Co., Nueva York, 1950.

SIDER, Jean: *Ces OVNI qui font peur*, Editions Axis Mundi, Ile-Rousse, 1990.

SIERRA, Javier (coordinador): *Enciclopedia* Más Allá *de los OVNIs*, Heptada Ediciones, Madrid, 1992.

STEINMAN, William S.: *UFO Crash at Aztec*, UFO Photo Archives, Tucson (Arizona), 1986.

STRIEBER, Whitley: *Majestic*, Ediciones B, Barcelona, 1991.

VALLÉE, Jacques: *Revelations: alien contact and human deception*, Ballantine Books, Nueva York, 1991.

ÍNDICE DE NOMBRES

ÍNDICE

Tercera parte. La estrategia de la confusión

Cuarta parte. Armando el rompecabezas

Apéndices

Otros títulos del autor en Booket:

booket